CW00695323

un(e) brocanteur/euse – secondhand goods dealer

MAIGRET AUX ENVIRONS DE PARIS

La Guinguette à deux sous

La Nuit du carrefour

Georges Simenon, écrivain belge de langue française, est né à Liège en 1903. Il est l'un des auteurs les plus traduits au monde. À seize ans, il devient journaliste à *La Gazette de Liège*. Son premier roman, publié sous le pseudonyme de Georges Sim, paraît en 1921 : *Au pont des Arches, petite histoire liégeoise*. En 1922, il s'installe à Paris et écrit des contes et des romans populaires. Près de deux cents romans, un bon millier de contes et de très nombreux articles sont parus entre 1923 et 1933… En 1929, Simenon rédige son premier Maigret : *Pietr le Letton*. Lancé par les éditions Fayard en 1931, le personnage du commissaire Maigret rencontre un immense succès. Simenon écrira en tout soixante-quinze romans mettant en scène les aventures de Maigret (ainsi que vingt-huit nouvelles). Dès 1931, Simenon commence à écrire ce qu'il appellera ses « romans durs » : plus de cent dix titres, du *Relais d'Alsace* (1931) aux *Innocents* (1972). Parallèlement à cette activité littéraire foisonnante, il voyage beaucoup. À partir de 1972, il cesse d'écrire des romans. Il se consacre alors à ses vingt-deux *Dictées*, puis rédige ses *Mémoires intimes* (1981). Simenon s'est éteint à Lausanne en 1989. Il fut le premier romancier contemporain dont l'œuvre fut portée au cinéma dès le début du parlant avec *La Nuit du carrefour* et *Le Chien jaune*, parus en 1931 et adaptés l'année suivante. Beaucoup de ses romans ont été portés au grand écran et à la télévision. Les différentes adaptations de Maigret, ou plus récemment celles de romans durs (*La Mort de Belle*, avec Bruno Solo), ont conquis des millions de téléspectateurs.

GEORGES SIMENON

Maigret aux environs de Paris

La Guinguette à deux sous

La Nuit du carrefour

PRESSES DE LA CITÉ

ISBN : 978-2-253-16156-1 – 1re publication LGF

La Guinguette à deux sous

1

Le samedi de M. Basso

Une fin d'après-midi radieuse. Un soleil presque sirupeux dans les rues paisibles de la Rive Gauche. Et partout, sur les visages, dans les mille bruits familiers de la rue, de la joie de vivre.

Il y a des jours ainsi, où l'existence est moins quotidienne et où les passants, sur les trottoirs, les tramways et les autos, semblent jouer leur rôle dans une féerie.

C'était le 27 juin. Quand Maigret arriva à la poterne de la Santé, le factionnaire attendri regardait un petit chat blanc qui jouait avec le chien de la crémière.

Il doit y avoir des jours aussi où les pavés sont plus sonores. Les pas de Maigret résonnèrent dans la cour immense. Au bout d'un couloir, il interrogea un gardien.

— Il a appris ?…

— Pas encore.

Un tour de clef. Un verrou. Une cellule très haute, très propre, et un homme qui se levait tandis que son visage semblait chercher une expression.

— Ça va, Lenoir ? questionna le commissaire.

Celui-ci avait failli sourire. Mais une idée durcissait soudain ses traits. Ses sourcils se rapprochaient, soupçonneux. L'espace de quelques secondes, il esquissa une moue hargneuse, puis il haussa les épaules, tendit la main.

— Compris ! articula-t-il.

— Compris quoi ?

Un sourire désabusé.

— Ne la faites pas à moi, hein ! Si vous êtes ici…

— C'est que je pars demain matin en vacances et…

Le prisonnier rit, d'un rire sec. C'était un grand garçon aux cheveux bruns rejetés en arrière. Des traits réguliers. De beaux yeux marron. De fines moustaches qui faisaient ressortir la blancheur de ses dents pointues comme celles de rongeurs.

— Vous êtes gentil, monsieur le commissaire…

Il s'étira, bâilla, referma le couvercle du W.-C. qui, dans un coin de la cellule, était resté ouvert.

— Faites pas attention au désordre…

Et soudain, le regard dans les yeux de Maigret :

— Le pourvoi est rejeté, pas vrai ?

C'était inutile de mentir. Il avait déjà compris. Il marchait de long en large.

— J'avais pas d'illusion !… Alors ?… demain ?

Quand même, sur le dernier mot, la voix se voila et les yeux cueillirent la lueur du jour qui filtrait d'une fenêtre étroite, très haut.

À la même heure, les journaux du soir qu'on criait aux terrasses des cafés publiaient :

Le président de la République a rejeté le pourvoi de Jean Lenoir, le jeune chef de bande de Belleville. L'exécution aura lieu demain au lever du jour.

C'est Maigret qui, trois mois plus tôt, avait mis la main au collet de Lenoir, dans un hôtel de la rue Saint-Antoine. Une seconde de plus et la balle que l'assassin tirait dans sa direction l'atteignait en pleine poitrine au lieu de se perdre dans le plafond.

N'empêche que le commissaire s'était intéressé à lui, sans rancune. D'abord, peut-être, parce que Lenoir était jeune. Un garçon de vingt-quatre ans qui, depuis l'âge de quinze ans, collectionnait les condamnations.

Puis parce qu'il était crâne. Il avait des complices. Deux d'entre eux avaient été arrêtés le même jour que lui. Ils étaient aussi coupables et, dans la dernière affaire, l'attaque à main armée d'un encaisseur, sans doute avaient-ils pris une plus grande part que le chef.

Lenoir les déchargeait néanmoins, prenait tout à son compte, refusait de « manger le morceau ».

Il était sans pose, sans forfanterie. Il ne mettait pas sa déchéance sur le compte de la société.

— J'ai perdu !… se contentait-il de dire.

C'était fini. Ou plutôt, quand le soleil qu'on voyait dorer un morceau du mur de la cellule se lèverait à nouveau, ce serait fini.

Lenoir eut malgré lui un geste sinistre. Tout en marchant, il se passa la main sur la nuque, frissonna, devint pâle, éprouva le besoin de ricaner :

— Quand même ! Ça fait un drôle d'effet…

Et brusquement, avec un flot de rancœur dans la bouche :

— Si seulement on allait là-bas avec tous ceux qui le méritent !

Il observa Maigret, hésita, fit encore le tour de l'étroite pièce, grommela :

— Ce n'est pas aujourd'hui que je vais commencer à « donner » quelqu'un… Mais quand même !…

Le commissaire évitait de le regarder. Il sentait venir la confession. Et il savait l'autre si farouche qu'un simple tressaillement, ou un intérêt trop marqué, suffirait à lui fermer la bouche.

— Naturellement, vous ne connaissez pas la guinguette à deux sous… Eh bien ! si vous allez faire un tour par là, dites-vous bien qu'il y a un type, parmi les habitués, qui ferait mieux que moi, demain, sur la machine…

Il marchait toujours. Il ne pouvait pas s'arrêter. Cela en devenait hallucinant. C'était sa seule manière de trahir sa fièvre.

— Mais vous ne l'aurez pas… Tenez ! sans « me mettre à table », je peux bien vous raconter ça… Je ne sais pas pourquoi ça me revient aujourd'hui… Peut-être parce que c'est une histoire de gosse… Je devais avoir dans les seize ans… On était deux à fréquenter les bals musette et à chaparder… L'autre, à l'heure qu'il est, doit être dans un sanatorium… Il toussait déjà…

Est-ce que, maintenant, il ne parlait pas pour se donner l'illusion de la vie, pour se prouver à lui-même qu'il était encore un homme ?

— Une nuit… Il était dans les trois heures… On longeait la rue… Mais non ! je ne vous dirai pas le nom de la rue… Une rue quelconque. On voit de loin une porte qui s'ouvre… Il y avait une auto au bord du trottoir… Un type sort, en en poussant un autre… Non ! Pas le pousser… Imaginez un mannequin qu'on voudrait faire marcher avec soi comme si c'était un copain !… Il le met dans la bagnole, s'installe au volant… Mon ami me lance une œillade et nous voilà tous les deux sur le pare-chocs arrière… En ce temps-là, on m'appelait le Chat… C'est tout dire !… On se promène dans des tas de rues… Le frère qui conduit a l'air de chercher quelque chose, de s'être trompé… À la fin, on comprend ce qu'il cherche, car il arrive au canal Saint-Martin… Vous avez deviné, pas vrai ?… Le temps d'ouvrir la portière et de la refermer, c'était fait… Il y avait un corps dans le jus…

» Réglé comme du papier à musique ! Le bon-homme de l'auto avait dû mettre à l'avance des trucs lourds dans les poches du macchabée, car il n'a pas flotté un instant…

» Nous deux, on se tenait peinards… Nouveau coup d'œil… On remonte à notre place… Histoire de bien s'assurer de l'adresse du client… Place de la République, il s'est arrêté pour boire un verre de rhum dans le seul café encore ouvert… Puis il a conduit sa voiture au garage et il est rentré chez lui… On le voyait en ombre chinoise derrière les rideaux, en train de se déshabiller…

» Pendant deux ans, on l'a fait chanter, Victor et moi… On était novices… On avait peur d'en demander trop… Des cent francs à la fois…

» Puis un jour le type a déménagé et on ne l'a pas retrouvé… Il n'y a pas trois mois que je l'ai aperçu par hasard à la guinguette à deux sous et il ne m'a même pas reconnu…

Lenoir cracha par terre, chercha machinalement ses cigarettes, grommela :

— Quand des gars en sont où j'en suis, on pourrait quand même les laisser fumer…

Le rayon de soleil s'était éteint, là-haut. On entendait des pas dans les couloirs.

— C'est pas que je sois plus mauvais qu'un autre, mais il faut avouer que le coco dont je vous parle ferait bien, demain matin, avec moi, sur la…

Cela jaillit brusquement. Des gouttes de sueur, sur le front. Et, en même temps, les jambes qui mollissaient. Lenoir s'assit au bord de sa couchette.

— Il est temps de me laisser… soupira-t-il. Ou plutôt non… Non !… Qu'on ne me laisse pas seul aujourd'hui… Cela vaut encore mieux de parler… Tenez ! Voulez-vous que je vous raconte l'histoire de Marcelle, la femme qui…

On ouvrait la porte. L'avocat du condamné hésitait en apercevant Maigret. Il affichait un sourire de circonstance, pour ne pas laisser deviner à son client que le pourvoi était rejeté.

— Les nouvelles sont bonnes… commença-t-il.

— Ça va !

Et, à Maigret :

— Je ne vous dis pas au revoir, hein, monsieur le commissaire… Chacun son métier… Puis, vous savez, pas la peine d'aller à la guinguette… Le bonhomme est aussi malin que vous…

Maigret tendit sa main. Il vit les narines frémir, la petite moustache brune s'humecter, les canines qui s'enfonçaient dans la lèvre inférieure.

— Ça ou la typhoïde !... plaisanta Lenoir avec un rire forcé.

Maigret ne partait pas en vacances, mais il y avait une affaire de faux bons qui lui prenait presque tout son temps. Il n'avait jamais entendu parler de la guinguette à deux sous. Il s'informa auprès de ses collègues.

— Connais pas ! De quel côté ? Sur la Marne ? En basse Seine ?

Lenoir avait seize ans au moment de l'affaire qu'il avait racontée. Donc celle-ci était vieille de huit ans et un soir Maigret ouvrit les dossiers des affaires classées de cette année-là.

Mais il n'y avait rien de sensationnel. Des disparitions, comme toujours. Une femme coupée en morceaux, dont on n'avait jamais retrouvé la tête. Quant au canal Saint-Martin, il n'avait pas rendu moins de sept cadavres.

Et l'histoire des faux bons se compliquait, exigeait des démarches multiples. Ensuite il fallut conduire Mme Maigret en Alsace, chez sa sœur où, comme chaque année, elle allait passer un mois.

Paris se vidait. L'asphalte devenait mou sous les pas. Les passants cherchaient les trottoirs ombragés et toutes les places étaient prises aux terrasses.

T'attendons sans faute dimanche. Baisers de tous.

Mme Maigret réclamait, parce que depuis quinze jours son mari n'était pas allé la voir. On était le samedi 23 juillet. Il mit de l'ordre dans ses dossiers, prévint Jean, le garçon de bureau du Quai des Orfèvres, qu'il ne rentrerait sans doute pas avant le lundi soir.

Au moment de sortir, son regard tomba sur le bord de son chapeau melon, qui était cassé depuis des semaines. Dix fois Mme Maigret lui avait dit d'en acheter un autre.

— On finira par te donner des sous dans la rue !...

Boulevard Saint-Michel, il avisa un chapelier, commença à essayer des melons qui, tous, étaient trop petits pour son crâne.

— Je vous jure que celui-ci... s'obstinait à lui répéter un blanc-bec de vendeur.

Jamais Maigret n'était aussi malheureux que quand il essayait quelque chose. Or, dans le miroir où il se regardait, il aperçut un dos, une tête, et sur cette tête un chapeau haut de forme.

Comme le client portait un complet de sport gris, c'était plutôt cocasse. Il parlait.

— Non !... Je voudrais un modèle encore plus ancien... Ce n'est pas pour m'habiller...

Maigret attendait de nouveaux chapeaux qu'on était allé lui chercher dans l'arrière-magasin.

— Si vous voulez, c'est pour une farce... Une fausse noce, que nous organisons avec quelques amis, à la guinguette à deux sous... Il y aura la mariée, la belle-mère, les garçons d'honneur, et tout !... Comme dans une noce villageoise !... Vous voyez maintenant ce qu'il me faut ?... Moi, je fais le maire du village...

Le client disait cela avec un bon rire. C'était un homme de trente-cinq ans, bien en chair, les joues pleines et roses, qui donnait l'impression d'un commerçant prospère.

— Si vous en aviez par exemple à bord plat...

— Attendez ! Je crois qu'à l'atelier il y a exactement ce qu'il vous faut. C'est un laissé-pour-compte...

On apportait à Maigret une nouvelle pile de melons. Le premier qu'il essaya lui allait. Mais il traîna, ne sortit que quelques instants avant l'homme au gibus et arrêta à tout hasard un taxi.

Bien lui en prit. L'autre, en sortant, pénétra dans une auto rangée au bord du trottoir, se mit au volant et se dirigea vers la rue Vieille-du-Temple.

Là, il passa une demi-heure chez un brocanteur et emporta un grand carton plat qui devait contenir l'habit assorti au haut-de-forme.

Puis ce furent les Champs-Élysées, l'avenue de Wagram. Un petit bar, à un coin de rue. Il n'y resta que cinq minutes, en sortit en compagnie d'une femme d'une trentaine d'années, grassouillette et réjouie.

Deux fois Maigret avait regardé l'heure à sa montre. Son premier train était parti. Le second partirait dans un quart d'heure. Il haussa les épaules, dit au chauffeur du taxi :

— Suivez toujours !

Il s'y attendait : l'auto s'arrêta devant un meublé de l'avenue Niel. Le couple se précipita sous la voûte. Maigret attendit un quart d'heure, entra, non sans lire sur une plaque de cuivre :

Garçonnières au mois et à la journée

Dans un bureau qui sentait l'adultère, élégant, il trouva une gérante parfumée.

— Police Judiciaire !... Le couple qui vient d'entrer...

— Quel couple ?

Elle ne protesta pas longtemps.

— Des gens très bien, mariés tous les deux, qui viennent deux fois par semaine...

En sortant, le commissaire jeta un coup d'œil sur la plaque d'identité de la voiture, à travers la vitre.

Marcel Basso
32, quai d'Austerlitz, Paris

Pas un souffle de brise. Un air tiède. Et tous les tramways, tous les autobus se dirigeant vers les gares, bondés. Les taxis chargés de fauteuils transatlantiques, de cannes à pêche, de filets à crevettes et de valises.

L'asphalte bleu à force d'être luisant et des fracas de verres et de soucoupes à toutes les terrasses.

— Au fait ! il y a trois semaines que Lenoir a été...

On n'en avait pas beaucoup parlé. C'était une affaire banale, un assassin en quelque sorte professionnel. Maigret se souvint de sa moustache frémissante, soupira en regardant sa montre.

Trop tard pour aller rejoindre Mme Maigret qui, le soir, serait à la barrière de la petite gare avec sa sœur et qui ne manquerait pas de murmurer :

— Toujours le même !

Le chauffeur du taxi lisait un journal. L'homme au haut-de-forme sortit le premier, inspecta la rue dans les deux sens avant de faire signe à sa compagne, restée sous la voûte.

Arrêt place des Ternes. On les voyait s'embrasser à travers la vitre arrière. Et ils se tenaient la main alors que la voiture était déjà embrayée et que la femme avait arrêté un taxi.

— Je continue ? questionna le chauffeur de Maigret.

— Tant qu'on y est !…

Du moins tenait-il quelqu'un qui connaissait la guinguette à deux sous !

Quai d'Austerlitz. Un énorme panneau :

Marcel Basso
Importateur de charbons de toutes provenances
Gros – Demi-gros
On livre par sac à domicile
Prix d'été

Un chantier entouré d'une palissade noirâtre. En face, de l'autre côté de la rue, un quai de déchargement portant la même raison sociale et des péniches au repos près des tas de charbon déchargé du jour même.

Au milieu des chantiers, une grosse maison, genre villa. M. Basso rangea sa voiture, eut un regard machinal pour s'assurer qu'il n'y avait pas de cheveux de femme sur ses épaules, entra chez lui.

Maigret le vit reparaître dans une chambre du premier étage dont les fenêtres étaient larges ouvertes. Il était avec une femme grande, blonde, jolie. Ils riaient tous les deux. Ils parlaient avec animation. M. Basso essayait son haut-de-forme et se regardait dans la glace.

On entassait des effets dans des valises. Il y avait une bonne en tablier blanc.

Un quart d'heure plus tard – il était cinq heures – la famille descendait. Un gamin de dix ans marchait le premier, portant un fusil à air comprimé. Puis la servante, Mme Basso, son mari, un jardinier avec les valises…

Tout cela regorgeait de bonne humeur. Des autos passaient, se dirigeant vers la campagne. À la gare de Lyon, les trains dédoublés et triplés sifflaient éperdument.

Mme Basso s'assit près de son mari. Le gosse s'installa derrière, parmi les bagages, et baissa les vitres.

L'auto était sans luxe. Une bonne voiture de série, bleu de roi, presque neuve.

Quelques minutes plus tard on roulait vers Villeneuve-Saint-Georges. Puis c'était la route de Corbeil. On traversait cette ville. Un chemin défoncé, le long de la Seine.

Mon loisir

C'était le nom de la villa, là-bas, entre Morsang et Seine-Port, au bord du fleuve. Une villa neuve, avec des briques éclatantes, des peintures fraîches, des fleurs qui semblaient avoir été lavées le matin.

Un plongeoir tout blanc, dans la Seine. Des canots.

— Vous connaissez le coin ? demanda Maigret à son chauffeur.

— Un peu…

— Il y a moyen de coucher quelque part ?

— À Morsang, au *Vieux Garçon…* Ou alors plus haut, à Seine-Port, chez *Marius…*

— Et la guinguette à deux sous ?

L'autre fit un signe d'ignorance.

Le taxi ne pouvait rester longtemps au bord de la route sans être remarqué. La voiture des Basso était déjà vidée de son contenu. Dix minutes ne s'étaient pas écoulées que Mme Basso se montrait dans le jardin vêtue d'un costume de matelot en toile de Concarneau, un bonnet de marin américain sur la tête.

Son mari devait être plus pressé d'essayer son travestissement, car il apparut à une fenêtre, déjà sanglé dans une redingote invraisemblable, coiffé du haut-de-forme.

— Qu'est-ce que tu en dis ?

— Tu n'as pas oublié l'écharpe, au moins ?

— Quelle écharpe ?

— Eh bien ! un maire, ça porte une écharpe tricolore…

Sur le fleuve, des canoës glissaient lentement. Un remorqueur sifflait, très loin. Le soleil commençait à sombrer dans les arbres de la colline d'aval.

— Allez au *Vieux Garçon* ! dit Maigret.

Il aperçut une grande terrasse, au bord de la Seine, des embarcations de toutes sortes, une dizaine de voitures rangées derrière le bâtiment.

— Je vous attends ?

— Je ne sais pas encore.

La première personne qu'il rencontra fut une femme tout en blanc qui courait et qui faillit lui tomber dans les bras. Elle portait des fleurs d'oranger sur la tête. Un jeune homme en costume de bain la poursuivait. Tous deux riaient.

D'autres assistaient à la scène, du perron de l'auberge.

— N'abîme pas la mariée !… criait quelqu'un.

— Attends au moins la noce !

La mariée s'arrêtait, essoufflée, et Maigret reconnaissait la dame de l'avenue Niel, celle qui, deux fois par semaine, pénétrait avec M. Basso dans la maison meublée.

Dans un bachot peint en vert, un homme rangeait des engins de pêche, le front plissé, comme s'il se fût livré à un travail délicat et pénible.

— Cinq Pernod, cinq !

Un jeune homme sortait de l'auberge, du blanc gras et des fards sur le visage. Il s'était fait la tête d'un paysan boutonneux et hilare.

— Est-ce réussi ?

— Tu aurais dû avoir des cheveux roux !

Une auto arrivait. Des gens en descendaient, qui étaient déjà habillés pour la noce villageoise. Une femme portait une robe en soie puce qui traînait par terre. Son mari avait mis la chaîne d'un bachot en guise de chaîne de montre sur son abdomen arrondi par un coussin glissé sous le gilet.

Les rayons du soleil devenaient rouges. C'est à peine si le feuillage des arbres frémissait. Un canoë coulait au fil de l'eau et son passager, demi-nu, couché à l'arrière, se contentait de le diriger d'une pagaie nonchalante.

— À quelle heure viennent les chars à bancs ?

Maigret ne savait trop où se mettre.

— Les Basso sont arrivés ?

— Ils nous ont doublés sur la route !

Soudain quelqu'un vint se camper devant Maigret, un homme d'une trentaine d'années, déjà presque chauve, au visage de clown. Une flamme malicieuse pétillait dans ses yeux. Et il lança avec un accent anglais prononcé :

— Voilà un copain pour faire le notaire !

Il n'était pas tout à fait ivre. Il n'était pas tout à fait sain non plus. Les rayons du soleil couchant empourpraient son visage dont les prunelles étaient plus bleues que la rivière.

— Tu fais le notaire, pas vrai ? reprit-il avec une familiarité d'ivrogne. Mais si, mon vieux, on rigolera !

Et il ajouta en prenant Maigret sous le bras :

— Viens boire un Pernod.

Tout le monde riait. Une femme fit à mi-voix :

— Il va fort, James !

Mais l'autre, imperturbable, entraînait Maigret vers le *Vieux Garçon*, commandait :

— Deux grands Per' !...

Et il rit lui-même de cette boutade hebdomadaire,
pendant qu'on leur servait deux verres pleins
jusqu'au bord.

2

Le mari de la dame

Quand on arriva en face de la guinguette à deux sous, Maigret n'avait pas encore son « tour de clef », comme il disait volontiers. Il avait suivi M. Basso sans trop de confiance. Au *Vieux Garçon*, il avait regardé d'un œil morne les gens qui s'agitaient. Mais il n'avait pas ressenti ce petit pincement, ce décalage, ce tour de clef enfin, qui le plongeait dans l'atmosphère d'une affaire.

Tandis que James le forçait à trinquer avec lui, il avait vu des clients aller et venir, essayer des vêtements saugrenus, s'aider les uns les autres, pouffer, crier. Les Basso étaient arrivés et leur fils, à qui on avait fait une tête de petit idiot de campagne, aux cheveux couleur de carotte, avait soulevé l'enthousiasme.

— Laisse-les faire ! disait James chaque fois que Maigret se tournait vers la bande. Ils rigolent et ils ne sont même pas soûls…

Deux chars à bancs s'étaient arrêtés. Encore des cris. Encore des rires et des bousculades. Maigret y avait pris place, près de James, tandis que les patrons du *Vieux Garçon* et tout le personnel étaient rangés sur la terrasse pour assister au départ.

Au soleil avait succédé un crépuscule bleuté. On voyait, de l'autre côté de la Seine, de quiètes villas dont les fenêtres éclairées scintillaient dans la pénombre.

Les chars à bancs roulaient cahin-caha. Le regard du commissaire cueillait en quelque sorte des images autour de lui : le cocher qu'on taquinait et qui riait avec l'air de vouloir mordre ; une jeune fille qui avait réussi à se maquiller en Bécassine et qui s'efforçait de prendre un accent paysan ; un monsieur à cheveux gris qui portait une robe de grand-mère…

C'était confus, trop mouvant, trop inattendu aussi. C'est à peine si Maigret pouvait deviner à quel monde chacun appartenait. Il y avait toute une mise au point nécessaire.

— Celle-là, là-bas, c'est ma femme… annonça James en désignant la plus grassouillette des femmes, qui portait des manches à gigot.

Et il disait cela d'une voix morne, avec une petite flamme dans les yeux.

On chanta. On traversa Seine-Port et les gens vinrent sur les seuils pour assister au défilé. Des gamins coururent longtemps derrière les chars en hurlant d'enthousiasme.

Les chevaux se mirent au pas. On traversait un pont. Quelque part, une enseigne était visible dans le clair-obscur :

Eugène Rougier – Débitant

La maison était toute petite, toute blanche, serrée entre le chemin de halage et la colline. Les caractères de l'enseigne étaient naïfs. À mesure que l'on approchait, on percevait des ritournelles de musique, entrecoupées de grincements.

Qu'est-ce qui provoqua le tour de clef ? Maigret eût été bien en peine de le dire. Peut-être la mollesse du soir, la petite maison blanche avec ses deux fenêtres lumineuses et le contraste avec cette invasion carnavalesque ?

Peut-être le couple qui s'avançait pour regarder la « noce » ? Lui, un jeune ouvrier d'usine. Elle, une belle fille vêtue de soie rose, les mains aux hanches…

La maison n'avait que deux pièces. Dans celle de droite, une vieille femme s'agitait autour de son fourneau. Dans celle de gauche, on devinait un lit, des portraits de famille.

Le bistrot était derrière. C'était un grand hangar dont tout un côté était ouvert sur le jardin. Des tables et des bancs. Un comptoir. Un piano mécanique et des lampions.

Des mariniers buvaient, au comptoir. Une fillette d'une douzaine d'années surveillait le piano mécanique qu'elle remontait de temps en temps et glissait deux sous dans la fente.

Tout cela s'anima très vite. À peine descendus des chars à bancs, les nouveaux venus dansaient, bousculaient les tables, réclamaient à boire. Maigret, qui avait perdu James de vue, le retrouva au comptoir, rêveur devant un Pernod.

Dehors, sous les arbres, un garçon dressait les couverts. Et le conducteur d'un char soupirait :

— Pourvu qu'ils ne nous tiennent pas trop tard ! Un samedi !…

Maigret était seul. Il fit lentement un tour complet sur lui-même. Il vit la petite maison qui fumait, les chars, le hangar, le couple d'amoureux, la foule travestie.

— C'est cela ! grommela-t-il.

La guinguette à deux sous ! Une allusion à la pauvreté du lieu, ou encore aux deux sous qu'il fallait mettre dans le piano pour avoir de la musique.

Et c'était là qu'il y avait un assassin ! Peut-être quelqu'un de la noce ! Peut-être le jeune ouvrier ! Peut-être un marinier !…

Ou James ! Ou M. Basso ?…

Il n'y avait pas l'électricité. Le hangar était éclairé par deux lampes à pétrole et d'autres étaient posées sur les tables, dans le jardin, si bien que le décor était partagé en taches d'ombre et de lumière.

— À table !… On mange !…

Mais on dansait toujours. On buvait. Les yeux s'animaient. Quelques personnes durent prendre plusieurs apéritifs coup sur coup car, en moins d'un quart d'heure, il y eut de l'ivresse dans l'air.

La vieille femme du bistrot servait elle-même à table, s'inquiétait du succès de ses plats – du saucisson, une omelette et un lapin ! – mais personne n'y prenait garde. On mangeait sans même s'en rendre compte. Et toutes les voix réclamaient à boire.

Un charivari confus, couvrant la musique. Les mariniers, du comptoir, contemplaient la scène en continuant leur conversation lente sur les canaux du Nord et le halage électrique.

Les jeunes amoureux dansaient, joue à joue ; mais leurs regards ne quittaient pas les tables où l'on s'amusait.

Maigret ne connaissait personne. Il avait à côté de lui une femme qui s'était fait une tête ridicule, moustachue, piquée de grains de beauté multiples, et qui l'appelait sans cesse l'oncle Arthur.

— Passe-moi le sel, oncle Arthur…

— Alors, et ton viau, oncle Arthur ?…

On se tutoyait. On se donnait de grands coups de coude. Est-ce que ces gens-là se connaissaient très bien entre eux ? Est-ce que ce n'étaient que des compagnons de hasard ?

Et que pouvait bien faire dans la vie, par exemple, le bonhomme à cheveux gris habillé en vieille femme ?

Et cette dame vêtue en petite fille qui adoptait une voix de fausset ?

Des bourgeois, comme les Basso ? Marcel Basso était à côté de la mariée. Il ne la chahutait pas. De temps en temps, seulement, il avait un regard entendu qui devait signifier : « Ce qu'on était bien, après midi ! »

Avenue Niel, dans la garçonnière meublée ! Est-ce que le mari était ici aussi ?

Quelqu'un fit partir des pétards. Un feu de Bengale s'alluma dans le jardin et le couple d'ouvriers le regarda tendrement, la main dans la main.

— On dirait un décor de théâtre… dit la belle fille en rose.

Et il y avait un assassin !

— Un discours ! Un discours ! Un discours !…

Ce fut M. Basso qui se leva, un sourire ravi aux lèvres, qui toussa, feignit l'embarras, commença un discours saugrenu que hachaient les applaudissements.

À certain moment, son regard s'arrêta sur Maigret. C'était le seul visage grave autour de la table. Et le commissaire sentit une gêne chez l'homme qui détourna la tête.

Mais deux fois, trois fois, le regard revint vers lui, interrogateur, ennuyé.

— … et vous répéterez tous avec moi : Vive la mariée !…

— Vive la mariée !

On se levait. On embrassait la mariée. On dansait. On entrechoquait les verres. Maigret vit M. Basso qui s'approchait de James et lui posait une question. Sans doute :

— Qui est-ce ?…

Il entendit la réponse :

— Je ne sais pas… Un copain !… Un chic type !…

Les tables étaient abandonnées. Tout le monde dansait dans le hangar et des gens venus on ne savait d'où restaient dans la nuit, à peine distincts des troncs d'arbres, à contempler ceux qui s'amusaient.

Les bouchons de mousseux sautèrent.

— Viens boire une fine ! dit James. Je suppose que tu ne danses pas…

Drôle de garçon ! Il avait bu déjà de quoi enivrer quatre ou cinq hommes normaux. Et il n'était pas ivre à proprement parler. Il se traînait, saumâtre, d'une démarche flegmatique. Il fit entrer Maigret dans la maison. Il s'installa dans le fauteuil Voltaire du patron.

Une grand-mère toute cassée lavait la vaisselle tandis que la patronne, qui devait être sa fille et qui n'avait pas loin de cinquante ans, s'affairait.

— Eugène !… Encore six bouteilles de mousseux… Tu ferais peut-être bien de demander au cocher d'aller en chercher à Corbeil.

Un petit intérieur de campagne, très pauvre. Une horloge à balancier, dans une caisse de noyer sculpté. Et James allongeait les jambes, saisissait la bouteille de fine qu'il avait commandée, en servait deux pleins verres.

— À ta santé !…

On ne voyait plus rien de la noce. On entendait seulement une rumeur qui couvrait la musique. Par la porte ouverte, on devinait la surface fuyante de la Seine.

— Des trucs pour s'embrasser dans les coins, et tout le reste ! dit James avec mépris.

Il avait trente ans. Mais on sentait bien qu'il n'était pas l'homme à embrasser les femmes dans les coins.

— Je parie qu'il y en a déjà dans le fond du jardin…

Il observait la grand-mère pliée en deux au-dessus de son bassin à vaisselle.

— Donne-moi un torchon, tiens ! lui dit-il.

Et il se mit en devoir d'essuyer les verres et les assiettes, en ne s'interrompant que pour avaler de temps en temps une gorgée de cognac.

Parfois quelqu'un passait devant la porte. Maigret profita d'un moment où James parlait à la vieille pour s'esquiver. Il n'avait pas fait dix pas dehors que quelqu'un lui demandait du feu. L'homme à cheveux gris, habillé en femme.

— Merci !... Vous ne dansez pas non plus ?

— Jamais !

— Ce n'est pas comme ma femme. Elle n'a pas encore raté une danse...

Maigret eut une intuition.

— La mariée ?

— Oui... Et tout à l'heure, quand elle restera tranquille, elle va prendre froid...

Il soupira. Il était grotesque, avec son visage grave d'homme de cinquante ans et sa robe de vieille. Le commissaire se demanda ce qu'il pouvait bien faire dans la vie, quel était son aspect habituel.

— Il me semble que je vous ai déjà rencontré quelque part... dit-il à tout hasard.

— J'ai la même impression... Nous nous sommes déjà vus... Mais où ?... À moins que vous soyez client de ma chemiserie...

— Vous êtes chemisier ?

— Sur les Grands Boulevards...

Sa femme était maintenant la plus bruyante de tous. Son ivresse était évidente. Elle se marquait par une exubérance inouïe. Elle dansait avec Basso, tellement rivée à lui que Maigret détourna la tête.

— Une drôle de petite fille, soupira le mari.

Une petite fille ! Cette femme de trente ans bien en chair, aux lèvres sensuelles, au regard allumé, qui semblait s'offrir toute à son cavalier !

— Quand elle s'amuse, elle devient comme folle…

Le commissaire regarda son compagnon, ne put deviner si celui-ci était furieux ou attendri.

Au même instant, quelqu'un criait :

— On couche la mariée !… En place pour le coucher de la mariée !… Où est le marié ?…

Il y avait un petit réduit au fond du hangar. On en ouvrit la porte. Quelqu'un alla chercher le marié au fond du jardin.

Maigret, lui, observait le vrai mari, qui souriait.

— D'abord la jarretelle-souvenir !

Ce fut M. Basso qui enleva la jarretelle, la découpa en petits morceaux qu'il distribua. On poussa marié et mariée dans le réduit, dont on ferma la porte à clef.

— Elle s'amuse… murmura le compagnon de Maigret. Vous êtes marié aussi ?

— Heu !… Oui…

— Votre femme n'est pas ici ?

— Non… Elle est en vacances…

— Elle aime la jeunesse aussi ?…

Et Maigret se demandait si l'autre se payait sa tête ou parlait sérieusement. Il profita d'un moment d'inattention, pénétra dans le jardin, passa près du couple d'ouvriers collé à un arbre.

Dans la cuisine, James parlait avec la vieille, gentiment, sans cesser d'essuyer les verres, ni d'en vider.

— Qu'est-ce qu'ils f… ? demanda-t-il à Maigret. Vous n'avez pas vu ma femme ?

— Je ne l'ai pas remarquée.

— Pas faute qu'elle soit assez grosse !

Cela se précipita. Il pouvait être une heure du matin. Des gens parlaient à voix basse de partir.

Quelqu'un était malade, au bord de la Seine. La mariée avait recouvré sa liberté. Il n'y avait que les plus jeunes à danser encore.

Le cocher du char vint trouver James.

— Vous croyez que ce sera encore long ?… J'ai la bourgeoise qui m'attend depuis une heure et…

— T'as une femme aussi ?

Et James donna le signal du départ. Sur les banquettes, les uns s'endormaient à moitié en dodelinant de la tête, d'autres continuaient à chanter et à rire avec plus ou moins de conviction.

On passa près d'un groupe de péniches endormies. Un train siffla. Sur le pont, on ralentit.

Les Basso descendirent en face de leur villa. Le chemisier avait déjà quitté le groupe à Seine-Port. Une femme disait à mi-voix à son mari qui était ivre :

— … Je te le dirai demain, ce que tu as fait !… Tais-toi !… Je ne t'écoute même pas !…

Le ciel était criblé d'étoiles que l'eau du fleuve reflétait. Au *Vieux Garçon*, tout dormait. Poignées de main.

— Tu fais de la voile ?

— Nous allons au brochet…

— Bonne nuit…

Un rang de chambres. Maigret demanda à James :

— Il y en a une pour moi ?

— N'importe laquelle !… Du moment que t'en trouves une vide… Sinon, tu n'as qu'à venir chez moi…

Quelques fenêtres s'allumèrent. Des souliers tombèrent sur le plancher. Des bruits de sommier.

Un couple qui chuchotait éperdument, dans une des chambres. Peut-être la femme qui avait quelque chose à dire à son mari ?

Maintenant, ils avaient tous leur vrai visage. Il était onze heures du matin. La journée était chaude, ensoleillée. Les serveuses en noir et blanc allaient d'une table à l'autre, sur la terrasse, pour dresser les couverts.

Et les gens se groupaient, quelques-uns encore en pyjama, d'autres en costume de matelot, d'autres encore en pantalon de flanelle.

— Gueule de bois ?

— Pas trop… Et toi ?…

Certains étaient déjà partis à la pêche, ou en revenaient. Il y avait aussi de petits voiliers, des canoës.

Le chemisier portait un complet gris bien coupé et on sentait le monsieur soigné, qui déteste se montrer en toilette négligée. Il aperçut Maigret, s'en approcha.

— Vous permettez que je me présente : M. Feinstein… Hier, je vous ai parlé de ma chemiserie… Comme chemisier, je m'appelle Marcel…

— Vous avez bien dormi ?

— Pas du tout ! Comme je m'y attendais, ma femme a été malade… C'est chaque fois la même chose… Elle sait très bien qu'elle n'a pas le cœur solide…

Pourquoi son regard semblait-il guetter les impressions de Maigret ?

— Vous ne l'avez pas vue, ce matin ?

Et il cherchait sa femme alentour. Il l'aperçut sur un bateau à voiles où ils étaient quatre ou cinq en costume de bain, et que pilotait M. Basso.

— Vous n'étiez jamais venu à Morsang ?... C'est très agréable ! Vous verrez que vous reviendrez... On est entre soi... Rien que des habitués, des amis... Vous aimez le bridge ?...

— Heu !...

— On en fera un tout à l'heure... Vous connaissez M. Basso ?... Un des plus gros marchands de charbon de Paris... Un charmant garçon !... C'est son voilier qui arrive... Mme Basso est enragée de sport.

— Et James ?...

— Il est déjà à boire, je parie ?... Il vit entre deux cuites... Tout jeune, pourtant !... Il pourrait faire quelque chose... Il préfère se laisser vivre tranquillement... Il est employé dans une banque anglaise, place Vendôme... On lui a offert des tas de situations et il les a toutes refusées... Il tient à avoir fini sa journée à quatre heures et, dès ce moment, vous pourrez le voir dans les brasseries de la rue Royale...

— Ce grand jeune homme ?...

— Le fils d'un bijoutier...

— Et ce monsieur qui pêche, là-bas ?

— Un entrepreneur de plomberie... Le plus enragé pêcheur de Morsang... Il y en a qui bridgent... D'autres font du bateau... D'autres pêchent... Cela constitue une petite population charmante... Quelques-uns ont leur villa...

On apercevait la toute petite maison blanche, au premier tournant du fleuve, et on devinait le hangar au piano mécanique.

— Tout le monde fréquente la guinguette à deux sous ?

— Depuis deux ans... C'est James qui l'a en quelque sorte découverte... Auparavant, il n'y avait là-bas que quelques ouvriers de Corbeil qui venaient danser le dimanche... James a pris l'habitude, quand les autres étaient trop bruyants, d'aller y boire tout seul... Un jour la bande l'a rejoint... On a dansé... Et l'habitude a été prise... Au point que les anciens clients, dépaysés, ont peu à peu abandonné la guinguette...

Une serveuse passait avec un plateau chargé d'apéritifs. Quelqu'un plongeait dans la rivière. Une odeur de friture s'échappait de la cuisine.

Et la cheminée fumait, là-bas, à la guinguette. Un visage s'imposait à Maigret : des moustaches fines et brunes, des dents pointues, des narines qui frémissaient...

Jean Lenoir, marchant sans fin pour cacher son trouble, parlant, évoquant lui aussi la guinguette à deux sous.

— *Si seulement on y allait en même temps que tous ceux qui le méritent...*

Pas à la guinguette ! Ailleurs, où il était allé tout seul, le lendemain matin, avant le réveil de Paris !

Et, sans savoir pourquoi, dans cette chaleur, Maigret eut froid, l'espace de quelques secondes. Il regarda avec d'autres yeux le chemisier tiré à quatre épingles qui fumait une cigarette à bout doré. Puis il vit le bateau des Basso qui accostait, les gens demi-nus qui sautaient à terre, serraient la main des autres.

— Vous permettez que je vous présente à nos amis ? dit M. Feinstein. Monsieur… ?

— Maigret, fonctionnaire…

Cela se fit correctement, avec des inclinations du buste, des « enchanté », des « tout le plaisir est pour moi »…

— Vous étiez avec nous hier au soir, n'est-ce pas ?… Une petite plaisanterie assez réussie… Vous faites le bridge, cet après-midi ?

Un jeune homme maigre s'était approché de M. Feinstein, l'entraînait à l'écart, lui disait quelques mots à voix basse. Ce manège n'avait pas échappé à Maigret qui vit le chemisier se renfrogner, manifester un sentiment qui ressemblait à de la peur, l'observer des pieds à la tête et reprendre enfin son attitude normale.

Le groupe se rapprochait de la terrasse, cherchait une table.

— Un petit Pernod général ?… Tiens ! où est James ?…

M. Feinstein était nerveux, en dépit de l'effort qu'il faisait sur lui-même. Il ne s'occupait que de Maigret.

— Qu'est-ce que vous prenez ?

— Cela m'est tout à fait égal…

— Vous…

Il n'acheva pas la phrase commencée et feignit de regarder ailleurs. Un peu plus tard, il murmura néanmoins :

— C'est drôle que le hasard vous ait conduit à Morsang…

— Oui, c'est bizarre… approuva le commissaire.

On servait à boire. Plusieurs personnes parlaient à la fois. Le pied de Mme Feinstein était posé sur celui de M. Basso et elle le fixait de ses yeux brillants.

— Une belle journée !… Dommage que les eaux soient trop claires pour la pêche…

L'air était écœurant à force d'être calme et Maigret se souvint d'un rayon de soleil pénétrant, très haut, dans une cellule blanche.

Lenoir qui marchait, marchait, marchait comme pour oublier qu'il ne marcherait plus longtemps.

Et le regard de Maigret se posait tour à tour, lourdement, sur chaque visage, sur celui de M. Basso, sur celui du chemisier, de l'entrepreneur, de James qui arrivait, des jeunes gens et des femmes…

Il essayait d'imaginer tour à tour chacun de ces êtres, la nuit, le long du canal Saint-Martin, poussant un cadavre « comme un mannequin qu'on voudrait faire marcher »…

— À votre santé ! lui dit M. Feinstein avec un long sourire.

3

Les deux canots

Maigret avait déjeuné tout seul, à la terrasse du *Vieux Garçon*. Mais, autour de lui, les tables étaient occupées par les habitués et la conversation était générale.

Il était fixé, maintenant, sur le milieu social auquel appartenaient ses voisins : des commerçants, de petits industriels, un ingénieur, deux médecins. Des gens ayant leur voiture, mais ne disposant que du dimanche pour s'ébattre à la campagne.

Tous avaient un canot, soit à moteur, soit à voile. Tous étaient pêcheurs plus ou moins passionnés.

Ils vivaient là vingt-quatre heures par semaine, en costume de toile à voile, pieds nus, ou chaussés de sabots, et quelques-uns affectaient la démarche chaloupée de vieux loups de mer.

Davantage de couples que de jeunes gens. Et, entre les groupes, une familiarité assez poussée de gens qui, depuis des années, ont l'habitude de se retrouver chaque dimanche.

James était le personnage populaire, le trait d'union entre tous, et il n'avait qu'à paraître, flegmatique, le teint brique, les yeux vagues, pour engendrer la bonne humeur.

— Gueule de bois, James ?

— D'abord, je n'ai jamais de gueule de bois ! Quand je sens que l'estomac est barbouillé, je bois aussitôt quelques Pernod…

On évoqua surtout des souvenirs de la nuit. On riait de quelqu'un qui avait été malade, d'un autre qui avait failli tomber dans la Seine en rentrant.

Maigret faisait partie du groupe sans en faire partie. Il était là, près de ses compagnons de la veille. Au cours de la beuverie, on l'avait tutoyé. Maintenant, on l'observait parfois à la dérobée. Ou bien on lui adressait une phrase ou deux, par politesse.

— Vous êtes pêcheur aussi ?

Les Basso déjeunaient chez eux. Les Feinstein aussi, et d'autres qui avaient leur villa. Ce qui créait déjà deux classes dans le groupe : les gens à villa et les clients de l'auberge.

Vers deux heures, ce fut le chemisier qui vint chercher Maigret, comme s'il le prenait sous sa protection personnelle.

— On vous attend pour le bridge.

— Chez vous ?

— Chez Basso ! Ce dimanche-ci, on devait jouer chez moi, mais la bonne est malade et on sera mieux chez Basso… Tu viens, James ?

— Je monterai à la voile…

La villa des Basso était un kilomètre plus haut. Maigret et Feinstein y allèrent à pied, tandis que la plupart des invités s'y rendaient soit en youyou, soit en canoë, soit en voilier.

— Un charmant garçon, ce Basso, n'est-ce pas ?

Maigret ne put savoir si son interlocuteur persiflait ou s'il parlait sérieusement.

Un drôle de bonhomme, vraiment, ni figue ni raisin, ni jeune ni vieux, ni beau ni laid, qui était peut-être vide de pensées, mais peut-être aussi bourré de secrets.

— Je suppose que dorénavant vous serez des nôtres tous les dimanches ?

On rencontrait des groupes de gens qui pique-niquaient, ainsi que des pêcheurs à la ligne plantés de cent en cent mètres sur la berge. La chaleur allait croissant. L'air était d'un calme extraordinaire, presque inquiétant.

Dans le jardin des Basso, des guêpes bourdon-naient autour des fleurs. Il y avait déjà trois automo-biles. Le gamin s'ébattait au bord de l'eau.

— Vous jouez au bridge ? demanda le marchand de charbon en tendant à Maigret une main cordiale. Parfait !… Dans ce cas, ce n'est pas nécessaire d'attendre James, qui n'arrivera jamais à remonter à la voile…

Tout était neuf, pimpant. Un cottage construit comme un jouet. Une décoration fantaisiste, avec pro-fusion de rideaux à petits carreaux rouges, de vieux meubles normands, de poteries campagnardes.

La table de jeu était dressée dans une pièce de plain-pied qui communiquait avec le jardin par une grande baie vitrée. Des bouteilles de vouvray trem-paient dans un seau à champagne tout embué. Un plateau était chargé de liqueurs. Et Mme Basso, en tenue de marin, faisait les honneurs.

— Fine, quetsche, mirabelle ?… À moins que vous préfériez le vouvray ?…

De vagues présentations aux autres joueurs, qui n'appartenaient pas tous à la bande de la nuit précédente, mais qui étaient des amis du dimanche.

— Monsieur… hum…

— Maigret !

— Monsieur Maigret, qui joue au bridge…

C'était presque un décor d'opérette, tant les couleurs étaient vives, pimpantes. Rien qui fît penser que la vie est une chose sérieuse. Le gamin était monté dans une périssoire peinte en blanc et sa mère lui criait :

— Attention, Pierrot !

— Je vais à la rencontre de James !

— Un cigare, monsieur Maigret ?… Si vous aimez mieux la pipe, il y a du tabac dans ce pot… Ne craignez rien ! ma femme est habituée…

Juste en face, on voyait, sur l'autre rive, la petite maison de la guinguette à deux sous.

Et la première partie de l'après-midi fut sans histoire. Maigret nota pourtant que M. Basso ne jouait pas et qu'il paraissait un peu plus nerveux que le matin.

Son aspect était tout le contraire de celui d'un homme nerveux. Il était grand et fort, et surtout il respirait la vie par tous les pores de la peau. Un homme exubérant, un peu brutal, fait d'une pâte plébéienne.

M. Feinstein, lui, jouait avec tout le sérieux d'un véritable amateur de bridge et Maigret se fit plusieurs fois rappeler à l'ordre.

Vers trois heures, la bande de Morsang envahit le jardin, puis la pièce où l'on jouait. Quelqu'un mit le phonographe en marche. Mme Basso servit du vouvray, et un quart d'heure plus tard une demi-douzaine de couples dansaient autour des bridgeurs.

C'est à ce moment que M. Feinstein, tout accaparé par le jeu qu'il était en apparence, murmura :

— Tiens ! Où est passé notre ami Basso ?

— Je crois qu'il vient de monter dans un canot ! dit quelqu'un.

Maigret suivit le regard du chemisier, aperçut un canot qui accostait précisément à la rive d'en face, près de la guinguette à deux sous. M. Basso en sortait, se dirigeait vers la guinguette, revenait un peu plus tard, préoccupé en dépit de la fausse bonne humeur qu'il affichait.

Un autre incident, qui passa inaperçu. M. Feinstein gagnait. Mme Feinstein dansait avec Basso qui venait de rentrer. Et James, un verre de vouvray à la main, plaisantait :

— Il y en a qui sont incapables de perdre, même s'ils le voulaient !…

Le chemisier ne broncha pas. Il donnait les cartes. Maigret observait ses mains et il les trouva calmes comme d'habitude.

Une heure, deux heures s'écoulèrent de la sorte. Les danseurs commençaient à en avoir assez. Quelques invités s'étaient baignés. James, qui avait perdu aux cartes, se leva en grommelant :

— On change de crémerie !… Qui est-ce qui vient à la guinguette à deux sous ?…

Le hasard lui fit happer Maigret au passage.

— Viens avec moi, toi !

Il avait atteint le degré d'ivresse qu'il ne dépassait jamais, même s'il continuait à boire. Les autres se levaient à leur tour. Un jeune homme criait, les mains en porte-voix :

— Tout le monde à la guinguette !

— Attention de ne pas tomber…

James aidait le commissaire à monter dans son voilier de six mètres, poussait le bateau d'un coup de gaffe, s'asseyait dans le fond.

Mais il n'y avait pas un souffle de vent. La voile battait. C'est à peine si l'embarcation tenait tête au courant, pourtant peu sensible.

— On n'est pas pressés, hein !

Maigret remarqua que Marcel Basso et Feinstein montaient tous les deux dans le même canot à moteur, traversaient la rivière en quelques instants, débarquaient en face de la guinguette.

Puis venaient des bachots, des canoës. Parti le premier, le bateau de James restait bon dernier, faute de vent, et l'Anglais ne paraissait pas disposé à se servir des avirons.

— Ce sont de bons types !… murmura soudain James, comme s'il suivait sa pensée.

— Qui ?

— Tous ! Ils s'embêtent ! Ils n'en peuvent rien ! Tout le monde s'embête, dans la vie…

C'était cocasse, parce qu'il avait une mine béate au fond de son bateau et que le soleil polissait son crâne dénudé.

— C'est vrai que t'es dans la police ?

— Qui a dit cela ?

— Je ne sais pas… J'en ai entendu parler tout à l'heure… Bah ! c'est un métier comme un autre…

Et James bordait sa voile qu'une risée gonflait légèrement. Il était six heures. On entendait sonner la cloche de Morsang, à laquelle celle de Seine-Port répondait. La rive était encombrée par des roseaux fourmillant d'insectes. Et le soleil commençait à devenir rougeâtre.

— Qu'est-ce que tu…

James parlait. Mais il y eut un bruit sec qui coupa sa phrase net tandis que Maigret se levait d'un bond, menaçait de faire chavirer l'embarcation.

— Attention !… lui cria son compagnon.

Et il se pencha sur l'autre bord, saisit un aviron, se mit en devoir de godiller, les sourcils froncés, les prunelles inquiètes.

— La chasse n'est pourtant pas ouverte…

— C'est derrière la guinguette ! dit Maigret.

En approchant de celle-ci, on entendit le vacarme du piano mécanique et une voix angoissée qui criait :

— Arrêtez la musique !… Arrêtez la musique !

On courait. Un couple dansait encore, s'arrêta beaucoup plus tard que le piano. La vieille grand-mère sortait de la maison, un seau à la main, restait immobile à essayer de deviner ce qui se passait.

L'accostage fut difficile, à cause des roseaux. Maigret, en se précipitant, mit une jambe dans l'eau jusqu'au genou. James le suivait de sa démarche molle en grommelant des choses inintelligibles.

Il suffisait de suivre les gens qu'on voyait s'arrêter derrière le hangar servant de salle de danse. Le hangar contourné, on apercevait un homme qui regardait la

foule de ses gros yeux troubles et qui bégayait obstinément :

— Ce n'est pas moi !…

L'homme, c'était Basso. Il tenait à la main un petit
revolver à crosse de nacre dont il semblait oublier
l'existence.

— Où est ma femme ?… questionna-t-il en regardant les assistants comme s'il ne les reconnaissait pas.

Les autres la cherchaient. Quelqu'un dit :

— Elle est restée là-bas pour préparer le dîner…

Maigret dut atteindre le premier rang pour distinguer une forme étendue dans les hautes herbes, un
complet gris, un chapeau de paille.

Ce n'était pas tragique du tout. C'était ridicule, de
par la faute des spectateurs qui ne savaient pas ce
qu'ils devaient faire. Ils restaient là, ahuris, hésitants,
à regarder un Basso aussi ahuri et hésitant qu'eux.

Mieux : un des membres de la bande, qui était
médecin, était tout près du corps étendu et n'osait pas
se pencher. Il regardait les autres comme pour leur
demander conseil.

De tragique, il y eut pourtant une toute petite
chose. À certain moment, le corps bougea. Les
jambes parurent chercher à s'arc-bouter. Les épaules
esquissèrent un mouvement tournant. On aperçut
une partie du visage de M. Feinstein.

Puis, toujours comme dans un grand effort, il se
raidit et retomba lentement, inerte.

Il venait seulement de mourir.

— Tâtez le cœur !… dit Maigret, d'une voix sèche, au médecin.

Et le commissaire, qui avait l'habitude de ces sortes de drames, ne perdait rien du spectacle, voyait tout à la fois, avec une netteté quasi irréelle.

Il y avait quelqu'un d'écroulé dans les derniers rangs, quelqu'un qui poussait des hurlements aigus : c'était Mme Feinstein, arrivée la dernière, parce qu'elle avait dansé la dernière. Des gens étaient penchés sur elle. Le patron de la guinguette s'approchait, avec la mine soucieuse d'un paysan méfiant.

M. Basso, lui, respirait par saccades, bombait la poitrine pour la remplir d'air, apercevait soudain le revolver dans sa main crispée.

Il était abruti. Il regarda tour à tour les gens autour de lui, comme s'il se demandait à qui il devait tendre l'arme. Il répéta :

— Ce n'est pas moi…

Il cherchait toujours sa femme des yeux, malgré la réponse qu'on lui avait faite.

— Mort !… déclara le médecin en se redressant.

— Une balle ?

— Ici…

Et le docteur montra le défaut des côtes, chercha lui aussi sa femme qui n'était vêtue que d'un costume de bain.

— Vous avez le téléphone ? demanda Maigret au patron de la guinguette.

— Non… Il faut aller à la gare… ou à l'écluse…

Marcel Basso était vêtu d'un pantalon de flanelle blanche, d'une chemise ouverte sur la poitrine, qui mettait en valeur la largeur de son torse.

Or, on le vit osciller imperceptiblement, esquisser un geste comme pour chercher un appui et soudain s'asseoir dans l'herbe, à moins de trois mètres du cadavre, et se prendre la tête dans les mains.

La note comique ne manqua pas. Une voix de femme, toute fluette, fit dans le groupe :

— Il pleure !…

Elle croyait parler bas. Tout le monde l'entendit.

— Vous avez un vélo ? demanda encore Maigret au patron.

— Pour sûr !

— Eh bien ! allez à l'écluse avertir la gendarmerie…

— Celle de Corbeil ou celle de Cesson ?

— Peu importe !

Et Maigret examina Basso d'un air ennuyé, ramassa le revolver, dans le barillet duquel il ne manquait qu'une balle.

Un revolver de dame, joli comme un bijou. Et des balles minuscules, qu'on eût dit nickelées. Une seule avait suffi, pourtant, à couper le fil de la vie chez le chemisier !

C'est à peine s'il avait saigné. Une tache roussâtre sur son complet d'été. Il restait propre, tiré à quatre épingles comme d'habitude.

— Mado a une crise, dans la maison !… vint annoncer un jeune homme.

Mado, c'était Mme Feinstein, qu'on avait étendue sur le lit très haut des tenanciers. Tout le monde épiait Maigret. Il y eut un froid quand une voix, au bord de la rivière, lança :

— Coucou !… Où êtes-vous ?…

C'était Pierrot, le fils de Basso, qui abordait en périssoire et qui cherchait la bande.

— Allez vite !… Qu'on l'empêche d'approcher…

Marcel Basso se remettait. Il découvrait son visage, se redressait, confus de sa faiblesse d'un instant, semblait à nouveau chercher la personne à qui il devait s'adresser.

— J'appartiens à la Police Judiciaire ! lui dit Maigret.

— Vous savez… ce n'est pas moi !…

— Voulez-vous me suivre un moment ?

Le commissaire s'adressa au médecin :

— Je compte sur vous pour empêcher qu'on touche au corps ! Et je vous demande à tous de nous laisser, M. Basso et moi…

Tout cela avait traîné comme une scène mal réglée, dans l'atmosphère lourde, radieuse. Des pêcheurs à la ligne passaient sur le chemin de halage, le panier à poissons sur le dos. Basso marchait à côté de Maigret.

— C'est quelque chose d'inouï !…

Il était sans vigueur, sans ressort. Dès qu'on avait contourné le hangar, on apercevait la rivière, la villa, sur l'autre rive, et Mme Basso qui rangeait les fauteuils d'osier abandonnés dans le jardin.

— Maman demande la clef de la cave ! cria le gamin, de sa périssoire.

Mais l'homme ne répondit rien. Son regard changeait, devenait celui d'une bête traquée.

— Dites-lui où est cette clef.

Il fit un grand effort pour clamer :

— Au crochet du garage !

— Comment ?

— Au crochet du garage !

Et on percevait vaguement l'écho :

— … rage !…

— Que s'est-il passé entre vous ? questionna Maigret en pénétrant dans le hangar au piano mécanique, où il n'y avait plus que des verres sur les tables.

— Je ne sais pas…

— À qui appartient le revolver ?

— Pas à moi !… Le mien est toujours dans ma voiture…

— Feinstein vous a attaqué ?

Un long silence. Un soupir.

— Je ne sais pas ! Je n'ai rien fait !… Surtout… surtout je jure que je ne l'ai pas tué…

— Vous aviez l'arme à la main quand…

— Oui… Je ne sais pas comment cela s'est fait…

— Vous prétendez que c'est un autre qui a tiré ?

— Non… je… vous ne pouvez pas vous figurer comme c'est terrible…

— Feinstein s'est suicidé ?

— Il a…

Il s'assit sur un banc, se prit une fois de plus la tête à deux mains. Et, comme un verre traînait sur la table, il le saisit, avala d'un trait son contenu, fit la grimace.

— Que va-t-il arriver ?… Vous m'arrêtez ?…

Et, regardant fixement Maigret, le front plissé :

— Mais… comment étiez-vous justement là ?… Vous ne pouviez pourtant pas savoir…

Il semblait s'efforcer de comprendre, de nouer ensemble des lambeaux d'idées. Il grimaçait.

— On dirait un piège qui…

La périssoire blanche revenait vers la berge après avoir touché l'autre rive.

— Papa !... La clef n'est pas au garage !... Maman demande...

Machinalement, Basso tâta ses poches. Du métal cliqueta. Il retira un trousseau de clefs qu'il posa sur la table. Et ce fut Maigret qui traversa le chemin de halage, cria au gosse :

— Attention !... Attrape !...

— Merci, m'sieur !

Et la périssoire s'éloigna. Mme Basso, dans le jardin, dressait la table pour le dîner, avec la servante. Des canoës rentraient au *Vieux Garçon*. Le débitant revenait en vélo de l'écluse où il était allé téléphoner.

— Vous êtes sûr que ce n'est pas vous qui avez tiré ?

L'autre haussa les épaules, soupira, ne répondit pas.

La périssoire abordait l'autre rive. On devinait la conversation entre la mère et le fils. Un ordre fut donné à la servante, qui entra dans la maison pour en sortir presque aussitôt.

Et Mme Basso, lui prenant les jumelles des mains, les braqua sur la guinguette à deux sous.

James était assis dans un coin, chez les débitants, et se versait de grands verres de cognac en caressant le chat qui s'était blotti sur ses genoux.

4

Les rendez-vous rue Royale

Ce fut une semaine maussade, éreintante, toute remplie de tâches sans attrait, de petits déboires, de démarches délicates, dans un Paris torride dont un orage, chaque soir vers les six heures, transformait les rues en rivières.

Mme Maigret était toujours en vacances, écrivait : *… le temps est magnifique et jamais les prunelles n'ont été si belles…*

Maigret n'aimait pas rester à Paris sans sa femme. Il mangeait, sans appétit, dans le premier restaurant venu, et il lui arriva de coucher à l'hôtel pour ne pas rentrer chez lui.

L'histoire avait commencé par un chapeau haut de forme que Basso essayait dans le magasin ensoleillé du boulevard Saint-Michel. Un rendez-vous avenue Niel, dans une garçonnière. Une noce le soir, à la guinguette à deux sous. Une partie de bridge et le drame inattendu…

Quand les gendarmes étaient arrivés, là-bas, sur les lieux, Maigret, qui n'était pas en mission officielle, leur avait laissé prendre leurs responsabilités. Ils avaient arrêté le marchand de charbon. Le Parquet avait été avisé.

Une heure plus tard, Marcel Basso était assis dans la petite gare de Seine-Port, entre deux brigadiers. La foule du dimanche attendait le train. Le brigadier de droite lui avait offert une cigarette.

Les lampes étaient allumées. La nuit était presque complète. Et voilà qu'au moment où le train entrait en gare et où tout le monde se pressait au bord du quai, Basso bousculait ses gardiens, s'élançait à travers la foule, traversait la voie et fonçait vers un bois proche !

Les gendarmes n'en croyaient pas leurs yeux. Quelques instants auparavant il était si calme, comme avachi, entre eux deux !

Maigret apprit cette fuite en arrivant à Paris. Et ce fut une nuit désagréable pour tout le monde. Aux environs de Morsang et de Seine-Port, la gendarmerie battait les campagnes, barrait les routes, surveillait les gares et questionnait tous les chauffeurs d'autos. Le filet s'étendit sur presque tout le département et les promeneurs dominicaux s'étonnaient, en rentrant, des renforts de police garnissant les portes de Paris.

En face de la maison des Basso, quai d'Austerlitz, deux hommes de la Police Judiciaire. Deux hommes aussi devant l'immeuble où les Feinstein avaient leur appartement privé, boulevard des Batignolles.

Le lundi matin, descente du Parquet à la guinguette à deux sous et Maigret dut y assister, discuter longuement avec les magistrats.

Lundi soir : rien ! Quasi-certitude que Basso était parvenu à passer à travers le filet et à se réfugier à

Paris ou dans une ville des environs, comme Melun, Corbeil, Fontainebleau.

Mardi matin, rapport du médecin légiste : coup de feu tiré à une distance d'environ trente centimètres. Impossible de déterminer si le coup a été tiré par Feinstein lui-même ou par Basso.

Mme Feinstein reconnaît l'arme comme lui appartenant. Elle ignorait que son mari l'eût en poche. D'habitude, le revolver se trouvait, chargé, dans la chambre de la jeune femme.

Interrogatoire, boulevard des Batignolles. L'appartement est banal, sans luxe, très « petites gens ». Propreté douteuse. Une seule bonne à tout faire.

Mme Feinstein pleure ! Elle pleure ! Elle pleure ! C'est à peu près sa seule réponse, avec des :

— Si j'avais su !...

Il n'y a que deux mois qu'elle est la maîtresse de Basso. Elle l'aime !

— Vous avez eu d'autres amants avant lui ?

— Monsieur !...

Mais elle en a eu d'autres, c'est certain ! Une femme à tempérament ! Feinstein ne pouvait lui suffire.

— Depuis combien de temps êtes-vous mariée ?

— Huit ans !

— Votre mari était au courant de votre liaison ?

— Oh ! non.

— Il ne la soupçonnait pas un peu ?

— Jamais de la vie !

— Vous croyez qu'il a été capable de menacer Basso de son arme en apprenant quelque chose ?

— Je ne sais pas… C'était un homme très étrange, très renfermé…

Évidemment, un ménage où ne régnait pas la plus grande intimité. Feinstein pris par ses affaires. Mado courant les magasins et les garçonnières.

Et un Maigret morne poursuivait l'enquête la plus traditionnelle, questionnait la concierge, les fournisseurs, le gérant de la chemiserie, boulevard des Capucines.

De tout cela se dégageait une impression un peu écœurante de banalité avec, par ailleurs, quelque chose d'équivoque.

Feinstein avait commencé par une toute petite chemiserie, avenue de Clichy. Puis, un an après son mariage, il avait repris une assez grosse affaire des Boulevards, en se faisant aider par les banques.

Depuis lors, c'était l'histoire de toutes les affaires qui manquent de base, les échéances plus que difficiles, les traites protestées, les expédients, les démarches humiliantes de fin de mois.

Rien de véreux. Rien de malpropre. Mais rien de solide non plus.

Et le ménage, boulevard des Batignolles, devait de l'argent à tous les fournisseurs.

Deux heures durant, dans le petit bureau du mort, derrière la chemiserie, Maigret eut le courage de se plonger dans les livres. Il ne découvrit rien d'anormal à une époque correspondant au crime dont Jean Lenoir avait parlé la veille de son exécution.

Pas de rentrées d'argent importantes. Pas de voyage. Pas d'achat particulier.

Rien enfin ! De la grisaille ! Une enquête qui piétinait.

La démarche la plus ennuyeuse fut à Morsang, auprès de Mme Basso, dont l'attitude étonna le commissaire. Elle n'était pas abattue. Triste, certes ! Mais pas désespérée ! Et d'une dignité qu'on ne pouvait pas attendre d'elle.

— Mon mari a certainement eu ses raisons pour reprendre la liberté de ses mouvements.

— Vous ne le croyez pas coupable ?

— Non !

— Pourtant, cette fuite… Il ne vous a pas donné signe de vie ?

— Non !

— Combien d'argent avait-il sur lui ?

— Pas plus de cent francs !

Quai d'Austerlitz, c'était tout le contraire de la chemiserie. Le commerce de charbons rapportait bon an mal an dans les cinq cent mille francs. Des bureaux et des chantiers bien ordonnés. Trois péniches sur l'eau. Et cela datait du père de Marcel Basso, qui n'avait fait qu'agrandir l'affaire.

Le temps n'était pas fait pour mettre Maigret de bonne humeur. Comme tous les gros, il souffrait de la chaleur et jusque trois heures, chaque jour, c'était un soleil de plomb qui stagnait dans Paris.

À ce moment, le ciel se couvrait. Il y avait de l'électricité dans l'air, des coups de vent inattendus. La poussière des rues se mettait soudain à tourbillonner.

À l'heure de l'apéritif, c'était réglé. Roulements de tonnerre. Puis l'eau, en cataractes, crépitant sur l'asphalte, transperçant le vélum des terrasses, forçant les passants à s'abriter sur les seuils.

Ce fut le mercredi que, pris de la sorte par l'ondée, Maigret pénétra à la *Taverne Royale*. Un homme se leva pour lui tendre la main. C'était James, tout seul à une table, en face d'un Pernod.

Le commissaire ne l'avait pas encore vu en tenue de ville. Il faisait un peu plus petit employé que dans ses costumes fantaisistes de Morsang, mais il gardait néanmoins quelque chose de funambulesque.

— Vous prenez quelque chose avec moi ?

Maigret était éreinté. Il y en avait pour deux bonnes heures à pleuvoir. Puis il faudrait passer Quai des Orfèvres pour prendre les nouvelles.

— Un Pernod ?

D'habitude, il ne buvait que de la bière. Mais il ne protesta pas. Il but machinalement. James n'était pas un compagnon désagréable et tout au moins avait-il une grande qualité : il n'était pas bavard !

Il restait là, bien installé dans son fauteuil de rotin, les jambes croisées, à regarder les gens qui passaient dans la pluie et à fumer des cigarettes.

Quand un petit crieur de journaux se montra, il lui prit un quotidien du soir, le parcourut vaguement, le tendit à Maigret en soulignant un entrefilet du doigt.

Marcel Basso, le meurtrier du chemisier du boule-vard des Capucines, n'a pas encore été retrouvé, malgré les actives recherches de la police et de la gendarmerie.

— Qu'est-ce que vous en pensez, vous ? questionna Maigret.

James haussa les épaules, esquissa un geste indiffé-rent.

— Vous croyez qu'il a gagné l'étranger ?

— Il ne doit pas être loin… Sans doute à rôder dans Paris.

— Qu'est-ce qui vous fait dire ça ?

— Je ne sais pas ! Je crois… S'il a fui, c'est qu'il avait son idée… Deux Pernod, garçon !…

Maigret en but trois et il glissa tout doucement dans un état qui ne lui était pas habituel. Ce n'était pas l'ivresse. Par contre, ce n'était pas la lucidité absolue.

Un état assez agréable. Il était mou. Il se sentait bien à la terrasse. Il pensait à l'affaire sans s'inquiéter et même avec une sorte de plaisir.

James parlait de choses et d'autres, sans se presser. À huit heures exactement, il se leva, prononça :

— C'est l'heure ! Ma femme m'attend…

Maigret s'en voulut un peu du temps perdu et sur-tout de se sentir si lourd. Il dîna, passa à son bureau. Les gendarmeries n'avaient rien à signaler. La police non plus.

Le lendemain – c'était le jeudi – il poursuivit son enquête avec une même obstination exempte d'en-thousiasme.

Recherches dans tous les dossiers vieux de dix ans. Mais rien qui semblât se rapporter à la dénonciation de Jean Lenoir !

Recherches, par ailleurs, dans les « sommiers ». Coups de téléphone aux maisons centrales et aux infirmeries spéciales dans le vague espoir de retrouver

Victor, le compagnon tuberculeux dont le condamné avait parlé.

Beaucoup de Victor. Trop ! Et pas le bon !

À midi, Maigret avait des maux de tête, pas d'appétit. Il déjeuna place Dauphine, dans le petit restaurant où fréquentent presque tous les fonctionnaires de la police. Puis il téléphona à Morsang, où des agents étaient postés près de la villa des Basso.

Mais on n'avait vu personne. Mme Basso menait une vie normale, avec son fils. Elle lisait beaucoup de journaux. La villa n'avait pas le téléphone.

À cinq heures, Maigret sortait de la garçonnière de l'avenue Niel où il n'avait rien trouvé mais où il était allé fureter à tout hasard.

Et machinalement, comme si c'était déjà une vieille habitude, il se dirigea vers la *Taverne Royale*, serra la main qui se tendait et se trouva assis à côté de James.

— Rien de neuf ? questionna celui-ci.

Et aussitôt, au garçon :

— Deux Pernod !

L'orage était en retard sur l'horaire. Les rues restaient inondées de soleil. Des cars passaient, pleins d'étrangers.

— L'hypothèse la plus simple, celle que les journaux ont adoptée, murmura Maigret comme pour lui-même, c'est que Basso, attaqué par son compagnon pour une raison ou pour une autre, a saisi l'arme braquée sur lui et a tiré sur le chemisier…

— Oui, c'est idiot !

Maigret regarda James qui avait l'air, lui aussi, de parler pour lui-même.

— Pourquoi est-ce idiot ?

— Parce que, si Feinstein avait voulu tuer Basso, il s'y serait pris assez adroitement… C'était un homme prudent… Un bon joueur de bridge…

Le commissaire ne put réprimer un sourire, tant James disait tout cela sérieusement.

— Alors, à votre avis ?…

— Évidemment, je n'ai pas d'avis… Basso n'avait pas besoin de coucher avec Mado… On sent tout de suite, rien qu'à la voir, que c'est une femme qui ne lâche pas facilement un homme…

— Son mari s'était déjà montré jaloux ?

— Lui ?

Et des yeux curieux cherchèrent Maigret, pétillèrent d'ironie.

— Vous n'avez pas encore compris ?

James haussa les épaules, grommela :

— Cela ne me regarde pas… Quand même, s'il avait été jaloux, il y a longtemps que la plupart des habitués de Morsang seraient morts…

— Ils ont tous été… ?

— N'exagérons rien… Ils ont tous… Enfin, Mado a dansé avec tout le monde… Et, en dansant, on s'enfonçait dans les fourrés…

— Vous aussi ?

— Je ne danse pas… répliqua James.

— Le mari devait fatalement s'apercevoir de ce que vous dites ?

Alors l'Anglais, avec un soupir :

— Je ne sais pas ! Il leur doit de l'argent à tous !

Regardé sous un certain angle, James avait l'air d'un imbécile ou d'un ivrogne abruti. Regardé autrement, il n'était pas sans dérouter.

— Tiens ! Tiens ! siffla Maigret.

— Deux Pernod, deux !

— Oui… Mado n'a même pas besoin d'être au courant… C'est discret. Feinstein tape les amants de sa femme, sans avoir l'air de savoir, tout en y mettant une insistance équivoque…

Il n'y eut guère d'autres phrases échangées. L'orage n'éclatait pas. Maigret but ses Pernod, l'œil rivé à la rue où coulait la foule. Il était confortablement assis, la chair à l'aise, et son cerveau examinait mollement le problème tel qu'il se présentait maintenant.

— Huit heures ! …

Et James lui serrait la main, s'en allait, juste au moment où l'ondée commençait.

Le vendredi, c'était déjà une habitude. Maigret alla à la *Taverne Royale* sans s'en rendre compte. À certain moment, il ne put s'empêcher de dire à James :

— En somme, vous ne rentrez jamais chez vous après le bureau ? De cinq à huit vous…

— Il faut bien avoir un petit coin à soi ! soupira l'autre.

Et ce coin-là, c'était la terrasse d'une brasserie, un guéridon de marbre, l'apéritif opalin et, pour horizon, la colonnade de la Madeleine, le tablier blanc des garçons, la foule, les voitures en mouvement.

— Il y a longtemps que vous êtes marié ?

— Huit ans…

Maigret n'osa pas lui demander s'il aimait sa femme. Il était persuadé, d'ailleurs, que James lui répondrait oui. Seulement, après huit heures ! Après le coin intime !

Est-ce que les relations des deux hommes ne commençaient pas à friser l'amitié ?

Ce jour-là, on ne parla pas de l'affaire. Maigret but ses trois Pernod. Il avait besoin de ne pas voir la vie sous un jour trop cru. Il était assailli de petits tracas, de soucis mesquins.

C'était l'époque des vacances. Il devait s'occuper du travail de plusieurs collègues. Et le juge d'instruction chargé de l'affaire de la guinguette ne lui laissait pas de répit, l'envoyait interroger à nouveau Mado Feinstein, examiner les livres du chemisier, questionner les employés de Basso.

La Police Judiciaire avait déjà trop peu d'hommes disponibles et il en fallait pour garder tous les endroits où le fugitif était susceptible de se présenter. Cela mettait le chef de mauvaise humeur.

— Vous n'en aurez pas bientôt fini avec cette plaisanterie-là ?... avait-il demandé, le matin.

Maigret était de l'avis de James. Il flairait la présence de Basso à Paris. Mais où s'était-il procuré de l'argent ? Ou bien alors comment vivait-il ? Qu'espérait-il ? Qu'attendait-il ? À quelle tâche se livrait-il ?

Sa culpabilité n'était pas prouvée. En restant prisonnier et en prenant un bon avocat, il pouvait espérer, sinon l'acquittement, du moins une condamnation légère. Après quoi il retrouvait sa fortune, sa femme, son fils.

Or, au lieu de tout cela, il fuyait, se cachait, renonçait par le fait à tout ce qui avait été sa vie.

— Faut croire qu'il a ses raisons ! avait dit James avec sa philosophie habituelle.

Comptons sans faute sur toi, serons gare, baisers.

C'était le samedi. Mme Maigret envoyait un ulti-
matum affectueux. Son mari ne savait pas encore
comment il y répondrait. Mais, à cinq heures, il était à
la *Taverne Royale*, serrait la main à James qui se tournait vers le garçon :

— Pernod…

Comme le samedi précédent, c'était la ruée vers les
gares, un défilé continu de taxis chargés de bagages,
l'affairement de gens partant enfin en vacances.

— Vous allez à Morsang ? questionna Maigret.

— Comme tous les samedis !

— On va sentir un vide…

Le commissaire avait bien envie d'aller à Morsang,
lui aussi. Mais, d'autre part, il avait envie de voir sa
femme, d'aller pêcher la truite dans les ruisseaux
d'Alsace, de respirer la bonne odeur de la maison de
sa belle-sœur.

Il hésitait encore. Il regarda vaguement James qui
se levait soudain et se dirigeait vers le fond de la brasserie.

Il ne s'étonna pas. Il ne fit même qu'enregistrer
machinalement ce départ momentané. Il remarqua à
peine que son compagnon reprenait sa place.

Cinq minutes, dix minutes passèrent. Un garçon
s'approcha.

— Monsieur Maigret, s'il vous plaît ?… C'est l'un
de vous ?…

— C'est moi. Pourquoi ?

— On vous demande au téléphone…

Et Maigret se leva, gagna à son tour le fond de la salle, les sourcils froncés parce que, malgré son engourdissement, il flairait quelque chose de pas naturel.

Quand il entra dans la cabine, il se retourna vers la terrasse, aperçut James, qui le regardait.

— Bizarre !… grogna-t-il. Allô !… Allô !… Ici, Maigret… Allô !… Allô !…

Il s'impatienta, fit claquer ses doigts. Enfin une voix de femme, au bout du fil.

— J'écoute !

— Allô !… Eh bien ?…

— Quel numéro demandez-vous ?

— Mais on m'a appelé à l'appareil, mademoiselle.

— C'est impossible, monsieur ! Raccrochez ! Je n'ai pas appelé votre numéro depuis dix minutes au moins…

Il ouvrit la porte d'une poigne brutale. Et ce fut rapide comme un coup de matraque. Dehors, dans l'ombre de la terrasse, un homme était debout près de James. C'était Marcel Basso, drôlement vêtu, étriqué, différent de lui-même, dont le regard fiévreux guettait la porte de la cabine.

Il vit Maigret au moment où celui-ci le voyait. Ses lèvres remuèrent. Il dut dire quelque chose et il se précipita aussitôt dans la foule.

— Combien de communications ? demandait la caissière au commissaire.

Mais celui-ci courait. La terrasse était encombrée. Le temps de la traverser, d'être au bord du trottoir, et il était impossible de dire dans quelle direction Basso avait fui. Il y avait cinquante taxis en marche. Avait-il pris place dans l'un d'eux ? Et des autobus par surcroît !...

Maigret, renfrogné, revint vers sa table, s'assit sans mot dire, sans regarder James qui n'avait pas bougé.

— La caissière vous fait demander combien de communications... vint demander un garçon.

— Zut !

Il perçut un sourire sur les lèvres de James, s'en prit à lui.

— Je vous félicite !

— Vous croyez ?...

— C'était combiné d'avance ?

— Même pas ! Deux Pernod, garçon ! Et des cigarettes !

— Qu'est-ce qu'il vous a dit ?... Qu'est-ce qu'il voulait ?...

James se renversa sur sa chaise sans répondre, soupira, comme un homme qui trouve toute conversation inutile.

— De l'argent ?... Où a-t-il pêché le complet qu'il avait sur le corps ?...

— Il ne peut quand même pas se promener à Paris en pantalon et en chemise de flanelle blanche !

C'est dans cette tenue, en effet, que Basso s'était enfui, en gare de Seine-Port. James n'oubliait rien.

— C'est la première fois que vous reprenez contact avec lui cette semaine ?

— Qu'il reprend contact avec moi !

— Et vous ne voulez rien dire ?

— Vous feriez comme moi, pas vrai ? J'ai bu cent fois chez lui ! Il ne m'a rien fait !

— Il voulait de l'argent ?

— Il y a une demi-heure qu'il nous guettait... Déjà hier j'avais cru l'apercevoir sur l'autre trottoir... Sans doute n'a-t-il pas osé...

— Et vous m'avez fait appeler au téléphone !

— Il paraissait fatigué !

— Il n'a rien dit ?

— C'est inouï comme un costume qui ne va pas peut changer un homme... soupira James sans répondre.

Maigret l'observait à la dérobée.

— Savez-vous qu'en bonne justice on pourrait vous inculper de complicité ?

— Il y a tant de choses qu'on peut faire en bonne justice ! Sans compter qu'elle n'est pas toujours si bonne que ça !

Il avait son air le plus loufoque.

— Et ces Pernod, garçon ?

— Voilà ! Voilà !

— Vous venez à Morsang aussi ?... Parce que je vais vous dire... Si vous y venez, nous avons presque autant d'avantage à prendre un taxi... C'est cent francs... Le train coûte...

— Et votre femme ?

— Elle prend toujours un taxi, avec sa sœur et ses amies... À cinq, cela leur revient vingt francs et le train coûte...

— Ça va !

— Vous ne venez pas ?

— Je viens !... Combien, garçon ?...

— Pardon ! Chacun sa part, comme d'habitude !

C'était un principe. Maigret paya ses consommations, James les siennes. Il ajouta dix francs pour la fausse commission du garçon.

Dans le taxi, il paraissait préoccupé mais, vers Villejuif, il révéla l'objet de cette préoccupation :

— Je me demande chez qui on va faire le bridge, demain après-midi.

C'était l'heure de l'orage. Des fléchettes de pluie commençaient à frapper les vitres.

5

L'auto du docteur

On aurait pu s'attendre à trouver à Morsang une autre atmosphère que d'habitude. Le drame datait du dimanche précédent. De la petite bande, il y avait un mort et un assassin en fuite.

N'empêche que, quand James et Maigret arrivèrent, ceux qui étaient déjà là entouraient une voiture neuve. Ils avaient troqué leurs vêtements de ville contre les traditionnelles tenues de sport. Seul le docteur était en complet-veston.

La voiture était à lui. Il la sortait pour la première fois. On le questionnait et il en exposait complaisamment les mérites.

— Il est vrai que la mienne consomme davantage, mais...

Presque tout le monde avait une auto. Celle du docteur était neuve.

— Écoutez les reprises...

Sa femme était si heureuse qu'elle restait assise dans la voiture en attendant la fin de ces conciliabules. Le docteur Mertens pouvait avoir trente ans. Il était maigre, chétif, et ses gestes étaient aussi délicats que ceux d'une fillette anémique.

— C'est ta nouvelle bagnole ? questionna James qui surgissait.

Il en fit le tour à grands pas, en grommelant des choses inintelligibles.

— Faudra que je l'essaie demain matin… Ça ne t'embête pas ?…

La présence de Maigret aurait pu être gênante. On s'en aperçut à peine ! Il est vrai qu'à l'auberge chacun était chez soi, chacun allait et venait à sa guise.

— Ta femme ne vient pas, James ?

— Elle va arriver avec Marcelle et Lili…

On sortait les canoës du garage. Quelqu'un réparait une canne à pêche avec du fil de soie. Jusqu'au dîner, on fut dispersé et, à table, il n'y eut guère de conversation générale. Quelques bribes de phrases.

— Mme Basso est chez elle ?

— Quelle semaine elle a dû passer !

— Qu'est-ce qu'on fait demain ?

Maigret était quand même de trop. On l'évitait sans l'éviter trop carrément. Quand James n'était pas avec lui, il restait seul à errer à la terrasse ou au bord de l'eau. Lorsque la nuit tomba, il en profita pour aller voir ses agents postés près de la villa des Basso.

Ils étaient deux à se relayer, à prendre tour à tour leurs repas dans un bistrot de Seine-Port, à deux kilomètres de là. Quand le commissaire se montra, celui qui n'était pas de garde retirait une ligne de fond.

— Rien à signaler ?

— Rien du tout ! *Elle* mène une vie tranquille. De temps en temps, elle se promène dans le jardin. Les fournisseurs viennent comme d'habitude : le boulanger à neuf heures, le boucher un peu plus tard et, vers onze heures, le légumier avec sa charrette.

Il y avait de la lumière au rez-de-chaussée. À travers les rideaux, on devinait la silhouette du gamin qui mangeait sa soupe, une serviette nouée autour du cou.

Les policiers étaient dans un petit bois longeant la rivière et celui qui pêchait soupira :

— Vous savez ! c'est plein de lapins, par ici… Si on voulait…

En face, la guinguette à deux sous, où deux couples – sans doute des ouvriers de Corbeil – dansaient au son du piano mécanique.

Un dimanche matin comme tous les dimanches de Morsang avec des pêcheurs à la ligne le long des berges, d'autres pêcheurs immobiles dans des bachots peints en vert et amarrés à deux fiches, des canoës, un ou deux bateaux à voile…

On sentait que tout cela était réglé avec soin, que rien n'était capable de changer le cours régulier de ces journées.

Le paysage était joli, le ciel pur, les gens paisibles et peut-être à cause de tout cela c'en était écœurant comme une tarte trop sucrée.

Maigret trouva James en chandail rayé de bleu et de blanc, pantalon blanc et espadrilles, bonnet de marin américain sur la tête et buvant, en guise de petit déjeuner, un grand verre de fine à l'eau.

— T'as bien dormi ?

Un détail amusant : à Paris, il ne tutoyait pas Maigret, tandis qu'à Morsang il tutoyait tout le monde, y compris le commissaire, sans même s'en apercevoir.

— Qu'est-ce que tu fais ce matin ?

— Je crois que j'irai jusqu'à la guinguette.

— On s'y retrouvera tous… Il paraît qu'il y a rendez-vous là-bas pour l'apéritif… Tu veux un canot ?…

Maigret était seul en tenue de ville sombre. On lui donna un youyou verni où il eut de la peine à tenir en équilibre. Quand il arriva à la guinguette à deux sous, il était dix heures du matin et on ne voyait encore aucun client.

Ou plutôt il en trouva un, dans la cuisine, occupé à manger un quignon de pain avec du gros saucisson. La grand-mère lui disait justement :

— Faut soigner ça !… J'ai un de mes gars qui ne voulait pas y faire attention et qui y a passé… Et il était plus grand et plus fort que vous !…

À cet instant, le client était pris d'une quinte de toux et n'arrivait pas à avaler le pain qu'il avait en bouche. Tout en toussant, il apercevait Maigret sur le seuil, fronçait les sourcils.

— Une canette de bière ! commanda le commissaire.

— Vous n'aimez pas mieux vous installer à la terrasse ?

Mais non ! Il préférait la cuisine, avec sa table de bois tailladé, ses chaises de paille, la grande marmite qui chantait sur le fourneau.

— Mon fils est parti à Corbeil chercher des siphons qu'on a oublié de livrer… Vous ne voulez pas m'aider à ouvrir la trappe ?…

La trappe ouverte au milieu de la cuisine laissa voir la gueule humide de la cave. Et la vieille toute cassée descendit, tandis que le client ne quittait pas Maigret du regard.

C'était un garçon d'environ vingt-cinq ans, pâle et maigre, avec des poils blonds sur les joues. Il avait les yeux très enfoncés dans les orbites, les lèvres sans couleur.

Mais ce qui frappait le plus, c'était sa tenue. Il n'était pas en loques comme un vagabond. Il n'avait pas l'allure insolente d'un rôdeur professionnel.

Non ! On trouvait en lui un mélange de timidité et de forfanterie. Il était à la fois humble et agressif. À la fois propre et sale, si l'on peut dire.

Des vêtements qui avaient été nets, bien entretenus, et qui, depuis quelques jours, avaient traîné partout.

— Tes papiers !

Maigret n'avait pas besoin d'ajouter :

— Police !

Le gars avait compris depuis longtemps. Il tirait de sa poche un livret militaire poisseux. Le commissaire lisait le nom à mi-voix :

— Victor Gaillard !

Il refermait tranquillement le livret et le rendait à son propriétaire. La vieille remontait, repoussait la trappe.

— Elle est bien fraîche ! dit-elle en ouvrant la canette.

Et elle se remettait à éplucher ses pommes de terre tandis que le dialogue des deux hommes commençait posément, sans émotion apparente.

— Dernière adresse ?

— Sanatorium municipal de Gien.

— Quand l'as-tu quitté ?

— Il y a un mois.

— Et depuis ?

— J'étais « sans un ». J'ai bricolé le long de la route. Pouvez m'arrêter pour vagabondage, mais il faudra bien qu'on me remette dans un « sana ». Je n'ai plus qu'un poumon...

Il ne disait pas cela sur un ton larmoyant, mais, au contraire, il semblait donner une référence.

— T'as reçu une lettre de Lenoir ?

— Quel Lenoir ?

— Fais pas l'idiot ! Il t'a dit que tu retrouverais l'homme à la guinguette à deux sous.

— J'en avais marre du sana !

— Et surtout envie de vivre à nouveau sur le dos du type du canal Saint-Martin !

La vieille écoutait sans comprendre, sans s'étonner. Cela se passait simplement, dans ce décor de bicoque pauvre où une poule venait picorer jusqu'au milieu de la pièce !

— Tu ne réponds pas ?

— Je ne sais pas ce que vous voulez dire.

— Lenoir a parlé.

— Je ne connais pas Lenoir.

Maigret haussa les épaules, répéta en allumant lentement sa pipe :

— Fais pas l'idiot ! Tu sais bien que je t'aurai toujours au tournant.

— Je ne risque que le sana.

— Je sais… Ton poumon enlevé…

On voyait les canoës glisser sur la rivière.

— Lenoir ne t'a pas trompé. Le bonhomme va venir.

— Je ne dirai rien !

— Tant pis pour toi ! Si tu ne t'es pas décidé avant ce soir, je te fais fourrer en boîte pour vagabondage. Ensuite, on verra…

Maigret le regardait dans les yeux, lisait en lui aussi aisément que dans un livre tant il connaissait cette sorte d'hommes.

Une autre race que Lenoir ! Victor, lui, était de ceux qui, chez les mauvais garçons, se mettent à la remorque des autres ! Ceux à qui on fait faire le guet pendant un mauvais coup ! Ceux qui ont la plus petite part dans le partage !

Des êtres mous qui, une fois lancés dans une direction, sont incapables d'en changer. Il avait couru les rues et les bals musette, à seize ans. Avec Lenoir, il était tombé sur l'aubaine du canal Saint-Martin. Il avait pu vivre ainsi pendant un certain temps d'un chantage aussi régulier qu'une profession avouée.

Sans la tuberculose, on l'aurait sans doute retrouvé comme dernier comparse dans la bande de Lenoir. Mais sa santé l'avait conduit au sanatorium. Il avait dû y faire le désespoir des médecins et des infirmières. Chapardages, petits délits divers. Et Maigret devinait que, de punition en punition, on l'avait renvoyé d'un sanatorium à l'autre, d'un hôpital à une maison de repos, d'une maison de repos à un patronage de redressement moral !

Il ne s'effrayait pas. Il avait une bonne réponse à tout : son poumon ! Il en vivait, en attendant d'en mourir !

— Qu'est-ce que vous voulez que ça me fasse ?

— Tu refuses de me désigner l'homme du canal ?

— Connais pas !

Il prononçait ces mots tandis que ses yeux pétillaient d'ironie. Et même il reprenait son saucisson, y mordait à pleines dents, mastiquait avec application.

— D'abord, Lenoir n'a rien dit ! grommela-t-il après réflexion. C'est pas au moment d'en finir qu'il aurait parlé…

Maigret ne s'énervait pas. Il tenait le bon bout. De toute façon, il avait maintenant un élément de plus pour arriver à la vérité.

— Encore une canette, grand-mère !

— Heureusement que j'ai pensé à en monter trois à la fois !

Elle regardait curieusement Victor en se demandant quel crime il avait pu commettre.

— Quand je pense que vous étiez bien soigné dans un sana et que vous en êtes parti !… Comme mon fils !… Ça aime mieux rôder que…

Dans le soleil qui baignait le paysage, Maigret suivait les évolutions des canots. L'heure de l'apéritif approchait. Un petit voilier, où avaient pris place la femme de James et deux amies, accostait le premier à la rive. Les trois femmes adressaient des signes à un canoë qui abordait à son tour.

Et d'autres suivaient. La vieille, qui s'en apercevait, soupirait :

— Et mon fils qui n'est pas rentré !... Je ne vais pas pouvoir les servir... Ma fille est partie au lait...

Elle n'en saisissait pas moins des verres qu'elle allait poser sur les tables de la terrasse, puis elle fouillait dans une poche cachée sous son large jupon, faisait sonnailler de la monnaie.

— Va leur falloir des gros sous pour la musique...

Maigret restait à sa place, à observer tour à tour les nouveaux arrivants et le vagabond tuberculeux qui continuait à manger avec indifférence. Il apercevait sans le vouloir la villa des Basso, avec son jardin fleuri, son plongeoir dans la rivière, les deux bateaux amarrés, l'escarpolette du gamin.

Il tressaillit soudain parce qu'il crut percevoir un coup de feu dans le lointain. Au bord de la Seine aussi, les gens avaient levé la tête. Mais on ne voyait rien. Il ne se passait rien. Dix minutes s'écoulaient. Les clients du *Vieux Garçon* s'installaient autour des tables. La vieille sortait, les bras chargés de bouteilles d'apéritif.

Alors une silhouette sombre dévala la pente de gazon, dans l'enclos des Basso. Maigret reconnut un de ses inspecteurs qui, maladroitement, enlevait la chaîne d'un canot, ramait de toutes ses forces vers le large.

Il se leva, regarda Victor.

— Tu ne bouges pas d'ici, hein !

— Si ça vous fait plaisir.

On s'était interrompu, dehors, de commander à boire, pour regarder l'homme en noir qui ramait.

Maigret marchait jusqu'aux roseaux du bord de l'eau, attendait avec impatience.

— Qu'est-ce que c'est ?

L'inspecteur était essoufflé.

— Montez vite… Je vous jure que ce n'est pas ma faute…

Il ramait à nouveau, avec Maigret à bord, vers la villa.

— Tout était tranquille… Le légumier venait de partir… Mme Basso se promenait dans le jardin avec le gamin… Je ne sais pas pourquoi, je trouvais qu'ils avaient une drôle de façon de se promener, comme des gens qui attendent quelque chose… Une auto arrive, une auto toute neuve… Elle s'arrête juste devant la grille… Un homme descend…

— Un peu chauve, mais encore jeune ?

— Oui ! Il entre… Il marche dans le jardin avec Mme Basso et le garçon… Vous connaissez mon poste d'observation… J'étais assez loin d'eux… Ils se serrent la main… La femme reconduit l'homme à la grille… Il monte sur son siège, pousse le démarreur… Et, avant que j'aie pu faire un mouvement, Mme Basso se précipite à l'intérieur avec son fils tandis que la voiture file à toute allure…

— Qui a tiré ?

— Moi. Je voulais crever un pneu.

— Berger était avec toi ?

— Oui. Je l'ai envoyé à Seine-Port pour téléphoner partout.

C'était la seconde fois qu'il fallait alerter toutes les gendarmeries de Seine-et-Oise. La barque touchait terre. Maigret pénétrait dans le jardin. Mais qu'y faire ? C'était au téléphone à travailler, à alerter les gendarmes.

Maigret se pencha pour ramasser un mouchoir de femme, marqué aux initiales de Mme Basso. Il était presque réduit en charpie, tant elle l'avait tiraillé en attendant James.

Ce qui affectait peut-être le plus le commissaire, c'était le souvenir des Pernod de la *Taverne Royale*, des heures de sourd engourdissement passées côte à côte avec l'Anglais, à la terrasse de la brasserie.

Il en ressentait comme un écœurement. Il avait la sensation pénible de n'avoir pas été lui-même, de s'être laissé dominer par une sorte d'envoûtement.

— Je continue à garder la villa ?

— Par crainte que les briques s'en aillent ? Va rejoindre Berger. Aide-le à tendre le filet. Tâche de te procurer une moto pour me tenir au courant heure par heure.

Sur la table de la cuisine, à côté de légumes, une enveloppe portant, de l'écriture de James :

À remettre sans faute à Mme Basso.

C'était évidemment le légumier qui avait apporté la lettre. Elle avertissait la jeune femme de ce qui allait se passer. C'est pourquoi elle se promenait nerveusement dans le jardin avec son fils !

Maigret remonta dans le bachot. Quand il arriva à la guinguette à deux sous, la bande entourait le vagabond, que le médecin questionnait et à qui on avait offert un apéritif.

Victor eut le culot d'adresser une œillade au commissaire comme pour lui dire : « Je suis en train de tirer mon petit plan ! Laissez faire… »

Et il continua à expliquer :

— … Il paraît que c'est un grand professeur… On m'a rempli le poumon avec de l'oxygène, comme ils disent, puis on l'a refermé comme un ballon d'enfant…

Le docteur souriait des termes employés, mais confirmait par signes, pour ses compagnons, la véracité du récit.

— On doit maintenant me faire la même chose avec la moitié de l'autre… Car on a deux poumons, bien entendu… Ce qui fait qu'il ne m'en restera qu'un demi…

— Et tu bois des apéritifs ?

— Parbleu ! À votre santé !

— Tu n'as pas des sueurs froides, la nuit ?

— Des fois ! Quand je couche dans une grange pleine de courants d'air !

— Qu'est-ce que vous buvez, commissaire ? demanda quelqu'un. Il ne s'est rien passé, au moins, qu'on est venu vous chercher de la sorte ?

— Dites, docteur, est-ce que James s'est servi ce matin de votre voiture ?

— Il m'a demandé la permission de l'essayer. Il va rentrer…

— J'en doute !

Le médecin sursauta, se dressa d'émotion, bégaya en essayant de sourire :

— Vous plaisantez…

— Je ne plaisante pas le moins du monde. Il vient de s'en servir pour enlever Mme Basso et son fils.

— James ?… questionna avec ahurissement la femme de celui-ci, qui n'en pouvait croire ses oreilles.

— James, parfaitement !

— Ce doit être une farce !… Il aime tant les mystifications !…

Celui qui s'amusait le plus, c'était Victor, qui sirotait son apéritif en contemplant Maigret avec une béate ironie.

Le débitant rentrait de Corbeil avec sa petite voiture tirée par un poney. Il en débarquait des caisses de siphons, annonçait en passant :

— Encore des histoires ! Voilà maintenant qu'on ne peut plus circuler sur les routes sans se faire arrêter par les gendarmes ! Heureusement qu'ils me connaissent…

— Sur la route de Corbeil ?

— Il y a quelques minutes… Ils sont dix, près du pont, à arrêter toutes les voitures et à exiger les papiers… Si bien qu'il y a au moins trente autos immobilisées…

Maigret détourna la tête. Il n'y était pour rien. C'était la seule méthode possible, mais une méthode lourde, inélégante, brutale. Et c'était beaucoup, deux dimanches de suite, dans le même département, pour une affaire sans envergure dont les journaux avaient à peine parlé.

Est-ce qu'il s'y était mal pris ? Est-ce qu'il avait vraiment pataugé ?

À nouveau lui revint le souvenir désagréable de la *Taverne Royale* et des heures passées avec James.

— Qu'est-ce que vous prenez ? lui demandait-on à nouveau. Un « grand Per' » ?

Encore un mot qui lui était désagréable, car c'était comme la synthèse de toute cette semaine-là, de toute l'affaire, de la vie dominicale de la bande de Morsang.

— De la bière ! répliqua-t-il.

— À cette heure-ci ?

Le brave garçon qui voulait lui offrir l'apéritif ne dut pas comprendre pourquoi Maigret, soudain furieux, martelait :

— À cette heure-ci, oui !

Le vagabond reçut, lui aussi, un regard hargneux. Le docteur, parlant de lui, expliquait au pêcheur de brochets :

— C'est un cas… Je connaissais le traitement, mais je n'avais jamais vu une application aussi complète du pneumothorax…

Et, à voix basse :

— N'empêche qu'il n'en a plus pour un an…

Maigret déjeuna au *Vieux Garçon*, seul dans son coin comme une bête malade qui grogne à la moindre approche. Deux fois l'inspecteur vint le trouver en moto.

— Rien. La voiture a été signalée sur la route de Fontainebleau, mais ensuite on ne l'a plus vue…

C'était beau ! Un barrage sur la route de Fontaine-bleau ! Des milliers de voitures arrêtées !

Deux heures plus tard, on apprenait d'Arpajon qu'un garagiste avait fourni de l'essence à une auto répondant au signalement de celle du docteur.

Mais était-ce bien celle-là ? L'homme affirmait qu'il n'y avait pas de femme dedans.

À cinq heures enfin, une communication de Mont-lhéry. L'auto tournait sur l'autodrome, comme pour des essais de vitesse, quand une crevaison l'avait immobilisée. Par hasard un agent avait demandé au chauffeur son permis de conduire. Il n'en avait pas.

C'était James tout seul ! On attendait des instructions de Maigret pour le relâcher ou l'écrouer.

— Des pneus neufs ! se lamentait le docteur. Et à la première sortie ! Je finirai par croire qu'il est fou... Ou alors, il était soûl, comme toujours...

Et il demanda à Maigret la permission de l'accompagner.

6

Marchandages

On fit un détour pour passer à la guinguette à deux
sous prendre le vagabond qui, une fois dans la voiture, se retourna vers le patron et lui lança une œillade qui signifiait : « Vous voyez avec quels égards on
me traite, hein ! »

Il était sur le strapontin, en face de Maigret. La
glace était ouverte et il eut le culot de minauder :

— Cela ne vous ferait rien de fermer ?… À cause
de mon poumon, n'est-ce pas ?…

À l'autodrome, il n'y avait pas de courses ce jour-là.
Quelques sportsmen étaient seuls à s'entraîner sur la
piste, devant les gradins vides. On n'en avait que
davantage une impression d'immensité.

Quelque part, une voiture arrêtée, un uniforme de
gendarme et un homme casqué de cuir agenouillé
devant une moto.

— C'est par là ! dit-on au commissaire.

Victor s'intéressait surtout à un bolide qui tour-
noyait sur la piste à quelque deux cents kilomètres à
l'heure et, cette fois, il avait ouvert lui-même la glace
pour se pencher.

— C'est bien ma voiture ! dit le docteur. Pourvu que…

Alors, devant le motocycliste occupé à réparer, on distingua James qui, placide, le menton dans la main, donnait des conseils au mécanicien. Il leva la tête en voyant Maigret avec ses deux compagnons, murmura :

— Tiens ! Déjà ?…

Puis il regarda Victor des pieds à la tête, étonné, se demandant apparemment ce qu'il faisait là.

— Qui est-ce ?

Si Maigret avait mis de l'espoir dans cette rencontre, il dut déchanter. Victor regarda à peine l'Anglais, continua à s'intéresser à la ronde de l'auto de course. Le docteur avait déjà ouvert les portières de sa voiture pour s'assurer qu'elle n'avait pas souffert.

— Il y a longtemps que vous êtes ici ? grommela le commissaire à l'adresse de James.

— Je ne sais plus… Peut-être assez longtemps, oui…

Il était d'un flegme incroyable. Impossible de se douter qu'il venait d'enlever une femme et un gamin au nez de la police et qu'à cause de lui toute la gendarmerie de Seine-et-Oise était encore sur pied de guerre.

— N'aie pas peur ! dit-il au docteur. Il n'y a que le pneu… Le reste est intact… Une bonne machine… Peut-être un peu trop dure à démarrer…

— C'est Basso qui, hier, vous a demandé d'aller chercher sa femme et son fils ?

— Vous savez bien que je ne peux pas répondre à des questions pareilles, mon vieux Maigret…

— Et vous ne pouvez pas non plus me dire où vous les avez déposés…

— Avouez qu'à ma place vous…

— Il y a en tout cas quelque chose de très fort, quelque chose qu'un professionnel n'aurait pas trouvé !

James le regarda avec un étonnement plein de modestie.

— Quoi ?

— L'autodrome !… Mme Basso est en sûreté… Mais il vaut mieux que la police ne retrouve pas la voiture tout de suite… Les routes sont gardées… Alors vous pensez à l'autodrome !… Et vous tournez, vous tournez…

— Je vous jure qu'il y a longtemps que j'avais envie de…

Mais le commissaire ne s'inquiétait plus de lui, se précipitait vers le docteur qui voulait poser la roue de rechange.

— Pardon ! L'auto reste jusqu'à nouvel ordre à la disposition de la Justice.

— Quoi ?… *Mon* auto ?… Qu'est-ce que j'ai fait, moi ?…

Il eut beau protester, la voiture fut enfermée dans un box dont Maigret emporta la clef. Le gendarme attendait des instructions. James fumait une cigarette. Le vagabond regardait toujours rouler les bolides.

— Emmenez celui-là ! dit Maigret en le désignant. Qu'on le boucle à la permanence de la Police Judiciaire.

— Et moi ? demanda James.

— Vous n'avez toujours rien à me dire ?

— Rien de spécial. Mettez-vous à ma place !

Alors Maigret, bourru, lui tourna le dos.

Le lundi, il se mit à pleuvoir et Maigret en fut ravi, car la grisaille s'harmonisait mieux avec son humeur et avec les besognes de la journée.

D'abord les rapports sur les événements de la veille, rapports qui devaient justifier le déploiement de forces commandé par le commissaire.

À onze heures, deux experts de l'Identité Judiciaire vinrent le prendre à son bureau et, en taxi, les trois hommes se rendirent à l'autodrome, où Maigret n'eut guère qu'à regarder travailler ses compagnons.

On savait que le docteur n'avait fait que soixante kilomètres avec la voiture, qui sortait de l'usine. Le compteur, maintenant, marquait deux cent dix kilomètres. Et on évaluait à cinquante kilomètres environ le parcours accompli par James sur l'autodrome.

Restait à son actif une centaine de kilomètres sur la route. De Morsang à Montlhéry, il y en a à peine quarante par la voie directe.

Dès lors, sur une carte routière, il restait à circonscrire le champ d'action de la voiture.

Le travail des experts fut minutieux. Les pneus furent grattés avec soin, les poussières et les débris recueillis, examinés à la loupe, certains mis de côté pour analyse ultérieure.

— Goudron frais ! annonçait l'un.

Et l'autre, sur une carte spéciale fournie par les Ponts et Chaussées, cherchait, dans le périmètre donné, les endroits où la route était en chargement.

Il y en avait quatre ou cinq, dans des directions différentes. Le premier expert poursuivait :

— Débris calcaires…

La carte d'état-major venait alors appuyer les deux autres cartes. Maigret faisait les cent pas en fumant d'un air maussade.

— Pas de calcaire vers Fontainebleau, mais par contre entre La Ferté-Alais et Arpajon…

— Je trouve des grains de blé entre les dessins des pneus…

Les observations s'accumulaient. Les cartes étaient surchargées de traits de crayon bleu et rouge.

À deux heures, on téléphona au maire de La Ferté-Alais pour lui demander si, dans la ville, une entreprise quelconque employait en ce moment du ciment Portland de telle sorte qu'il pût y en avoir sur la route. La réponse n'arriva qu'à trois heures.

— Les Moulins de l'Essonne font des transformations à l'aide de ciment Portland. Il y en a sur la route départementale de La Ferté à Arpajon.

C'était un point de gagné. La voiture avait passé par là et les experts emportèrent encore un certain nombre d'objets pour les étudier plus minutieusement au laboratoire.

Maigret, la carte à la main, pointa toutes les agglomérations situées dans le périmètre d'action de la voiture, avisa les gendarmeries et les municipalités.

À quatre heures, il quitta son bureau avec l'idée d'interroger le vagabond qu'il n'avait pas vu depuis la

veille et qui se trouvait dans le cachot provisoire installé au pied de l'escalier de la P.J. Une idée lui vint
comme il descendait cet escalier. Il rentra dans son
bureau pour téléphoner au comptable de la maison
Basso.

— Allô ! Police ! Voulez-vous me dire quelle est
votre banque ? La Banque du Nord, boulevard
Haussmann ? Merci...

Il se fit conduire à la banque, se présenta au directeur. Et, cinq minutes plus tard, Maigret avait un élément d'enquête de plus. Le matin même, vers dix
heures, James s'était présenté au guichet, avait touché
un chèque de trois cent mille francs tiré par Marcel
Basso.

Ce chèque était daté de quatre jours auparavant.

— Patron ! C'est le type qui est en bas qui insiste
pour vous voir. Il paraît qu'il a quelque chose
d'important à vous dire...

Maigret descendit lourdement l'escalier, pénétra
dans le cachot où Victor était assis sur un banc, les
coudes sur la table, la tête entre les mains.

— Je t'écoute !

Le prisonnier se leva vivement, prit un air malin et,
se balançant d'une jambe à l'autre, commença :

— Vous n'avez rien trouvé, pas vrai ?

— Va toujours !

— Vous voyez que vous n'avez rien trouvé !... Je
ne suis pas plus bête qu'un autre... Alors, cette nuit,
j'ai réfléchi...

— Tu es décidé à parler ?

— Attendez ! Faut qu'on s'entende… Je ne sais pas si c'est vrai que Lenoir a mangé le morceau, mais, en tout cas, s'il l'a fait, il ne vous en a pas dit assez… Sans moi, vous ne trouverez jamais rien, c'est un fait !… Vous êtes embêté !… Vous le serez toujours plus !… Alors, moi, je vous dis ceci : un secret comme celui-là vaut de l'argent… Beaucoup d'argent !… Supposez que j'aille trouver l'assassin et que je lui dise que je vais tout avouer à la police… Est-ce que vous croyez qu'il ne cracherait pas tout ce que je voudrais ?…

Et Victor avait cet air ravi des humbles, habitués à courber la tête, qui se sentent soudain forts. Toute sa vie il avait eu maille à partir avec la police. Et voilà qu'il avait l'impression de tenir le bon bout ! Il accompagnait son discours de poses étudiées, d'œillades entendues.

— Alors voilà !… Quelle raison ai-je de parler, de faire du tort à un bonhomme qui ne m'a rien fait ?… Vous voulez me mettre en prison pour vagabondage ?… Vous oubliez mon poumon !… On m'enverra à l'infirmerie, puis dans un sana !…

Maigret le regardait fixement, sans rien dire.

— Qu'est-ce que vous pensez de trente mille francs ?… Ce n'est pas cher !… Juste de quoi finir tranquillement ma vie, qui ne sera plus longue… Et trente billets, qu'est-ce que ça peut faire au gouvernement ?…

Il croyait déjà les tenir. Il exultait. Une quinte de toux l'interrompit, lui fit monter des larmes dans les yeux, mais on eût dit des larmes de triomphe.

Et il se croyait malin ! Il se croyait fort !

— Voilà mon dernier mot ! Trente mille francs et je dis tout ! Vous pincez le type ! On vous donne de l'avancement ! On vous félicite dans les journaux ! Autrement, rien ! Je vous défie de mettre la main sur lui... Pensez que ça remonte à plus de six ans, qu'il n'y a eu que deux témoins, Lenoir, qui ne parlera plus, et bibi...

— C'est tout ? questionna Maigret qui était resté debout.

— Vous trouvez que c'est cher ?

L'inquiétude effleura l'âme du vagabond, à cause du calme de Maigret, de son visage impassible.

— Vous savez, vous ne me faites pas peur...

Il s'efforçait de rire.

— Il y a longtemps que je connais la musique !... Vous pouvez même me faire passer à tabac... Par exemple, vous verrez ce que je raconterai après... On lira dans les journaux qu'un malheureux qui n'a plus qu'un poumon...

— C'est tout ?

— Il ne faudrait pas croire non plus que vous découvrirez la vérité tout seul... Alors je dis, moi, que trente mille francs c'est...

— C'est tout ?

— En tout cas, ne comptez pas que je ferai des bêtises. Même si vous me relâchez, je ne suis pas assez bête pour courir chez mon type, ni pour lui écrire, ni pour lui téléphoner...

La voix n'était plus la même. Victor perdait pied. Il essayait de garder une contenance.

— Pour commencer, je demande un avocat. Vous n'avez pas le droit de me conserver ici plus de vingt-quatre heures et…

Maigret exhala un petit nuage de fumée, enfonça ses mains dans les poches, sortit, dit à l'homme de garde :

— Fermez !

Il enrageait ! Une fois seul, il pouvait le laisser paraître sur son visage. Il enrageait parce qu'un imbécile était là, à portée de sa main, à sa merci, parce que cet imbécile savait tout, mais qu'il n'y avait rien à en tirer !

Justement parce que c'était un imbécile ! Parce qu'il se croyait fort et malin !

Il avait imaginé un chantage ! Le chantage au poumon !

Trois fois, quatre fois au cours de l'entretien, le commissaire avait été sur le point de lui appliquer sa main sur la figure, histoire de le ramener à des réalités plus saines. Il s'était contenu.

Il tenait le mauvais bout ! Aucun texte de loi ne lui donnait prise sur Victor !

C'était un individu taré, qui n'avait jamais vécu que de vols et d'expédients ? N'empêche qu'aucun délit nouveau, sinon celui de vagabondage, ne permettait de le poursuivre !

Et il avait raison, avec son poumon ! Il apitoierait tout le monde ! Il rendrait la police odieuse ! Il obtiendrait des colonnes d'articles passionnés dans certains journaux.

La police passe à tabac un homme à toute extrémité !

Alors, il réclamait tranquillement trente mille francs ! Et il avait raison quand il ajoutait qu'on allait devoir le relâcher !

— Vous lui ouvrirez la porte cette nuit, vers une heure. Vous direz au brigadier Lucas de le suivre et de ne pas le perdre de vue.

Et Maigret serrait avec force entre ses dents le tuyau de sa pipe. Le vagabond savait, n'avait qu'un mot à dire !

Il était obligé, lui, d'édifier des hypothèses sur des éléments épars, parfois contradictoires.

— À la *Taverne Royale* ! lança-t-il à un chauffeur de taxi.

James n'y était pas. Il n'y vint pas entre cinq et huit heures. À sa banque, le gardien répondit qu'il était parti à la fermeture comme d'habitude.

Maigret dîna d'une choucroute, téléphona à son bureau, vers huit heures trente.

— Le prisonnier n'a pas demandé à me parler ?

— Oui ! Il dit qu'il a réfléchi, que son dernier chiffre est vingt-cinq mille, mais qu'il ne descendra pas en dessous ! Il a fait constater qu'on donnait du pain sans beurre à un homme dans son état et que la température de la cellule ne dépassait pas seize degrés…

Maigret raccrocha, erra un moment sur les boulevards et, comme la nuit tombait, se fit conduire rue Championnet, au domicile de James.

Une maison vaste comme une caserne, aux appartements moyens habités par des employés, des voyageurs de commerce, des petits rentiers.

— Quatrième à gauche !

Il n'y avait pas d'ascenseur et le commissaire gravit lentement l'escalier, recevant parfois, en passant devant une porte, des odeurs de cuisine, ou des cris d'enfants.

Ce fut la femme de James qui lui ouvrit. Elle était vêtue d'un assez joli peignoir bleu de roi. Son déshabillé, s'il n'était pas fastueux, n'avait pas l'abandon des déshabillés pauvres.

— Vous voulez parler à mon mari ?

L'antichambre était grande comme une table. Sur les murs, des photographies de bateaux à voiles, de baigneurs, de jeunes gens et de jeunes femmes en costume de sport.

— C'est pour toi, James !

Et elle poussa une porte, entra derrière Maigret, reprit sa place dans un fauteuil, près de la fenêtre, où elle continua un travail de crochet.

Les autres appartements de la maison avaient dû garder leur décoration du siècle dernier, leurs meubles Henri II ou Louis-Philippe.

Ici, au contraire, c'était une atmosphère qui tenait davantage de Montparnasse que de Montmartre. Cela rappelait les Arts décoratifs. Et cela sentait en même temps le travail d'amateur.

Avec du contre-plaqué, on avait dressé des cloisons nouvelles, aux angles inattendus, et la plupart des meubles étaient remplacés par des rayonnages peints de couleurs vives.

Le tapis était uni, d'un vert agressif. Les lampes avaient des abat-jour en imitation de parchemin.

Cela faisait très frais, très pimpant. Mais on avait l'impression que tout cela manquait de solidité, qu'il était dangereux de s'appuyer aux murs fragiles et que les peintures au ripolin n'étaient pas sèches.

On avait l'impression surtout, lorsque James se levait, que c'était trop petit pour lui, qu'il était enfermé dans une boîte et qu'il devait se garder d'y faire le moindre mouvement.

Une porte entrouverte, à droite, laissait voir une salle de bains où il n'y avait place que pour la baignoire. Et un placard, en face, constituait toute la cuisine, avec un réchaud à gaz d'alcool sur une planche.

James était là, dans un petit fauteuil, cigarette aux lèvres, un livre entre les mains.

Pourquoi Maigret eut-il la certitude qu'avant son arrivée il n'y avait aucun contact entre lui et sa femme ?

Chacun dans son coin ! James lisait. La femme crochetait. On entendait tramways et autos déferler dans la rue.

Et c'était tout. Aucune intimité palpable.

Il se levait, tendait la main, esquissait un sourire gêné, comme pour s'excuser d'être surpris dans ce lieu.

— Comment ça va, Maigret ?

Mais cette cordialité familière, qui lui était habituelle, avait un autre son dans l'appartement de poupée. Elle détonnait. Elle ne s'harmonisait pas avec toutes ces petites choses, avec le tapis, les bibelots

modernes posés sur les meubles, les tentures, les abat-
jour joujoux…

— Ça va, merci !

— Asseyez-vous. J'étais en train de lire un roman
anglais.

Et son regard disait clairement : « Ne faites pas
attention !… Ce n'est pas ma faute… Je ne suis pas
tout à fait chez moi… »

La femme les épiait, sans abandonner son travail.

— Il y a quelque chose à boire, Marthe ?… lui
lança-t-il.

— Tu sais bien que non !

Et, au commissaire :

— C'est sa faute ! Quand j'ai des liqueurs ici, il
vide les bouteilles en quelques jours ! Il boit déjà
assez dehors…

— Dites donc, commissaire, si on descendait au
bistrot ?…

Mais, avant que Maigret eût répondu, James se
troublait en regardant sa femme, qui devait lui
adresser des signes impératifs.

— C'est comme vous aimez mieux… Moi…

Il referma son livre en soupirant, changea de place
un presse-papiers posé sur une table basse.

La pièce n'avait pas quatre mètres de long. Et pourtant on sentait qu'elle était double, que deux vies s'y
déroulaient sans la moindre interpénétration.

La femme d'une part, qui arrangeait son intérieur
à son goût, cousait, brodait, cuisinait, se taillait des
robes…

Et James qui arrivait à huit heures, devait manger
sans mot dire, lisait en attendant le moment de se

coucher sur le divan surchargé de coussins colorés qui, la nuit, se transformait en lit.

On comprenait mieux le « petit coin personnel » de James, à la terrasse de la *Taverne Royale*, devant un Pernod…

— Descendons, oui !… dit Maigret.

Et son compagnon se leva précipitamment en soupirant d'aise.

— Vous permettez que je me chausse ?

Il était en pantoufles. Il se faufila entre la baignoire et le mur. La porte de la salle de bains restait ouverte, mais la femme baissa à peine la voix pour déclarer :

— Il ne faut pas faire attention… Il n'est pas tout à fait comme un autre…

Elle compta ses points de crochet :

— Sept… huit… neuf… Vous croyez qu'il sait quelque chose au sujet de l'affaire de Morsang ?…

— Où est le chausse-pied ?… grommela James qui bouleversait des objets dans une armoire.

Elle regarda Maigret pour exprimer : « Vous voyez comme il est ?… »

Et James sortit enfin du cabinet de toilette, parut une fois de plus trop grand pour la pièce, dit à sa femme :

— Je reviens tout de suite !

— Je sais ce que cela veut dire…

Il faisait signe au commissaire de se presser, craignant sans doute un changement d'idée. Dans l'escalier aussi, il était trop grand, et comme mal assorti au décor.

La première maison à gauche était un bistrot de chauffeurs.

— Il n'y a que celui-ci dans le quartier…

Une lumière trouble autour du zinc. Quatre joueurs de cartes dans le fond.

— Tiens ! monsieur James, lança le patron en se levant. Comme toujours ?

Il saisissait déjà la bouteille de fine.

— Et pour vous ce sera ?…

— La même chose…

Les coudes sur le zinc, James questionnait :

— Vous êtes allé à la *Taverne Royale* ?… Je le pensais bien… Moi, je n'ai pas pu…

— À cause des trois cent mille francs…

Il ne manifesta aucune surprise, aucune gêne.

— Qu'est-ce que vous auriez fait à ma place ?… Basso est un copain… On a pris cent fois la cuite ensemble… À votre santé !

— Je vous laisse la bouteille ! dit le patron qui devait avoir l'habitude et qui avait hâte de continuer sa partie de cartes.

Et James continuait sans entendre :

— Au fond, il n'a pas eu de chance… Une femme comme Mado !… À propos, est-ce que vous l'avez revue ?… Elle est venue à mon bureau, tout à l'heure, me demander si je savais où est Marcel… Vous imaginez cela, vous ?… C'est comme l'autre, avec son auto… Un copain aussi, pourtant !… Eh bien ! il m'a téléphoné pour me dire qu'il serait forcé de me réclamer le prix de la réparation et une indemnité pour l'immobilisation de la voiture… À ta santé !… Qu'est-ce que tu penses de ma femme ?… Elle est gentille, pas vrai ?…

Et James se versait un deuxième verre.

7

Le brocanteur

Il se passait chez James un phénomène curieux, qui intéressa Maigret. À mesure qu'il buvait, son regard, au lieu de devenir plus trouble, comme c'est le cas de la plupart des gens, s'aiguisait, au contraire, arrivait à être tout pointu, d'une pénétration, d'une finesse inattendues.

Sa main ne lâchait le verre que pour le remplir. La voix était molle, hésitante, sans conviction. Il ne regardait personne en particulier. Il semblait s'enfoncer dans l'atmosphère, s'y blottir.

Les joueurs de cartes n'échangeaient que quelques mots, au fond de la pièce. Le comptoir d'étain jetait des reflets troubles.

Et trouble était James, qui soupirait :

— C'est drôle… Un homme comme vous, fort, intelligent… Et d'autres, ailleurs !… Des gendarmes avec des uniformes… Des juges… Des tas de gens… Combien y en a-t-il sur pied ?… Peut-être cent, avec les greffiers qui copient les procès-verbaux, les téléphonistes qui transmettent les ordres… Peut-être

cent à travailler des jours et des nuits parce que Feinstein a reçu une toute petite balle dans la peau…

Il fixa Maigret un instant et le commissaire fut incapable de deviner si James faisait de l'ironie transcen-
dante ou s'il était sincère.

— À ta santé !… Ça vaut bien la peine, n'est-ce
pas ?… Et pendant ce temps-là, ce pauvre bougre de
Basso est traqué… La semaine dernière, il était
riche… Il avait une grosse affaire, une auto, une
femme, un fils… Maintenant, il ne peut pas seulement
sortir de son trou…

Et James haussait les épaules. Sa voix devenait plus
traînante. Il regardait autour de lui avec lassitude ou
dégoût.

— Qu'est-ce qu'il y a dans le fond de tout ça ?…
Une femme comme Mado, qui a besoin d'hommes…
Basso s'y laisse prendre… On repousse rarement des
occasions pareilles, pas vrai ?… Elle est belle fille…
Elle a du tempérament… On se dit que ce n'est pas
bien grave… On donne un rendez-vous et on va
passer de temps en temps une heure ou deux dans
une garçonnière…

James avala une grande gorgée, cracha par terre.

— Est-ce bête !… Résultat : un mort et toute une
famille qui est fichue !… Et toute la machine sociale
qui se met en mouvement ! Les journaux qui s'en
occupent…

Le plus curieux, c'est qu'il parlait sans véhémence.
Il laissait tomber les mots paresseusement et son
regard errait sur le décor sans s'arrêter à un objet.

— Et encore atout ! disait triomphalement le
patron derrière lui.

— Et Feinstein qui a passé toute sa vie à courir après de l'argent, à essayer de faire face à ses échéances !..., Car il n'a jamais fait que ça !... Un cauchemar continu de traites et de billets à ordre... Au point de s'adresser avec une insistance significative aux amants de sa femme... Il est bien avancé, maintenant qu'il est mort !...

— Qu'il a été tué ! rectifia rêveusement Maigret.

— Est-ce qu'on pourrait déterminer lequel des deux a tué l'autre ?

L'atmosphère devenait plus trouble autour d'eux. Les paroles de James, son visage empourpré y mettaient comme une sourde morbidesse.

— C'est idiot ! Je vois si bien ce qui s'est passé ! Feinstein qui avait besoin d'argent, qui épiait Basso depuis la veille au soir en attendant le moment propice... Même pendant la fausse noce, quand il était habillé en vieille femme, il pensait à ses traites !... Il regardait Basso qui dansait avec sa femme... Vous comprenez ?... Alors, le lendemain, il parle... Basso, qui a déjà été tapé, refuse... L'autre insiste... Il pleurniche... La misère !... Le déshonneur !... Plutôt le suicide... Je vous jure que ça a dû être une comédie dans ce genre-là... Tout ça par un beau dimanche, avec des canoës sur la Seine !...

» Ah ! c'est malin... Feinstein doit avoir laissé entendre qu'il n'était pas si aveugle qu'il en avait l'air...

» Bref, ils sont tous les deux derrière le hangar... De l'autre côté de l'eau, Basso a sa villa, sa femme, son gamin... Il veut faire taire l'autre... Il veut l'empêcher de tirer... Ils sont énervés...

» Et c'est tout ! Une balle est partie d'un tout petit revolver…

James regarda enfin Maigret.

— Je vous le demande, hein, qu'est-ce que ça peut bien f… !

Il rit ! Un rire de mépris !

— Et voilà des centaines de gens qui courent en tous sens comme les fourmis d'une fourmilière où on a mis le feu ! Et les Basso traqués… Et le plus beau : Mado qui se démène, qui ne se résigne pas à perdre son amant !… Patron !…

Le patron déposa ses cartes à regret.

— Qu'est-ce que je vous dois ?

— En somme, dit Maigret, Basso dispose maintenant de trois cent mille francs…

James se contenta de hausser les épaules avec l'air de dire à nouveau : « Qu'est-ce que cela peut bien f… »

Et soudain :

— Tenez ! je me souviens de la façon dont ça a commencé… C'était un dimanche… On dansait dans le jardin de la villa… Basso dansait avec Mme Feinstein et, à certain moment, quelqu'un les a bousculés et ils sont tombés par terre, dans les bras l'un de l'autre… Tout le monde a ri, même Feinstein…

James reprenait sa monnaie, hésitait à s'en aller, soupirait, résigné :

— Encore un verre, patron !

Il en avait bu six et il n'était pas ivre. Il devait seulement avoir la tête lourde. Il fronçait les sourcils, se passait la main sur le front.

— Vous, vous allez vous remettre en chasse…

Il semblait plaindre Maigret.

— Trois pauvres bougres, un homme, une femme et un gosse, que tout le monde harcèle parce qu'un beau jour l'homme a couché avec Mado…

Était-ce sa voix, sa silhouette, l'ambiance ? En tout cas, il se créait peu à peu une véritable obsession et Maigret avait toutes les peines du monde à voir à nouveau les événements sous un autre angle.

— À ta santé, va !… Il faut que je remonte, car ma femme serait bien capable de m'envoyer une balle de revolver aussi… C'est idiot ! Idiot !…

Il ouvrit la porte d'un geste las. Sur le trottoir mal éclairé, il regarda Maigret dans les yeux, articula :

— Drôle de métier !

— Le métier de policier ?

— Et aussi celui d'homme… Ma femme va fouiller mes poches, compter la monnaie pour savoir combien de verres j'ai bus… Au revoir… *Taverne Royale*, demain ?…

Et Maigret resta seul avec son malaise, qu'il mit longtemps à dissiper. C'était un décalage complet de toutes les idées, un renversement de toutes les valeurs. La rue en était déformée, et les gens qui passaient, et le tramway qui s'étirait comme un ver luisant.

Tout cela prenait les proportions de la fourmilière dont James avait parlé. Une fourmilière en effervescence parce qu'une fourmi était morte !

Le commissaire revoyait le corps du chemisier, là-bas, dans les hautes herbes, derrière la guinguette à deux sous ! Puis tous les gendarmes, sur toutes les routes, arrêtant toutes les autos ! La fourmilière en révolution !

— Bougre d'ivrogne ! grommela-t-il en pensant à James avec une rancune non dénuée d'affection.

Et il faisait un effort pour voir à nouveau les événements avec objectivité. Il en avait oublié ce qu'il était venu faire rue Championnet.

— Essayer de savoir où James est allé avec les trois cent mille francs…

Mais alors il évoquait les trois Basso, le père, la mère, le gosse, tapis quelque part et guettant les bruits du monde extérieur avec effroi.

— L'imbécile me fait chaque fois boire !

Il n'était pas ivre, mais il ne se sentait pas non plus dans son assiette et il se coucha de mauvaise humeur, avec la crainte de se réveiller le lendemain en proie à un solide mal de tête.

— Il faut bien que j'aie mon coin à moi ! disait James en parlant de la *Taverne Royale*.

Il avait non seulement son coin à lui, mais son monde à lui, qu'il créait de toutes pièces, à coups de Pernod ou de fine, et dans lequel il évoluait, impassible, indifférent aux choses réelles.

Un monde un peu flou, un grouillement de fourmilière, d'ombres inconsistantes où rien n'avait d'importance, où rien ne servait de rien, où on marchait sans but, sans effort, sans joie, sans tristesse, dans un brouillard cotonneux.

Un monde où, sans en avoir l'air, James, avec sa tête de clown et sa voix indifférente, avait fait peu à peu pénétrer Maigret.

Au point que le commissaire rêva des trois Basso, le père, la mère et le fils, qui collaient leur tête au soupirail de la cave où ils étaient cachés en épiant avec effroi les allées et venues du dehors.

Quand il se leva, il ressentit plus que jamais l'absence de sa femme, qui était toujours en vacances, et dont le facteur apporta une carte postale.

Nous commençons les confitures d'abricots. Quand viendras-tu les manger ?

Il s'assit pesamment devant son bureau, fit crouler la pile de lettres qui l'attendait, cria « Entrez ! » au garçon de bureau qui frappait à la porte.

— Qu'est-ce que c'est, Jean ?

— Le brigadier Lucas a téléphoné pour vous demander de passer rue des Blancs-Manteaux…

— À quelle adresse ?

— Il n'a pas précisé. Il a dit rue des Blancs-Manteaux.

Maigret s'assura qu'il n'y avait rien d'urgent au courrier, gagna à pied le quartier juif dont la rue des Blancs-Manteaux est l'artère la plus commerçante, groupant la plupart des brocanteurs à l'ombre du Mont-de-Piété.

Il était huit heures trente du matin. Tout était calme. Au coin de la rue, Maigret aperçut Lucas qui faisait les cent pas, les deux mains dans les poches.

— Et notre homme ? s'inquiéta-t-il.

Car Lucas avait été chargé de suivre Victor Gaillard lorsque, la veille au soir, celui-ci avait été relâché.

D'un mouvement du menton, le brigadier désigna une silhouette debout devant une vitrine.

— Qu'est-ce qu'il fait là ?

— Je n'en sais rien. Hier, il a commencé par rôder autour des Halles. Il a fini par se coucher sur un banc où il s'est endormi. À cinq heures du matin, un sergent de ville l'a fait circuler et il est venu ici presque immédiatement… Depuis lors, il tourne autour de cette maison, s'éloigne, revient, colle son visage à la vitrine avec l'intention évidente de m'intéresser à son manège…

Victor, qui avait aperçu Maigret, faisait quelques pas, les mains dans les poches, en sifflotant d'un air ironique. Puis il avisa un seuil sur lequel il s'assit en homme qui n'a rien de mieux à faire.

Sur la vitrine on lisait : *Hans Goldberg, Achat, Vente, Occasions en tous genres.*

Et, dans le clair-obscur, on apercevait un petit homme à barbiche qui semblait inquiet des mouvements anormaux du dehors.

— Attends-moi ! dit Maigret.

Il traversa la rue, entra dans la boutique, qui était encombrée de vieux vêtements, d'objets disparates d'où se dégageait une odeur écœurante.

— Vous désirez acheter quelque chose ? questionna le petit Juif sans conviction.

Au fond de la boutique, il y avait une porte vitrée et, derrière, une pièce où une femme obèse était occupée à laver le visage d'un gamin de deux à trois ans. La cuvette était sur la table de la cuisine, à côté des tasses et du beurrier.

— Police ! dit Maigret.

— Je m'en doutais…

— Vous connaissez l'individu qui rôde devant chez vous depuis ce matin ?

— Le grand maigre qui tousse ?… Je ne l'ai jamais vu… Tout à l'heure, inquiet, j'ai appelé ma femme, mais elle ne le connaît pas non plus… Ce n'est pas un Israélite…

— Et celui-ci, le connaissez-vous ?

Maigret tendit une photographie de Marcel Basso, que l'autre examina avec attention.

— Ce n'est pas un Israélite non plus ! dit-il.

— Et celui-ci ?

Cette fois, c'était un portrait de Feinstein.

— Oui !

— Vous le connaissez ?

— Non ! Mais il est de ma race…

— Vous ne l'avez jamais vu ?

— Jamais… Nous sortons si peu !…

Sa femme lançait de fréquents regards à travers les vitres, sortait un second enfant d'un berceau et celui-ci se mettait à hurler parce qu'on le débarbouillait.

Le brocanteur paraissait assez sûr de lui. Il se frottait lentement les mains l'une contre l'autre en attendant les questions du commissaire et il regardait autour de lui avec la satisfaction d'un commerçant qui n'a rien à se reprocher.

— Il y a longtemps que vous êtes installé ici ?

— Un peu plus de cinq ans… La maison est déjà très connue, car elle ne fait que du travail honnête…

— Et avant vous ? questionna Maigret.

— Vous ne savez pas ?… C'était le père Ulrich, celui qui a disparu…

Le commissaire eut un soupir de satisfaction. Il pressentait enfin quelque chose.

— Le père Ulrich était brocanteur ?

— Vous devez avoir, à la police, de meilleurs renseignements que moi… Moi, n'est-ce pas, je ne peux rien vous dire de précis… Dans le quartier, on disait qu'il ne se contentait pas de vendre et d'acheter, mais qu'il prêtait de l'argent…

— Un usurier ?

— J'ignore à quel taux il le prêtait… Il vivait tout seul… Il ne voulait pas de commis… Il ouvrait et fermait lui-même ses volets… Un jour, il a disparu et la maison est restée fermée pendant six mois… C'est moi qui l'ai reprise… Et je lui ai donné une autre réputation, vous devez le savoir…

— Si bien que vous n'avez pas connu le père Ulrich ?

— Je n'étais pas à Paris de son temps… Quand j'ai pris la succession, je venais d'Alsace…

Le gosse pleurait toujours, dans la cuisine, et son frère, qui avait ouvert la porte, regardait Maigret en suçant gravement son doigt.

— Je vous dis tout ce que je sais… Croyez que si j'en savais davantage…

— Bon !… Ça va…

Et Maigret sortit après un dernier regard autour de lui, trouva le vagabond toujours assis sur son seuil.

— C'est ici que tu voulais m'amener ?

Et Victor, avec un faux air innocent :

— Où ça ?

— Qu'est-ce que c'est, cette histoire du père Ulrich ?

— Le père Ulrich ?

— Fais pas l'idiot !

— Connais pas, je vous jure…

— C'est lui qui a fait le plongeon dans le canal Saint-Martin ?

— J' sais pas !

Maigret haussa les épaules, s'éloigna, dit à Lucas, en passant :

— Continue à le surveiller, à tout hasard.

Une demi-heure après, il était plongé dans de vieux dossiers et il finissait par mettre la main sur celui qu'il cherchait.

Il résuma sur une feuille de papier :

Jacob Ephraïm Lévy, dit Ulrich, soixante-deux ans, originaire de Haute-Silésie, brocanteur rue des Blancs-Manteaux, soupçonné de se livrer régulièrement à l'usure.

Disparaît le 20 mars, mais les voisins ne signalent son absence au commissariat que le 22.

Dans la maison, on ne trouve aucun indice. Rien n'a disparu. Une somme de quarante mille francs est découverte dans le matelas du brocanteur.

Celui-ci, autant qu'on en peut juger, est sorti de chez lui, le 19 au soir, comme cela lui arrivait assez fréquemment.

On manque de renseignements sur sa vie intime. Les recherches faites à Paris et en province n'aboutissent pas. *On écrit en Haute-Silésie et, un mois plus tard, une sœur du disparu arrive à Paris et demande à entrer en possession de l'héritage.*

Ce n'est qu'après six mois qu'elle obtient un jugement de disparition.

À midi, Maigret, la tête lourde, achevait, au commissariat de La Villette – le troisième qu'il visitait –, de relever des indications dans de lourds registres.

Et il transcrivait enfin :

Le 1ᵉʳ juillet des mariniers ont retiré du canal Saint-Martin, à hauteur de l'écluse, un cadavre d'homme en état de décomposition avancée.

Transporté à l'Institut médico-légal il n'a pu être identifié.

Taille : 1,55 m. Âge apparent : soixante à soixante-cinq ans.

Les vêtements ont été en grande partie arrachés par le frottement sur le fond et par des hélices de bateaux. On n'a rien retrouvé dans les poches.

Alors Maigret poussa un soupir. Il sortait enfin de l'atmosphère nébuleuse et loufoque que James semblait créer à plaisir autour de l'affaire.

Il tenait des éléments solides.

— C'est le père Ulrich qui a été assassiné voilà six ans et jeté ensuite dans le canal Saint-Martin.

Pourquoi ? Par qui ?

C'est ce qu'il allait essayer de savoir. Il bourra une pipe, l'alluma avec une lenteur voluptueuse, salua ses collègues du commissariat de La Villette et gagna le trottoir, souriant, sûr de lui, solide sur ses lourdes jambes.

8

La maîtresse de James

L'expert comptable entra dans le bureau de Maigret en se frottant les mains et en esquissant des œillades.

— Ça y est !

— Qu'est-ce qui y est ?

— J'ai revu hâtivement la comptabilité de la chemiserie depuis sept ans. C'était facile. Feinstein n'y comprenait rien et faisait venir une ou deux fois par semaine un petit employé de banque pour tenir ses livres. Quelques truquages afin de diminuer les impôts. Un rapide coup d'œil et on connaît l'affaire à fond : une affaire qui ne serait pas plus mauvaise qu'une autre si les capitaux ne manquaient à la base. Les vendeurs payés le 4 ou le 10 du mois. Les traites renouvelées deux ou trois fois. Les soldes destinés à faire rentrer coûte que coûte de l'argent frais dans la caisse. Enfin, Ulrich !

Maigret ne broncha pas. Il savait qu'il valait mieux laisser parler le petit homme volubile qui se promenait de long en large dans la pièce.

— Toujours l'histoire classique ! C'est dans les livres d'il y a sept ans qu'on voit apparaître pour la première fois le nom d'Ulrich. Prêt de deux mille francs, un jour d'échéance. Remboursement une semaine plus tard. À l'échéance suivante, prêt de cinq mille francs. Vous comprenez ? Le chemisier a trouvé le moyen de se procurer de l'argent quand il en a besoin. Il en prend l'habitude. Des deux mille primitifs on passe à dix-huit mille six mois plus tard. Et ces dix-huit mille sont remboursables à vingt-cinq mille… Le père Ulrich est gourmand… Je dois ajouter que Feinstein est honnête… Il rembourse toujours… Mais d'une façon un peu spéciale. Par exemple, il rembourse quinze mille francs le 15 et il en emprunte à nouveau dix-sept mille le 20… Il les rembourse le mois suivant pour en emprunter vingt-cinq mille aussitôt après… Au mois de mars, Feinstein doit trente-deux mille francs à Ulrich…

— Il les rembourse ?

— Pardon ! Dès ce moment, on ne trouve plus trace d'Ulrich dans les livres…

Il y avait à cela une excellente raison : c'est que le vieux Juif de la rue des Blancs-Manteaux était mort ! Donc, ce décès avait rapporté à Feinstein la somme de trente-deux mille francs !

— Qui a remplacé Ulrich par la suite ?

— Personne pendant un certain temps. Un an plus tard, Feinstein, à nouveau gêné, a demandé du crédit à une petite banque et l'a obtenu. Mais la banque s'est lassée.

— Basso ?

— Je trouve son nom dans les derniers livres, non pour des prêts mais pour des traites de complaisance.

— Et la situation à la date de la mort de Feinstein ?

— Ni meilleure, ni pire que d'habitude. Avec une vingtaine de billets, il s'en tirait… jusqu'à l'échéance suivante ! Il y a quelques milliers de commerçants, à Paris, qui sont exactement dans le même cas et qui, des années durant, courent après la somme qui leur manque toujours en évitant la faillite de justesse…

Maigret s'était levé, avait pris son chapeau.

— Je vous remercie, monsieur Fleuret.

— Est-ce que je dois pousser l'expertise plus à fond ?

— Pas pour le moment.

Tout allait bien. L'enquête avançait avec une régularité mécanique. Et, dès lors, par contraste, Maigret avait un air bourru, comme s'il se fût méfié de cette facilité même.

— Pas de nouvelles de Lucas ? alla-t-il demander au garçon de bureau.

— Il a téléphoné tout à l'heure. L'homme que vous savez s'est présenté à l'Armée du Salut et a demandé un lit. Depuis lors, il dort.

Il s'agissait de Victor, qui n'avait pas un sou en poche. Est-ce qu'il espérait toujours toucher trente mille francs en échange du nom de l'assassin du père Ulrich ?

Maigret suivit les quais à pied. En passant devant un bureau de poste, il hésita, finit par entrer, remplit une formule télégraphique.

Arriverai probablement jeudi. Stop. Baisers à tous.

On était le lundi. Depuis le début des vacances, il n'avait pas encore pu rejoindre sa femme en Alsace. Il sortit en bourrant une pipe, eut l'air d'hésiter à nouveau, héla enfin un taxi à qui il jeta l'adresse du boulevard des Batignolles.

Il avait quelques centaines d'enquêtes à son actif. Il savait que presque toutes se font en deux temps, comportent deux phases différentes.

D'abord la prise de contact du policier avec une atmosphère nouvelle, avec des gens dont il n'avait jamais entendu parler la veille, avec un petit monde qu'un drame vient d'agiter.

On entre là-dedans en étranger, en ennemi. On se heurte à des êtres hostiles, rusés ou hermétiques.

La période la plus passionnante, d'ailleurs, aux yeux de Maigret. On renifle. On tâtonne. On n'a aucun point d'appui, souvent aucun point de départ.

On regarde des gens s'agiter et chacun peut être le coupable ou un complice.

Brusquement on saisit un bout du fil et voilà la seconde période qui commence. L'enquête est en train. L'engrenage est en mouvement. Chaque pas, chaque démarche apporte une révélation nouvelle et presque toujours le rythme s'accélère pour finir par une révélation brutale.

Le policier n'est plus seul à agir. Les événements

travaillent pour lui, presque en dehors de lui. Il doit les suivre, sans se laisser dépasser.

Il en était ainsi depuis la découverte Ulrich. Le matin encore, Maigret n'avait aucune indication sur l'identité de la victime du canal Saint-Martin.

Maintenant, il savait que c'était un brocanteur doublé d'un usurier, à qui le chemisier devait de l'argent.

Il fallait suivre le fil. Un quart d'heure plus tard, le commissaire sonnait à la porte de l'appartement des Feinstein, au cinquième étage d'une maison du boulevard des Batignolles. Une servante, aux cheveux défaits, à l'air stupide, vint lui ouvrir, se demanda si elle devait l'introduire ou non.

Mais au même instant, au portemanteau de l'antichambre, Maigret apercevait le chapeau de James.

Était-ce le mouvement en avant qui se précipitait, ou, au contraire, y avait-il une dent cassée dans l'engrenage ?

— Madame est ici ?

Il profita de la timidité de la domestique, qui devait arriver tout droit de sa campagne, et il entra, se dirigea vers une porte derrière laquelle on entendait des bruits de voix, frappa, ouvrit aussitôt.

Il connaissait déjà l'appartement, pareil à la plupart des appartements de petits bourgeois du quartier. Dans un salon au divan étroit, aux fragiles fauteuils à pieds dorés, il aperçut tout d'abord James, debout devant la fenêtre, le regard perdu dans la contemplation de la rue.

Mme Feinstein était habillée pour sortir, tout en noir, un petit chapeau de crêpe très coquet sur la tête. Et elle paraissait extrêmement animée.

Par contre, elle ne manifesta nulle contrariété à la vue de Maigret, tandis que James tournait vers celui-ci un visage ennuyé, un peu gêné aussi.

— Entrez, monsieur le commissaire... Vous n'êtes pas de trop... J'étais justement en train de dire à James qu'il est stupide...

— Ah !

Cela sentait la scène de ménage. James murmura sans conviction, sans espoir :

— Allons, Mado...

— Non ! Tais-toi !... Je parle en ce moment au commissaire...

Alors, résigné, l'Anglais regarda à nouveau la rue, où il ne devait apercevoir que les têtes des passants.

— Si vous étiez un policier ordinaire, monsieur le commissaire, je ne vous parlerais pas comme je le fais... Mais vous avez été notre invité à Morsang... Et on voit bien que vous êtes un homme capable de comprendre...

Et elle une femme capable de parler des heures durant ! Capable de prendre tout le monde à témoin ! Capable de réduire le plus bavard au silence !

Elle n'était ni belle, ni jolie. Mais elle était appétissante, surtout dans ses vêtements de deuil qui, au lieu de lui donner un aspect triste, la rendaient plus croustillante.

Une femme bien en chair, bien vivante, qui devait être une maîtresse tumultueuse.

Le contraste était violent avec James et son visage ennuyé, son regard toujours un peu vague, sa silhouette flegmatique.

— Tout le monde sait que je suis la maîtresse de Basso, n'est-ce pas ?… Je n'en ai pas honte !… Je ne l'ai jamais caché… Et, à Morsang, il n'y a eu personne pour m'en faire le reproche… Si mon mari avait été un autre homme…

Elle reprenait à peine haleine.

— Quand on n'est pas capable de faire face à ses affaires !… Regardez le taudis où il me faisait vivre !… Et remarquez qu'il n'y était jamais !… Ou, quand il y était, le soir, après dîner, c'était pour me parler de ses soucis d'argent, de la chemiserie, des employés, que sais-je ?… Eh bien ! je prétends, moi, que quand on n'est pas de taille à rendre une femme heureuse, on n'a rien à lui reprocher ensuite…

» D'ailleurs, Marcel et moi devions nous marier un jour ou l'autre… Vous ne le saviez pas ?… Bien entendu, on ne le criait pas sur les toits… Ce qui l'arrêtait encore, c'était son fils… Il aurait divorcé… J'en aurais fait autant de mon côté et…

» Vous avez vu Mme Basso ?… Ce n'est pas la femme qu'il faut à un homme comme Marcel…

Dans son coin, James soupirait et fixait maintenant le tapis à fleurs.

— Voulez-vous me dire quel est mon devoir ? Marcel est malheureux ! Il est poursuivi ! Il doit passer à l'étranger… Et ma place ne serait pas auprès de lui ?… Dites ?… Parlez franchement…

— Heu ! Heu !… se contenta de grommeler Maigret sans se compromettre.

— Vous voyez !… Tu vois, James !… Le commissaire est de mon avis… Tant pis pour le monde et le qu'en-dira-t-on… Eh bien ! commissaire, James refuse de me dire où est Marcel… Or, il le sait, j'en suis sûre… Il n'ose même pas le nier…

Si Maigret n'avait déjà vu quelques femmes de ce calibre dans sa vie, il en eût sans doute été suffoqué. Mais l'inconscience ne l'étonnait plus.

Il y avait moins de deux semaines que Feinstein avait été tué, par Basso autant qu'on en pouvait juger.

Et là, dans l'appartement morne où il y avait au mur le portrait du chemisier, et son fume-cigarette dans un cendrier, sa femme parlait de son devoir.

Le visage de James était d'une éloquence inouïe. Et pas seulement son visage ! Ses épaules ! Son attitude ! Son dos rond. Tout cela signifiait : « Quelle femme !… »

Elle se tournait vers lui.

— Tu vois que le commissaire…

— Le commissaire n'a rien dit du tout.

— Tiens ! tu me dégoûtes ! Tu n'es pas un homme ! Tu as peur de tout ! Si je disais pourquoi tu es venu ici aujourd'hui…

L'événement était si inattendu que James redressa d'abord la tête, tout rouge. Et il avait rougi comme un enfant. Le visage s'était empourpré d'un seul coup, les oreilles étaient devenues couleur de sang.

Il voulut dire quelque chose. Il en fut incapable. Il essaya de se ressaisir et il parvint enfin à émettre un petit rire pénible.

— Maintenant, autant le dire tout de suite…

Maigret observa la femme. Elle était un peu gênée de la phrase qui lui avait échappé.

— Je n'ai pas voulu…

— Non ! tu ne veux jamais rien… N'empêche que…

Le salon paraissait plus petit, plus intime. Mado haussait les épaules avec l'air de dire : « Et puis après ! tant pis pour toi… »

— Pardon ! intervint alors le commissaire, dont les yeux riaient, en s'adressant à James. Il y a long-temps que vous vous tutoyez ?… Il me semblait qu'à Morsang…

Et il avait peine à garder son sérieux, tant était grand le contraste entre le James qu'il connaissait et celui qu'il avait devant lui. Celui-ci avait l'air d'un écolier timide qu'on prend en faute.

Chez lui, dans le studio où sa femme crochetait, James gardait une certaine allure, renfrogné dans son isolement.

Ici, il était prêt à bafouiller.

— Bah ! Vous avez déjà compris, n'est-ce pas ?… J'ai été l'amant de Mado, moi aussi…

— Heureusement que ça n'a pas duré ! ricana-t-elle.

Et il fut troublé par cette riposte. Son regard chercha un secours en Maigret.

— C'est tout… Il y a assez longtemps… Ma femme ne se doute de rien…

— Avec ça qu'elle te dit tout ce qu'elle pense !

— … Comme je la connais, ce seraient des reproches pendant toute notre vie… Alors, je suis venu demander à Mado, au cas où elle serait questionnée, de ne pas dire…

— Et elle a promis ?

— À condition que je lui donne l'adresse actuelle de Basso… Concevez-vous ça ?… Il est avec sa femme, son gosse… Sans doute a-t-il déjà franchi la frontière…

Le ton de cette dernière phrase fut moins ferme, prouvant que James mentait consciencieusement.

Maigret s'était assis dans un petit fauteuil qui craquait sous lui.

— Vous êtes restés amants longtemps ? questionna-t-il d'un air bonhomme.

— Trop ! lança Mme Feinstein.

— Pas longtemps… Quelques mois… soupira James.

— Et vous vous rencontriez dans un meublé comme celui de l'avenue Niel ?

— Non ! James avait loué une garçonnière du côté de Passy !

— Vous alliez déjà chaque dimanche à Morsang ?

— Oui…

— Et Basso aussi ?

— Oui… La bande est la même depuis sept ou huit ans, à quelques exceptions près…

— Et Basso savait que vous étiez amants ?

— Oui… Il n'était pas encore amoureux… Cela lui a pris il y a seulement un an…

Maigret, malgré lui, avait un air de jubilation intense. Il regardait le petit appartement autour de lui, avec tous ses bibelots inutiles et plus ou moins affreux. Il se souvenait du studio de James, plus prétentieux, plus moderne avec ses cloisons de contre-plaqué paraissant faites pour des poupées.

Morsang enfin, le *Vieux Garçon*, les canoës, les petits bateaux à voiles et les tournées générales, sur la terrasse ombragée, dans un décor d'une douceur irréelle.

Depuis sept ou huit ans, tous les dimanches, les mêmes gens prenaient l'apéritif à la même heure, jouaient au bridge l'après-midi, dansaient au son du phonographe.

Mais, au début, c'était James qui s'enfonçait dans le parc en compagnie de Mado. C'était lui sans doute que Feinstein regardait d'un air sarcastique, lui encore qui la retrouvait en semaine dans Paris.

Tout le monde le savait, fermait les yeux, aidait à l'occasion les amants.

Y compris Basso qui, un beau jour, tombait amoureux à son tour et prenait la suite !

Du coup, la situation, dans l'appartement, devenait beaucoup plus savoureuse, et l'attitude piteuse de James, et l'assurance de Mado !

C'est à celle-ci que Maigret s'adressa.

— Il y a combien de temps que vous n'êtes plus la maîtresse de James ?

— Attendez... Cinq... Non... À peu près six ans...

— Comment cela s'est-il terminé ?... Est-ce lui, est-ce vous qui... ?

James voulut parler, mais elle lui coupa la parole.

— Tous les deux... On s'est aperçus qu'on n'était pas faits l'un pour l'autre... Malgré ses airs, James a un caractère de petit-bourgeois maniaque, peut-être encore plus bourgeois que mon mari…

— Et vous êtes restés bons amis ?

— Pourquoi pas ?… Ce n'est pas parce qu'on ne s'aime plus qu'il faut…

— Une question, James ! À cette époque vous est-il arrivé de prêter de l'argent à Feinstein ?

— Moi ?

Mais ce fut Mado qui répondit :

— Qu'est-ce que vous voulez dire ?… Prêter de l'argent à mon mari ?… Pourquoi ?…

— Rien… Une idée qui m'est passée par la tête, comme ça… Pourtant, Basso en a prêté…

— Ce n'est pas la même chose !… Basso est riche !… Mon mari avait des embarras momentanés… Il parlait de partir en Amérique avec moi. Alors, pour éviter des complications, Basso a…

— Je comprends ! Je comprends ! Mais, par exemple, votre mari aurait pu parler de partir en Amérique voilà six ans, quand…

— Qu'est-ce que vous voulez insinuer ?

Elle était prête à s'indigner. Et, à l'idée d'une scène de vertu outragée, Maigret préféra faire dévier l'entretien.

— Excusez-moi… Je pense à haute voix… Croyez surtout que je ne veux rien insinuer du tout… James et vous étiez libres… C'est ce que me disait un ami de votre mari, Ulrich…

Les yeux mi-clos, il les observait tous les deux. Mme Feinstein regarda Maigret avec étonnement.

— Un ami de mon mari ?

— Ou une relation d'affaires…

— Plutôt cela, car je n'ai jamais entendu ce nom-là… Qu'est-ce qu'il vous disait ?…

— Rien… Nous parlions des hommes et des femmes en général…

Et James regardait le commissaire avec un certain étonnement, en homme qui flaire quelque chose, qui essaie de deviner où son interlocuteur veut en venir.

— N'empêche qu'il sait où est Marcel et qu'il refuse de me le dire ! reprit Mme Feinstein en se levant. Mais je le trouverai bien moi-même ! Et, d'ailleurs, je suis certaine qu'il va m'écrire pour me demander d'aller le rejoindre. Il ne peut pas vivre sans moi…

James risqua une œillade à l'adresse de Maigret, une œillade ironique, certes, mais surtout lugubre. On pouvait la traduire par : « Vous imaginez s'il va lui écrire, pour qu'elle lui tombe à nouveau sur le dos !… Une femme comme elle !… »

Et elle l'interpellait :

— C'est ton dernier mot, James ? C'est là ta reconnaissance pour tout ce que j'ai fait pour toi ?…

— Vous avez fait beaucoup pour lui ? questionna Maigret.

— Mais… il a été mon premier amant !… Avant lui, je n'imaginais même pas que je pourrais tromper mon mari… Remarquez que, depuis lors, il a changé… Il ne buvait pas encore… Il se soignait… Il avait des cheveux…

Et l'aiguille de la balance continuait ainsi à osciller entre le tragique et le bouffon. Il fallait faire un effort pour se souvenir qu'Ulrich était mort, que quelqu'un l'avait porté jusqu'au canal Saint-Martin, que six ans plus tard, derrière le hangar de la guinguette à deux sous, Feinstein avait été tué d'une balle et que Basso, avec toute sa famille, était en fuite, traqué par la police.

— Est-ce que vous croyez qu'il a pu gagner la frontière, commissaire ?

— Je ne sais pas… Je…

— Au besoin vous… vous l'y aideriez, n'est-ce pas ?… Vous avez été reçu chez lui aussi… Vous avez pu l'apprécier…

— Il faut que j'aille à mon bureau ! L'heure est déjà passée ! dit James, en cherchant son chapeau sur toutes les chaises.

— Je sors en même temps que vous… se hâta de prononcer Maigret.

Car il ne voulait surtout pas rester en tête à tête avec Mme Feinstein.

— Vous êtes pressé ?

— C'est-à-dire que j'ai à faire, oui… Mais je reviendrai…

— Vous verrez que Marcel saura vous marquer sa reconnaissance de ce que vous ferez pour lui…

Elle était fière de sa diplomatie. Elle voyait très bien Maigret conduisant Basso à la frontière et recevant avec gratitude quelques billets de mille francs en échange de sa complaisance.

D'ailleurs, quand il lui tendit la main, elle la serra longuement, d'une façon qui voulait être significative. Et, montrant James, elle murmura :

— On ne peut pas trop lui en vouloir… Depuis qu'il boit !…

Les deux hommes descendaient sans rien dire le boulevard des Batignolles. James, tout en marchant à grands pas, regardait par terre devant lui. Maigret fumait sa pipe à petites bouffées gourmandes et paraissait savourer le spectacle de la rue.

Au coin du boulevard Malesherbes seulement, le commissaire questionna comme sans y attacher d'importance :

— C'est vrai que Feinstein ne vous a jamais demandé de service d'argent ?

James haussa les épaules.

— Il savait bien que je n'en avais pas !

— Vous étiez déjà à la banque de la place Vendôme ?

— Non ! J'étais traducteur dans une maison américaine d'huiles de pétrole, boulevard Haussmann... Je ne me faisais pas tout à fait mille francs par mois...

— Vous aviez une voiture ?

— Je prenais le métro, oui !... Comme je le prends encore, d'ailleurs !...

— Vous aviez déjà votre appartement ?

— Même pas ! Nous étions en meublé, rue de Turenne...

Il était las. Il y avait comme du dégoût dans l'expression de son visage.

— On boit quelque chose ?

Et, sans attendre de réponse, il entra au bar du coin, commanda deux fines à l'eau.

— Moi, ça m'est égal, vous comprenez ?... Mais ce n'est pas la peine d'embêter ma femme... Elle a déjà assez de soucis comme ça...

— Elle n'est pas bien portante ?

Nouveau haussement d'épaules.

— Si vous croyez que sa vie est drôle !… À part le dimanche, à Morsang, où elle s'amuse un peu…

Et, sans transition, après avoir jeté un billet de dix francs sur le comptoir :

— Vous venez ce soir à la *Taverne Royale* ?

— C'est possible…

Au moment de serrer la main de Maigret, il hésita, finit par murmurer en regardant ailleurs :

— Pour Basso… On n'a rien trouvé ?…

— Secret professionnel ! répliqua Maigret avec un sourire plein de bonhomie. Vous l'aimez bien ?

Mais James s'en allait déjà, maussade, sautait sur la plate-forme d'un autobus en marche dans la direction de la place Vendôme.

Maigret resta au moins cinq minutes immobile, à fumer, au bord du trottoir.

9

Vingt-deux francs de jambon

Quai des Orfèvres, on cherchait Maigret partout, car la gendarmerie de La Ferté-Alais venait de télégraphier :

Famille Basso retrouvée, attendons instructions.

Et c'était un beau cas de travail scientifique aidé par le hasard.

Travail scientifique d'abord : l'examen que Maigret avait ordonné de l'auto abandonnée par James à Montlhéry, examen qui avait circonscrit les recherches dans un tout petit secteur ayant La Ferté-Alais pour centre.

Ici, le hasard intervenait, dans des circonstances piquantes. C'est en vain que les gendarmes avaient fouillé les auberges et observé les passants. C'est en vain qu'on avait interrogé une bonne centaine d'habitants.

Or, ce jour-là, au moment où le brigadier Piquart rentrait chez lui pour déjeuner, sa femme, qui allaitait un bébé, lui dit :

— Tu devrais aller chercher des oignons à l'épicerie. Je les ai oubliés…

Une boutique de petite ville, place du marché. Il y avait quatre ou cinq commères. Le gendarme, qui n'aimait pas ce genre de mission, se tenait près de la porte, l'air dégagé. Comme on servait une vieille femme, connue sous le nom de mère Mathilde, il entendit la marchande qui disait :

— Il me semble que vous vous soignez, depuis quelque temps ! Vingt-deux francs de jambon ! Et vous allez manger cela toute seule ?

Machinalement, Piquart regarda la vieille, dont la pauvreté était évidente. Et, tandis qu'on découpait le jambon, son esprit travailla. Même chez lui, où ils étaient trois, on n'achetait jamais pour vingt-deux francs de jambon.

Il sortit derrière la femme. Celle-ci habitait au bout de la ville, sur la route de Ballancourt, une petite maison entourée d'un jardinet où picoraient des poules. Il la laissa pénétrer chez elle. Puis il frappa et entra d'autorité.

Mme Basso, la taille ceinte d'un tablier, s'affairait devant le feu. Dans un coin, sur une chaise de paille, Basso lisait le journal qu'on venait de lui apporter et le gamin, assis par terre, jouait avec un chiot.

On avait téléphoné boulevard Richard-Lenoir, au domicile de Maigret, puis à divers endroits où il était susceptible de se trouver. On ne pensa pas à s'adresser à la maison Basso, quai d'Austerlitz.

C'est là pourtant qu'il s'était rendu en quittant James. Il était de bonne humeur. La pipe aux dents, les mains dans les poches, il plaisantait avec les employés qui, faute d'instructions, continuaient le travail comme par le passé. Et dans les chantiers on chargeait et on déchargeait le charbon que des péniches apportaient chaque jour.

Les bureaux n'étaient pas modernes. Ils n'étaient pas vieillots non plus et il suffisait d'examiner la disposition des locaux pour se rendre compte de l'atmosphère dans laquelle on y vivait.

Pas de bureau particulier pour le patron. Sa place était dans un coin, près de la fenêtre. En face de lui, il avait le chef comptable, et sa dactylo était à une table voisine.

Peu de hiérarchie, c'était évident. On ne devait pas se gêner pour bavarder et les employés travaillaient la pipe ou la cigarette aux lèvres.

— Un répertoire d'adresses ? avait répondu le comptable à la demande du commissaire. Bien entendu, nous en avons un, mais il ne contient que les adresses de nos clients, par ordre alphabétique. Si vous voulez le voir…

Maigret y jeta un coup d'œil à tout hasard, à la lettre U, mais, comme il s'y attendait, il n'y trouva pas le nom d'Ulrich.

— Vous êtes sûr que M. Basso n'avait pas un petit répertoire personnel ?… Attendez donc ! Qui était ici quand son fils est né ?

— Moi ! répondit la dactylo, non sans un rien de gêne, car elle avait trente-cinq ans et voulait en paraître vingt-cinq.

— Bon ! M. Basso a dû envoyer des faire-part.

— C'est moi qui m'en suis chargée.

— Il vous a donc donné une liste de ses amis.

— Un petit carnet, oui ! dit-elle. C'est exact ! Je l'ai même classé ensuite dans le dossier personnel.

— Et où est ce dossier ?

Elle hésita, regarda ses collègues pour leur demander conseil. Le chef comptable répondit d'un geste qui signifiait : « Je pense qu'il n'y a rien d'autre à faire… »

— C'est chez lui… dit-elle alors. Voulez-vous me suivre ?

On traversa les chantiers. Au rez-de-chaussée de la maison, meublée très simplement, il y avait un bureau qui ne devait jamais servir et qu'on appelait d'ailleurs la bibliothèque.

Bibliothèque de gens pour qui la lecture n'est qu'une distraction de second plan. Bibliothèque de famille aussi, où viennent s'entasser des choses inattendues.

Par exemple, il y avait encore, sur les rayons du bas, les prix gagnés par Basso lorsqu'il était au collège. Puis toute une collection reliée du *Magazine des familles* d'il y a cinquante ans.

Des livres pour jeunes filles, que Mme Basso avait dû apporter lors de son mariage. Puis des romans à couverture jaune, achetés sur la foi de la publicité des journaux.

Enfin des livres illustrés plus neufs, appartenant au gamin, des jouets installés sur les rayons restés libres.

La secrétaire ouvrit les tiroirs du bureau et Maigret lui désigna une grosse enveloppe jaune qui était fermée.

— Qu'est-ce que c'est ?

— Les lettres de monsieur à madame quand ils étaient fiancés.

— Vous avez le carnet ?

Elle le trouva, au fond d'un tiroir où il y avait une dizaine de vieilles pipes. Le carnet avait quinze ans pour le moins. On n'y trouvait que l'écriture de Basso, mais cette écriture avait changé avec le temps, de même que l'intensité de l'encre.

C'était un peu comme les couches de varech au bord de la mer, révélant par leur degré de sécheresse la marée qui les a apportées.

Des adresses étaient là depuis quinze ans, des adresses de camarades sans doute oubliés. Certaines étaient raturées, peut-être à la suite d'une dispute ou d'un décès.

Il y avait des adresses de femmes. L'une était caractéristique :

Lola, Bar des Églantiers, 18, rue Montaigne.

Mais un trait de crayon bleu avait supprimé Lola de la vie de Basso.

— Vous trouvez ce que vous cherchez ? s'informa la secrétaire.

Il trouvait, oui ! Une adresse honteuse, puisque le marchand de charbon n'avait pas osé écrire le nom en entier.

Ul. 13 bis, rue des Blancs-Manteaux.

L'encre appartenait à la couche des adresses anciennes, l'écriture aussi. Et, comme certaines autres, elle avait reçu un bon coup de crayon bleu, qui n'empêchait pourtant pas de lire.

— Pouvez-vous me dire vers quelle époque ces mots ont été écrits ?

La secrétaire se pencha, répliqua :

— C'est encore du temps où M. Basso était jeune homme et où son père vivait toujours…

— À quoi le voyez-vous ?

— Parce que c'est la même encre que l'adresse de femme de l'autre page… Et il m'a dit un jour que c'était une aventure de jeunesse…

Maigret referma le calepin, le glissa dans sa poche, tandis que la secrétaire lui lançait un regard de reproche.

— Vous croyez qu'il reviendra ?… questionna-t-elle après un moment d'hésitation.

Le commissaire répondit par un geste évasif.

Quand il arriva au Quai des Orfèvres, Jean, le garçon de bureau, courut au-devant de lui.

— Il y a deux heures qu'on vous cherche ! Les Basso sont retrouvés.

— Ah !…

Et il soupirait sans enthousiasme, à regret même, eût-on dit.

— Lucas n'a pas téléphoné ?

— Il téléphone toutes les trois ou quatre heures. L'homme est toujours à l'Armée du Salut. Comme on voulait le mettre dehors après lui avoir donné à manger, il s'est offert pour balayer les locaux…

— L'inspecteur Janvier est ici ?

— Je crois qu'il vient de rentrer.

Maigret alla trouver Janvier dans son bureau.

— Une mission bien embêtante comme tu les aimes, vieux. Il faudrait essayer de me retrouver une certaine Lola qui, il y a dix ou quinze ans, se faisait écrire au *Bar des Églantiers*, rue Montaigne…

— Et depuis lors ?

— Elle est peut-être morte à l'hôpital ! Elle a peut-être épousé un lord anglais… Débrouille-toi !…

Dans le train qui le conduisait à La Ferté-Alais, il compulsa le carnet d'adresses, avec parfois un sourire attendri, car il y avait certaines mentions qui suffisaient à évoquer toute une jeunesse d'homme.

Le lieutenant de gendarmerie était à la gare. Il conduisit lui-même le commissaire à la maison de la vieille Mathilde et on aperçut, dans le jardinet, Piquart qui montait gravement la garde.

— On s'est assuré qu'il n'y a pas moyen de fuir par-derrière… expliqua le lieutenant. Et il fait si petit là-dedans que mon factionnaire est resté dehors… J'entre avec vous ?…

— Il vaut peut-être mieux que non.

Maigret frappa à la porte, qui s'ouvrit aussitôt. Il était tard. Dehors, il faisait encore clair, mais la fenêtre était si étroite que, dans la bicoque, on ne voyait guère que des ombres qui bougeaient.

Basso, à califourchon sur une chaise, dans la pose d'un homme qui attend depuis de longues heures, se leva. Sa femme, qu'on n'apercevait pas, devait se tenir dans la pièce voisine avec le gamin.

— Voulez-vous allumer ? dit Maigret à la vieille.

Et celle-ci, d'une voix aigrelette :

— Faudrait d'abord voir si j'ai du pétrole !

Elle en avait, d'ailleurs ! Le verre de la lampe cliqueta, la mèche fuma, se couronna d'une flamme jaunâtre qui éclaira peu à peu tous les recoins de ses rayons.

Il faisait très chaud. Et cela sentait la pauvreté en même temps que la campagne.

— Vous pouvez vous rasseoir ! dit Maigret à Basso. Vous, la vieille, passez donc à côté.

— Et ma soupe ?

— Allez ! Je m'en occuperai.

Elle s'en alla en grognant, referma la porte, parla à voix basse, dans la chambre voisine.

— Il n'y a que ces deux pièces ? questionna alors le commissaire.

— Oui. Derrière, c'est la chambre à coucher.

— Vous y avez dormi tous les trois ?

— Les deux femmes et mon fils. Moi, je couchais ici, sur une botte de paille…

Il y en avait encore des brins entre les carreaux inégaux. Basso était très calme, mais d'un calme qui succédait à plusieurs jours de fièvre. On eût dit que son arrestation l'avait soulagé, et d'ailleurs il se hâta de le proclamer.

— J'allais quand même me rendre !

Il devait s'attendre à la surprise de Maigret, mais il n'en fut rien. Le commissaire ne releva même pas le mot. Il regardait son interlocuteur des pieds à la tête.

— Ce n'est pas un complet de James ?

Un complet gris, trop étroit. Or, Basso avait de larges épaules, un torse aussi puissant que celui de Maigret. Peu de choses peuvent amoindrir l'aspect d'un être dans la force de l'âge comme un vêtement étriqué.

— Puisque vous le savez...

— Je sais beaucoup de choses encore... Mais... Vous êtes sûr que cette soupe doive continuer à bouillir ?...

Il se dégageait de la casserole une vapeur insupportable et le couvercle ne cessait de danser. Maigret retira la soupe du feu, fut éclairé un instant par les flammes rougeâtres.

— Vous connaissiez la vieille Mathilde ?

— J'allais vous en parler et vous demander, si c'est possible, qu'elle ne soit pas inquiétée à cause de moi... C'est une ancienne domestique de mes parents... Elle m'a connu tout petit... Quand je suis arrivé chez elle pour m'y cacher, elle n'a pas osé refuser...

— Bien entendu ! Et elle a commis la gaffe d'aller acheter pour vingt-deux francs de jambon...

Basso avait considérablement maigri. Il est vrai qu'il n'était pas rasé de quatre ou cinq jours, ce qui le rendait patibulaire.

— Je suppose aussi, soupira-t-il, que ma femme n'a rien à voir avec la Justice...

Il se leva, gauche, emprunté, comme un homme qui cherche une contenance avant d'aborder un grave sujet.

— J'ai commis la faute de fuir, de rester caché aussi longtemps... Et cela indique déjà que je ne suis pas un criminel... Vous me comprenez ?... J'ai été affolé... J'ai vu toute mon existence brisée à cause de cette stupide affaire... Mon idée a été de gagner l'étranger, d'y faire venir ma femme et mon fils, de recommencer une vie...

— Et vous avez chargé James d'amener votre femme ici, d'aller toucher pour vous trois cent mille francs à la banque et de vous apporter des vêtements...

— Évidemment !

— Seulement, vous avez senti que vous étiez traqué...

— C'est la vieille Mathilde qui m'a dit qu'on se heurtait à des gendarmes à chaque carrefour...

On entendait toujours du bruit, à côté. Le gamin devait se remuer. Peut-être Mme Basso écoutait-elle à la porte, car de temps en temps elle faisait « Chut !... chut !... » parce que son fils l'empêchait d'entendre.

— Ce midi, j'ai envisagé la seule solution possible : me rendre... Mais il est écrit que je me rencontrerai toujours avec la fatalité... Le gendarme est arrivé...

— Vous n'avez pas tué Feinstein ?

Basso regarda Maigret dans les yeux, ardemment.

— Je l'ai tué ! articula-t-il à voix basse. Ce serait de la folie, n'est-ce pas ? de prétendre le contraire. Mais je vous jure, sur la tête de mon fils, que je vais vous dire toute la vérité…

— Un instant…

Et Maigret se leva à son tour. Ils étaient là deux hommes, à peu près de même taille, sous un plafond bas, dans une pièce trop petite pour eux.

— Vous aimiez Mado ?

Une moue pleine de rancœur souleva les lèvres de Basso.

— Vous n'avez pas compris ça, vous, un homme ?… Il y a six ou sept ans que je la connais, peut-être davantage… Jamais je n'avais pensé à elle… Un jour, voilà un an, je ne sais pas au juste ce qui s'est passé… Tenez ! c'était une fête dans le genre de celle à laquelle vous avez assisté… On buvait… On dansait… Il m'est arrivé de l'embrasser… Puis, au fond du jardin…

— Et après ?

Il haussa les épaules avec lassitude.

— Elle a pris cela au sérieux. Elle m'a juré qu'elle m'avait toujours aimé, qu'elle ne pourrait plus se passer de moi ! Je ne suis pas un saint. J'avoue que j'ai commencé ! Mais je ne voulais pas nouer une liaison de cette sorte, ni surtout compromettre mon ménage…

— Il y a un an, donc, que vous voyez Mme Feinstein deux ou trois fois par semaine, à Paris…

— Et qu'elle me téléphone tous les jours, oui ! Je lui ai prêché en vain la prudence ! Elle inventait des ruses ridicules. Je vivais avec la certitude qu'un jour ou l'autre tout serait découvert… Vous ne pouvez pas vous imaginer cela !… Si seulement elle n'avait pas été sincère ! Mais non ! je crois qu'elle m'aimait vraiment…

— Et Feinstein ?

Basso redressa vivement la tête.

— Oui ! grogna-t-il. C'est bien pour cela que je n'imaginais même pas la possibilité d'aller me défendre en cour d'assises. Il y a des limites aux compromissions… Il y a des limites aussi à la compréhension du public… Me voyez-vous, moi, l'amant de Mado, accusant son mari de…

— … de vous avoir fait chanter !

— Je n'ai pas de preuves ! Ce n'est pas cela tout en étant cela ! Jamais il n'a dit carrément qu'il savait quelque chose ! Jamais il ne m'a menacé d'une façon catégorique ! Vous vous souvenez du bonhomme ? Un petit personnage en apparence très doux et inoffensif… Un garçon malingre, toujours tiré à quatre épingles, toujours poli, trop poli, avec un sourire un peu triste… Une première fois il est venu me montrer une traite protestée et il m'a supplié de lui prêter de l'argent, en m'offrant des tas de garanties… J'ai marché… J'aurais marché aussi sans l'histoire de Mado…

» Seulement, il en a pris l'habitude. J'ai compris que c'était un plan systématique… J'ai essayé de refuser… Et c'est alors que le chantage a commencé…

» Il m'a pris comme confident… Il m'affirmait que sa seule consolation dans la vie était sa femme… C'est pour elle qu'il se mettait la corde au cou en engageant des dépenses supérieures à ses moyens, etc.

» Et s'il devait lui refuser quelque chose, il préférait se tuer… Et que deviendrait-elle en cas de catastrophe ?…

» Imaginez-vous cela ? Comme par un fait exprès, il arrivait la plupart du temps alors que je quittais Mado… Je craignais même de le voir reconnaître le parfum de sa femme encore accroché à mes vêtements…

» Un jour, il a retiré un cheveu de femme – de la sienne – resté sur le col de mon veston…

» Ce n'était pas le genre menaçant… C'était le genre gémissant…

» Et c'est pire ! On se défend contre des menaces. Mais que voulez-vous faire contre un homme qui pleure ? Car il lui est arrivé de pleurer, dans mon bureau…

» Et quels discours !

» — Vous, vous êtes jeune, vous êtes fort, vous êtes beau, vous êtes riche… Avec tout cela, ce n'est pas difficile d'être aimé… Mais moi qui…

» J'en étais malade de dégoût. Et pourtant il m'était impossible d'avoir la certitude qu'il savait…

» Le dimanche que vous savez, il m'avait déjà parlé, un peu avant le bridge, d'une somme de cinquante mille francs dont il avait besoin…

» Le morceau était trop gros… Je ne voulais pas marcher… J'en avais assez… Alors j'ai dit non, carrément ! Et je l'ai menacé de ne plus le voir s'il continuait à me harceler de la sorte…

» D'où le drame… Un drame aussi laid, aussi stupide que tout le reste… Vous vous souvenez ?… Il

s'était arrangé pour traverser la Seine en même temps
que moi… Il m'avait entraîné derrière la guinguette…

» Là, brusquement, il tira un petit revolver de sa
poche et, le braquant sur lui-même, il articula :

» — Voilà à quoi vous me condamnez… Je ne
vous demande qu'une grâce : occupez-vous de
Mado !…

Et Basso se passait la main sur le front pour chasser
cet ignoble souvenir.

— On dirait une fatalité : ce jour-là, j'étais gai…
Peut-être le soleil… Je me suis approché de lui pour
lui prendre son arme.

» — Non ! Non ! a-t-il crié. Trop tard… Vous
m'avez condamné…

— Bien entendu, il était bien décidé à ne pas tirer !
grommela Maigret.

— J'en suis persuadé ! Et c'est bien le tragique de
l'affaire. Sur le moment, je me suis affolé. J'aurais dû
le laisser faire et il n'y aurait pas eu de drame. Il s'en
serait tiré avec de nouvelles larmes ou une
pirouette… Mais non ! J'ai été naïf, comme je l'ai été
avec Mado, comme je l'ai toujours été…

» J'ai voulu lui reprendre le revolver… Il a reculé…
Je l'ai poursuivi… J'ai saisi son poignet… Et ce qui ne
devait pas arriver est arrivé… Le coup est parti…
Feinstein est tombé, sans un mot, sans un gémissement, tout d'une pièce…

» N'empêche que, quand je raconterai cela aux
jurés, ils ne me croiront pas, ou bien ils n'en seront
que plus sévères à mon égard…

» Je suis le monsieur qui a tué le mari de sa maîtresse et qui l'accuse par-dessus le marché !…

Il s'animait.

— J'ai voulu fuir. J'ai fui. Et j'ai voulu aussi tout
dire à ma femme, lui demander si, malgré tout, elle se
considérait encore comme liée à moi… J'ai rôdé dans
Paris où j'ai tenté de rencontrer James…

» C'est un ami, sans doute, le seul ami, parmi toute
la bande de Morsang…

» Vous savez le reste… Ma femme aussi… J'aurais
préféré passer à l'étranger et éviter le procès qui se
prépare et qui sera pénible pour tout le monde… Les
trois cent mille francs sont ici… Avec ça et mon
énergie, je suis capable de me refaire une situation, en
Italie, par exemple, ou en Égypte…

» Mais… est-ce que seulement vous me croyez ?…

Il se troublait soudain. Ce doute l'effleurait seulement, tant il avait été pris par son sujet.

— Je crois que vous avez tué Feinstein sans le vouloir ! répondit Maigret, lentement, en détachant
toutes les syllabes.

— Vous voyez !…

— Attendez ! Ce que je voudrais savoir, c'est si
Feinstein n'avait pas un atout plus fort dans son jeu
que l'infidélité de sa femme. En bref…

Il s'interrompit, tira de sa poche le petit carnet
d'adresses qu'il ouvrit à la lettre U.

— … En bref, dis-je, je voudrais savoir qui a tué,
il y a six ans, un certain Ulrich, brocanteur, rue des
Blancs-Manteaux, et qui a jeté ensuite le cadavre dans
le canal Saint-Martin…

Il avait dû faire un effort pour aller jusqu'au bout,
tant la transformation, chez son interlocuteur, était

brutale. Brutale au point que Basso perdait presque l'équilibre, voulait s'appuyer à quelque chose, posait la main sur le poêle et la retirait en grondant :

— Nom de D... !

Ses prunelles écarquillées fixaient Maigret avec épouvante. Il recula, recula, rencontra sa chaise et s'y assit, comme sans force, sans ressort, en répétant machinalement :

— Nom de D... !

La porte s'ouvrait sous une poussée fiévreuse. Et Mme Basso se précipitait dans la pièce en criant :

— Marcel !... Marcel !... Ce n'est pas vrai, n'est-ce pas ?... Dis que ce n'est pas vrai !...

Il la regardait à son tour sans comprendre, sans rien voir peut-être, et soudain, avec un râle, il se prenait la tête à deux mains et éclatait en sanglots.

— Papa !... Papa !... glapit le gamin qui accourait et mettait le comble au désordre.

Basso n'entendait rien, repoussait son fils, repoussait sa femme. Écrasé littéralement, il était incapable de retenir ses larmes. Il était tout courbé sur sa chaise, tout tassé. Ses épaules se soulevaient, retombaient à un rythme puissant.

Le gamin pleurait aussi. Mme Basso se mordait les lèvres, lançait à Maigret un regard de haine.

Et la vieille Mathilde, qui n'osait pas entrer mais qui avait assisté à la fin de la scène, grâce à la porte ouverte, pleurait aussi, dans la chambre à coucher, comme pleurent les vieilles, à petits sanglots réguliers,

en s'essuyant les yeux du coin de son tablier à carreaux.

Elle finit pourtant, en trottinant, en pleurant, en
reniflant, par venir remettre sa soupe sur le feu qu'elle
aviva à coups de tisonnier.

10

L'absence du commissaire Maigret

Ces scènes-là ne durent pas, sans doute parce que la résistance nerveuse a des limites. Le paroxysme atteint, c'est soudain le calme plat, sans transition, un calme qui confine à l'abrutissement, comme la fièvre précédente confinait à la folie.

On dirait alors qu'on a honte de sa frénésie, de ses larmes, des mots qu'on a prononcés, comme si l'homme n'était pas fait pour les gestes pathétiques.

Maigret attendait, mal à l'aise, en regardant par la petite fenêtre le crépuscule bleuté où se dessinait le képi d'un gendarme. Il sentait pourtant ce qui se passait derrière lui, devinait Mme Basso qui s'approchait de son mari, le saisissait par les épaules, prononçait d'une voix hachée :

— Dis donc que ce n'est pas vrai !...

Et Basso reniflait, se levait, repoussait sa femme, regardait autour de lui avec des gros yeux troubles d'homme ivre. Le poêle était ouvert. La vieille y jetait du charbon. Cela faisait un grand cercle de lumière rouge au plafond dont les poutres saillaient.

Le gamin regardait son père et, comme lui, cessait de pleurer, par une sorte de mimétisme.

— C'est fini... excusez-moi... murmura Basso, debout au milieu de la pièce.

On le sentait endolori. Sa voix était lasse. Il ne restait plus en lui la moindre énergie.

— Vous avouez ?

— Je n'avoue pas... Écoutez...

Il regarda les siens avec une moue douloureuse, un long froncement des sourcils.

— Je n'ai pas tué Ulrich... Si j'ai eu cette... cette faiblesse, c'est que je me rends compte que... que je...

Il était si vide qu'il ne trouvait pas ses mots.

— Que vous ne pourrez pas vous disculper ?

Il approuva de la tête. Il ajouta :

— Je ne l'ai pas tué...

— Vous disiez la même chose, tout de suite après la mort de Feinstein... Et pourtant vous venez d'avouer...

— Ce n'est pas la même chose...

— Vous connaissiez Ulrich...

Un sourire amer.

— Regardez la date qui se trouve à la première page de ce calepin... Il y a douze ans... Il y en a peut-être dix que j'ai vu le père Ulrich pour la dernière fois...

Il reprenait peu à peu son sang-froid, mais sa voix trahissait un même désespoir.

— Mon père vivait encore... Parlez du père Basso à ceux qui l'ont connu... C'était un homme austère, dur aux autres et à lui-même... Il me laissait moins d'argent pour mes menus frais que les plus pauvres de mes camarades… Alors, on m'a conduit rue des Blancs-Manteaux, chez le père Ulrich, qui avait l'habitude de ces sortes d'opérations…

— Et vous ne savez pas qu'il est mort ?

Basso se tut. Maigret martela sans reprendre haleine :

— Vous ne savez pas qu'il a été tué, transporté en auto vers les quais du canal Saint-Martin et jeté dans l'écluse ?

L'autre ne répondit pas. Ses épaules se tassaient davantage. Il regarda sa femme, son fils, la vieille qui, parce que c'était l'heure, mettait la table sans cesser de pleurnicher.

— Qu'est-ce que vous allez faire ?

— Je vous arrête… Mme Basso et votre fils peuvent rester ici, ou rentrer chez vous…

Maigret entrouvrit la porte, dit au gendarme :

— Vous m'amènerez une voiture…

Il y avait des groupes de curieux, sur la route, mais ils se tenaient à distance, en paysans prudents qu'ils étaient. Quand Maigret se retourna, Mme Basso était dans les bras de son mari. Et celui-ci lui tapotait le dos machinalement, en regardant dans le vide.

— Jure-moi de bien te soigner, disait-elle dans un souffle, et surtout, surtout de… de ne pas… faire de bêtise !

— Oui…

— Jure-le !

— Oui…

— C'est pour ton fils, Marcel !

— Oui… répéta-t-il avec un rien d'énervement, tout en se dégageant.

Est-ce qu'il ne craignait pas de se laisser reprendre par l'émotion ? Il attendait avec impatience l'auto qu'il avait entendu commander. Il ne voulait plus parler, ni écouter, ni regarder. Ses doigts étaient agités d'un tremblement fébrile.

— Tu n'as pas tué cet homme, n'est-ce pas ?… Écoute-moi, Marcel… Il faut que tu m'écoutes… Pour… pour l'autre, on n'osera pas te condamner… Tu ne l'as pas fait exprès… Et on prouvera que cet homme était un vilain individu… Je vais tout de suite m'adresser à un bon avocat, au meilleur…

Elle parlait passionnément. Elle voulait se faire entendre.

— Tout le monde sait que tu es un honnête homme… Peut-être même qu'on obtiendra ta mise en liberté provisoire… Surtout, il ne faut pas te laisser abattre !… Du moment que… que l'autre crime, ce n'est pas toi…

Et son regard défiait le commissaire.

— Je verrai l'avocat demain matin… Je vais faire venir mon père de Nancy, pour me conseiller… Dis !… Est-ce que tu te sens du courage ?…

Elle ne comprenait pas qu'elle lui faisait mal, parce qu'elle menaçait de lui enlever le peu de sang-froid qui lui restait. Est-ce que seulement il l'entendait ? Il guettait surtout les bruits du dehors. Il souhaitait de toutes les fibres de son être l'arrivée de l'auto.

— J'irai te voir, avec ton fils…

On percevait enfin un ronronnement de moteur et Maigret mit fin à la scène.

— En route…

— Tu m'as juré, Marcel !…

Elle ne pouvait pas le laisser partir. Elle poussait le gamin vers lui, pour l'attendrir plus sûrement. Basso était sur le seuil, descendait les trois marches.

Alors elle saisit le bras de Maigret, avec tant de fièvre qu'elle le pinça.

— Attention !… haleta-t-elle. Faites attention qu'il ne se tue pas !… Je le connais !…

Elle vit le groupe de curieux, mais elle lança de ce côté un regard ferme, sans honte, sans timidité.

— Attends !… Mets ton foulard…

Et elle courut le chercher dans la pièce, le tendit par la portière de la voiture alors que celle-ci était déjà en marche.

Dans l'auto, on eût dit que le fait d'être entre hommes suffisait à créer une détente. Maigret et Basso restèrent au moins dix minutes sans rien dire, le temps de quitter la route départementale pour la grand-route de Paris. Et les premiers mots de Maigret semblaient n'avoir aucun rapport avec le drame.

— Vous avez une femme admirable ! dit-il.

— Oui… elle a compris… Peut-être parce qu'elle est mère !… Est-ce que je pourrais dire pourquoi, moi-même, je suis devenu l'amant de… de l'autre ?…

Un silence. Il poursuivit sur un ton de confidence :

— Au moment même, on n'y réfléchit pas… C'est un jeu… puis on n'a pas le courage de rompre… On craint les larmes, les menaces… Et voilà où on en arrive ! …

Le décor se bornait aux arbres qui défilaient dans le halo des phares. Maigret bourra une pipe, passa sa blague à son compagnon.

— Merci… Je ne fume que la cigarette…

Cela faisait du bien de dire des choses banales, des petites phrases de tous les jours.

— Il y a pourtant une dizaine de pipes dans votre tiroir…

— Oui… Avant… J'étais même un amateur de pipes enragé… C'est ma femme qui m'a demandé…

La voix se cassa. Maigret devina les yeux embués de son compagnon. Il se hâta d'ajouter :

— Votre secrétaire, elle aussi, vous est très dévouée.

— C'est une bonne fille… Elle défend âprement mes intérêts… Elle doit être bouleversée, n'est-ce pas ?…

— Je dirais plutôt qu'elle semble avoir confiance… La preuve en est qu'elle m'a demandé quand vous rentreriez… En somme, tout le monde, autour de vous, vous aime…

Le silence retomba. On traversait Juvisy. À Orly, les projecteurs du terrain d'aviation balayaient le ciel.

— C'est vous qui avez donné à Feinstein l'adresse du père Ulrich ?

Mais Basso, méfiant, ne répondit pas.

— Feinstein a eu souvent recours à l'usurier de la rue des Blancs-Manteaux… Le nom est en toutes lettres dans ses livres, et les sommes… Lors du meurtre du brocanteur, Feinstein lui devait au moins trente mille francs…

Non ! Basso ne voulait pas répondre. Et son silence avait quelque chose d'obstiné, de volontaire.

— Quelle est la profession de votre beau-père ?

— Il est professeur dans un lycée de Nancy… Ma femme sort de Normale, elle aussi…

On eût dit que le drame s'approchait et s'éloignait selon les paroles prononcées. À certains moments, Basso parlait d'une voix presque naturelle, comme s'il eût oublié sa situation. Puis soudain c'était un silence lourd de choses inexprimées.

— Votre femme a raison… Pour l'affaire Feinstein, vous avez des chances d'être acquitté. Au maximum risquez-vous un an… Par exemple, pour l'affaire Ulrich…

Et, sans transition :

— Je vais vous laisser pour la nuit à la permanence de la Police Judiciaire… Il sera temps, demain, de vous écrouer officiellement…

Maigret secoua sa pipe, baissa la glace pour dire au chauffeur :

— Quai des Orfèvres !… Vous entrerez dans la cour…

Cela se passa très simplement. Basso suivit le commissaire jusqu'à la porte de la cellule où le vagabond de la guinguette avait, lui aussi, été enfermé.

— Bonne nuit ! dit Maigret en regardant s'il ne manquait rien dans la pièce. Je vous verrai demain. Réfléchissez. Vous êtes sûr que vous n'avez rien à me dire ?…

L'autre était peut-être trop ému pour parler. Toujours est-il qu'il se contenta de secouer négativement la tête.

Confirme arrivée jeudi. Stop. Resterai quelques jours. Stop. Baisers.

C'est le mercredi matin que Maigret adressa ce télégramme à sa femme. Il était installé dans son bureau du Quai des Orfèvres et il l'envoya porter à la poste par Jean.

Quelques instants plus tard, le juge d'instruction chargé de l'affaire Feinstein lui téléphonait.

— Ce soir, j'espère vous remettre le dossier complet de l'affaire ! affirma le commissaire.

— ...

— Oui ! le coupable aussi, bien entendu...

— ...

— Pas du tout ! Une affaire aussi banale que possible ! Oui ! À ce soir, monsieur le juge !

Il se leva, pénétra dans le bureau des inspecteurs où il aperçut Lucas occupé à rédiger un rapport.

— Notre vagabond ?

— J'ai repassé la consigne à l'inspecteur Dubois... Rien d'intéressant à signaler... Victor a commencé par travailler à l'asile de l'Armée du Salut... Il avait l'air de prendre son rôle au sérieux... Comme il avait parlé de son poumon, les salutistes étaient bien disposés à son égard et je crois qu'on le considérait comme une recrue sérieuse... Dans un mois, on l'aurait sans doute vu avec l'uniforme à col rouge...

— Et alors ?

— Une rigolade ! Hier au soir, un lieutenant de l'Armée du Salut est arrivé et a commandé je ne sais plus quoi à notre homme. Celui-ci a refusé d'obéir, s'est mis à crier que c'était une honte de faire travailler sans pitié un homme comme lui, atteint de toutes les maladies… Puis, comme on le priait de sortir, il en est venu aux mains… On a dû le mettre dehors de force… Il a passé la nuit sous le pont Marie… À cette heure, il traîne le long des quais… D'ailleurs, Dubois téléphonera bientôt pour vous mettre au courant…

— Comme je ne serai pas ici, tu lui diras d'amener l'homme et de l'enfermer dans la cellule où il y a déjà quelqu'un.

— Compris.

Et Maigret rentra chez lui où, jusque midi, il prépara ses bagages. Il déjeuna dans une brasserie des environs de la République, consulta l'indicateur des chemins de fer et s'assura qu'il avait un excellent train pour l'Alsace à dix heures quarante du soir.

Ces occupations paresseuses le menèrent tout doucement jusque quatre heures de l'après-midi et, un peu plus tard, il prenait place à la terrasse de la *Taverne Royale*. Il était à peine assis que James arrivait à son tour, tendait la main, cherchait le garçon des yeux, questionnait :

— Pernod ?

— Ma foi…

— Deux Pernod, garçon !

Et James croisa les jambes, soupira, regarda devant lui en homme qui n'a rien à dire, ni à penser. Le temps était gris. Des coups de vent imprévus balayaient la chaussée et soulevaient des nuages de poussière.

— Il y aura encore un orage ! soupira James.

Et, sans transition :

— C'est vrai, ce que disent les journaux ? Vous avez arrêté Basso ?

— Hier après-midi, oui !

— À votre santé… C'est idiot…

— Qu'est-ce qui est idiot ?

— Ce qu'il a fait… Voilà un homme sérieux, qui a l'air solide, sûr de lui, et qui s'affole comme un gamin… Il aurait été mieux avisé de se rendre dès le début, de se défendre… Qu'est-ce qu'il risquait, au fond ?…

Maigret avait déjà entendu le même discours, des lèvres de Mme Basso, et il eut un sourire amusé.

— À votre santé !… Vous avez peut-être raison, mais peut-être aussi avez-vous tort…

— Que voulez-vous dire ? Le crime n'était pas prémédité, n'est-ce pas ? Au fond, cela ne peut même pas s'appeler un crime…

— Justement ! Si Basso n'a que la mort de Feinstein à se reprocher, c'est un impulsif et un faible qui a sottement perdu son sang-froid…

Et le commissaire, brusquement, si brusquement que James sursauta :

— Cela fait combien, garçon ?

— Six cinquante…

— Vous partez ?

— C'est-à-dire que je dois avoir une entrevue avec Basso.

— Ah !

— Au fait, cela vous ferait-il plaisir de le voir ?… Entendu ! je vous emmène…

Dans le taxi, ils n'échangèrent que des phrases banales.

— Mme Basso a bien supporté le coup ?

— C'est une femme très courageuse... Et très cultivée ! Je ne l'aurais pas cru en la voyant si simple... Et surtout en la voyant le dimanche, à Morsang, en tenue de marin...

Et Maigret questionna :

— Comment va votre femme ?

— Très bien... Comme toujours...

— Ces événements ne l'ont pas troublée ?

— Pourquoi ?... Sans compter qu'elle n'est pas femme à se troubler... Elle s'occupe de son ménage... Elle coud... Elle brode... Elle passe une heure ou deux dans les grands magasins, à la recherche d'une occasion...

— Nous sommes arrivés... Venez !...

Et Maigret pilota son compagnon à travers la cour, jusqu'au corps de garde où il questionna :

— Ils sont là ?

— Oui.

— Tranquilles ?

— Sauf celui que Dubois a amené ce matin et qui prétend qu'il s'adressera à la Ligue des Droits de l'Homme...

Maigret sourit à peine, ouvrit la porte de la cellule, fit passer James devant lui.

Il n'y avait qu'une couchette et c'était le vagabond qui s'y était installé, après avoir retiré ses espadrilles et son veston.

Basso, lui, au moment où la porte s'ouvrait, se promenait de long en large, les mains derrière le dos. Son regard alla aussitôt, interrogateur, à ses deux visiteurs, s'arrêta sur Maigret.

Quant à Victor Gaillard, il se leva avec mauvaise humeur, se rassit et grommela entre ses dents des choses inintelligibles.

— J'ai rencontré votre ami James, dit Maigret, et j'ai pensé que cela vous ferait plaisir de…

— Bonjour, James… fit Basso en lui serrant la main.

Mais il manquait quelque chose. On n'eût pu dire quoi. Il y avait dans l'atmosphère une réticence, un froid indéfinissable, qui décida peut-être Maigret à brusquer les choses.

— Messieurs, commença-t-il, je vous demande de vous asseoir, car nous en avons pour quelques minutes… Toi, fais de la place sur la couchette… Et surtout essaie de rester un quart d'heure sans tousser… Cela ne prend pas ici !…

Le vagabond se contenta de ricaner, en homme qui attend son heure.

— Asseyez-vous, James… Et vous aussi, monsieur Basso… Parfait !… Maintenant, si vous le voulez bien, je vais essayer de résumer en quelques mots la situation… Vous m'écoutez attentivement, n'est-ce pas ?… Il y a quelque temps, un condamné à mort du nom de Lenoir portait, au moment de mourir, une accusation contre quelqu'un dont il se refusait à livrer le nom…

» Il s'agissait d'un vieux crime dont la banalité même a assuré l'impunité…

» En bref, voilà six ans, une voiture quittait une rue de Paris et se dirigeait vers le canal Saint-Martin… Là, le conducteur de l'auto descendait, chargeait sur son bras un cadavre qui se trouvait à l'intérieur et le poussait dans l'eau profonde…

» On n'en aurait jamais rien su si deux rôdeurs n'avaient assisté à la scène… Deux rôdeurs qui avaient nom Lenoir et Victor Gaillard…

» L'idée ne leur vient pas de s'adresser à la police… Ils préfèrent profiter de leur découverte et les voilà qui vont trouver l'assassin et qui lui soutirent régulièrement des sommes d'argent plus ou moins fortes…

» Seulement, ils sont encore jeunes dans le métier… Ils ne prennent pas toutes leurs précautions et, un beau matin, leur banquier a changé d'adresse…

» C'est tout ! La victime s'appelle Ulrich ! Il s'agit d'un brocanteur juif qui est seul à Paris et dont, par conséquent, personne ne s'inquiète !

Maigret alluma lentement sa pipe, sans regarder ses interlocuteurs. Dans la suite, il ne les regarda pas davantage, mais fixa obstinément ses chaussures.

— Six ans plus tard, Lenoir retrouve par hasard l'assassin en question, mais il n'a pas le temps de renouer avec lui des relations fructueuses, car un crime qu'il commet pour son compte lui vaut une condamnation à mort…

» Écoutez-moi bien, je vous en prie… Avant de mourir, comme je l'ai déjà dit, il prononce quelques mots qui me suffisent à circonscrire mes recherches dans un petit cercle bien déterminé. Mais aussi il écrit à son ancien camarade pour lui annoncer la nouvelle et celui-ci accourt à la guinguette à deux sous…

» Voilà, si vous voulez, le second acte… Ne m'interrompez pas, James !… Toi non plus, Victor…

» Et revenons au dimanche où Feinstein est mort… Ce jour-là, l'assassin d'Ulrich était à la guinguette à deux sous… C'était vous, Basso, ou moi, ou vous, James, ou Feinstein, ou n'importe quel autre…

» Une seule personne qui puisse nous fixer avec certitude : Victor Gaillard ici présent…

Celui-ci ouvrit la bouche et Maigret cria littéralement :

— Silence !

Il ajouta ensuite sur un autre ton :

— Or Victor Gaillard, qui est un malin et une crapule par surcroît, n'a pas du tout envie de parler pour rien… Il réclame trente mille francs pour livrer le nom… Mettons qu'à vingt-cinq mille il marcherait… Silence, sacrebleu ! Laissez-moi finir…

» La police n'a pas l'habitude d'offrir de pareilles primes et tout ce qu'elle peut faire pour Gaillard, c'est le poursuivre sous l'inculpation de chantage…

» Revenons aux coupables possibles… J'ai dit tout à l'heure que toutes les personnes présentes le dimanche en question à la guinguette pouvaient être soupçonnées…

» Mais il y a des degrés… Par exemple, il est prouvé que Basso, jadis, a connu le sieur Ulrich… Il est prouvé que non seulement Feinstein le connaissait aussi, mais que la mort du brocanteur lui a permis de ne pas rembourser la forte somme qu'il lui devait…

» Feinstein est mort… L'enquête a démontré que c'était un personnage assez peu recommandable…

» Si c'est lui qui a tué Ulrich, l'action pénale

s'éteint d'elle-même et le dossier de cette affaire en restera où il en est…

» Victor Gaillard pourrait nous fixer, mais je n'ai pas le droit d'accepter son chantage…

» Silence, sacrebleu !… Vous parlerez quand on vous questionnera…

C'était le vagabond qui s'agitait et qui ouvrait la bouche à chaque instant pour prendre la parole.

Maigret ne regardait toujours personne. Il avait parlé d'une voix monotone, comme on récite une leçon.

Et soudain il se dirigea vers la porte en grommelant :

— Je reviens dans un instant… Un coup de téléphone urgent à donner…

La porte s'ouvrit, se referma, et on entendit des pas qui s'éloignaient dans l'escalier.

11

L'assassin d'Ulrich

— Allô oui !… D'ici une dizaine de minutes, monsieur le juge… Qui ?… Je ne sais pas encore… Je vous jure !… Est-ce que j'ai l'habitude de plaisanter ?…

Et il raccrocha, se promena de long en large dans son bureau, s'approcha de Jean.

— À propos, je serai absent pendant quelques jours, à partir de ce soir… Voici l'adresse à laquelle il faudra faire suivre mon courrier…

Il regarda plusieurs fois sa montre, se décida enfin à descendre vers la cellule où il avait laissé les trois hommes.

Quand il entra, la première chose qu'il vit, ce fut le visage haineux du vagabond, qui n'était plus à la même place mais qui arpentait la pièce à pas rageurs. Basso, lui, assis au bord de la couchette, se tenait la tête dans les mains.

Quant à James, il était appuyé au mur, les bras croisés, et il fixait Maigret avec un drôle de sourire.

— Excusez-moi de vous avoir fait attendre… Je…

— C'est fait ! dit James. Mais votre absence était inutile.

Et son sourire était plus ému à mesure que Maigret se montrait déconfit.

— Victor Gaillard ne gagnera ses trente mille francs ni en parlant, ni en se taisant… C'est moi qui ai tué Ulrich…

Le commissaire ouvrit la porte, appela un inspecteur qui passait.

— Enfermez-moi cet homme n'importe où jusque tout à l'heure…

Il désigna le vagabond qui lança encore à Maigret :

— Vous vous souviendrez que c'est moi qui vous ai conduit chez Ulrich !… Sans cela… Et cela vaut bien…

Cette obstination à tirer coûte que coûte profit du drame n'était même plus ignoble, mais pitoyable.

— Cinq mille !… cria-t-il de l'escalier.

Ils n'étaient plus que trois dans la cellule. Basso, des trois, était le plus accablé. Il hésita longtemps, se leva, se campa devant Maigret.

— Je vous jure, commissaire, que j'ai voulu donner les trente mille francs… Qu'est-ce que cela peut me faire ?… James n'a pas voulu…

Maigret les regarda l'un après l'autre avec un étonnement qui se teintait d'une sympathie grandissante.

— Vous étiez au courant, Basso ?

— Depuis longtemps… murmura celui-ci.

Et James de préciser :

— C'est lui qui m'a donné les sommes que les deux voyous m'extorquaient… Pour cela, je lui ai tout avoué…

— C'est malin ! s'énerva Basso. Il suffisait de trente mille francs pour…

— Mais non ! Mais non ! soupira James. Tu ne peux pas comprendre… Le commissaire non plus…

Il regarda autour de lui comme pour chercher quelque chose.

— Personne n'a une cigarette ?

Basso lui tendit son étui.

— Pas de Pernod, bien entendu !… Cela ne fait rien… Il faut que je commence à m'habituer… N'empêche que cela aurait été plus facile…

Et il remuait les lèvres comme un buveur que tourmente le besoin de la boisson.

— Au fait, je n'ai pas grand-chose à dire… J'étais marié… Un petit mariage tranquille… Une petite vie quelconque… J'ai rencontré Mado… Et, bêtement, j'ai cru que c'était arrivé… Toute la littérature… *Ma vie pour un baiser… Une vie courte mais bonne… Dégoût de la banalité…*

Il avait une façon flegmatique de dire cela qui donnait à sa confession quelque chose d'inhumain, de clownesque.

— Il y a un âge où tout cela prend ! Garçonnière ! Rendez-vous secrets ! Petits fours et porto ! Et ces choses-là coûtent cher. Et je gagnais mille francs par mois ! C'est toute l'histoire, une histoire bête à pleurer ! Je n'osais pas parler d'argent à Mado ! Je n'osais pas lui dire que je n'avais pas de quoi payer la garçonnière de Passy ! Et c'est le mari, par hasard, qui m'a donné le tuyau Ulrich…

— Vous lui avez emprunté beaucoup ? questionna Maigret.

— Pas même sept mille… Mais c'est beaucoup quand on gagne mille francs par mois… Un soir que ma femme était chez sa sœur, à Vendôme, Ulrich est venu, m'a menacé, si je ne payais pas tout au moins les intérêts, de s'adresser à mes patrons d'une part, de me faire saisir ensuite… Vous imaginez la catastrophe ?… Mon directeur et ma femme qui apprenaient tout en même temps ?

Et la voix restait calme, ironique.

— J'ai fait l'idiot… D'abord, je ne voulais qu'impressionner Ulrich en lui cassant la figure… Mais, quand il a eu le nez en sang, il a essayé de hurler… J'ai serré le cou… Pourtant, j'étais très calme… C'est une erreur de croire que, dans ces moments-là, on perd la tête… Au contraire ! Je crois que je n'ai jamais eu tant de lucidité… Je suis allé louer une voiture… Et je tenais le cadavre de telle sorte qu'on pût croire que c'était un camarade ivre… Vous savez le reste…

Il faillit tendre le bras vers la table pour y prendre un verre qui ne s'y trouvait pas.

— C'est tout… Après cela, on voit la vie autrement… Avec Mado, ça a encore traîné un mois… Ma femme a pris l'habitude de m'engueuler parce que je buvais… Et il me fallait donner de l'argent aux deux individus… J'ai tout dit à Basso… On prétend que cela fait du bien de se confier… Tout cela, c'est de la littérature… Ce qui fait du bien, c'est de recommencer sa vie au début, de redevenir un petit enfant dans son berceau…

C'était si cocasse et surtout si cocassement dit que Maigret ne put s'empêcher de sourire. Il s'aperçut que Basso souriait aussi.

— Seulement, n'est-ce pas ? ce serait encore plus idiot d'aller un beau jour au commissariat et de raconter qu'on a tué un bonhomme.

— Alors, on se crée son coin à soi !… dit Maigret.

— Puisqu'il faut vivre !…

C'était plus morne que tragique ! À cause, sans doute, de l'étrange personnalité de James ! Il mettait son point d'honneur à rester simple. Il avait la pudeur de la moindre émotion.

Si bien qu'en fin de compte c'était lui le plus calme et qu'il avait l'air de se demander pourquoi les deux autres avaient des mines bouleversées.

— Il faut que les hommes soient bêtes pour que Basso lui-même, un beau jour… Et avec Mado encore !… Pas avec une autre !… Et cela a mal tourné !… Si je l'avais pu, j'aurais dit que c'était moi qui avais tué Feinstein… On en était quitte une bonne fois… Mais je n'étais même pas sur les lieux !… Il a fait l'imbécile jusqu'au bout… Il s'est enfui… Je l'ai aidé de mon mieux…

Il y avait tout de même quelque chose dans la gorge de James et c'est pour cela qu'il garda le silence un bon moment, avant de reprendre de sa même voix monotone :

— Comme s'il n'aurait pas mieux fait de dire la vérité !… Tout à l'heure encore, il voulait donner les trente mille francs…

— C'était quand même plus simple ! grommela Basso. Maintenant, au contraire…

— Maintenant, j'en suis quitte une bonne fois ! acheva James. De tout ! De cette saloperie d'existence ! Du bureau, du café, de ma…

Il n'acheva pas. Mais il avait failli dire : de ma femme ! De sa femme avec qui il n'avait plus le moindre point commun. Du studio de la rue Championnet où il passait ses soirées en lisant sans conviction ce qui lui tombait sous la main ! De Morsang où il allait de groupe en groupe racoler des compagnons pour l'apéritif.

Il reprit :

— Je vais être tranquille !

Au bagne ! Ou en prison ! Il n'aurait plus besoin d'attendre quelque chose qui ne se produisait pas !

Tranquille dans son coin à lui, mangeant, buvant, dormant, à heure fixe, cassant des cailloux sur la route ou confectionnant des accessoires de cotillon !

— En somme, on me donnera bien vingt ans ?…

Basso le regarda. Il devait à peine voir son ami, car des larmes embuaient ses yeux, roulaient sur ses joues.

— Mais tais-toi donc ! cria-t-il, les doigts crispés.

— Pourquoi ?

Maigret se moucha, essaya machinalement d'allumer sa pipe qui était vide.

Il avait l'impression de n'être jamais descendu aussi bas dans le noir du désespoir.

Même pas le noir ! Non ! Un désespoir gris et terne ! Un désespoir sans phrases, sans ricanements, sans contorsions.

Un désespoir au Pernod, sans même accompagnement d'ivresse. James ne s'enivrait jamais !

Le commissaire comprenait maintenant le sens de l'attirance qui les réunissait le soir à la terrasse de la *Taverne Royale.*

Ils buvaient, côte à côte. Ils échangeaient des propos quelconques, mollement.

Et, au fond de lui-même, James espérait bien qu'à un certain moment son compagnon lui mettrait la main au collet ! Il guettait chez Maigret le soupçon naissant. Ce soupçon, il le nourrissait, le regardait grandir. Il attendait.

— Un Pernod, vieux ?

Il le tutoyait. Il l'aimait comme un ami qui allait le délivrer de lui-même.

Et tandis que Maigret et Basso échangeaient un regard indéfinissable, on entendit James qui disait, en écrasant le bout de sa cigarette contre la table de bois blanc :

— Le malheur, c'est qu'on ne puisse pas partir tout de suite... Le procès... Les interrogatoires... Des gens qui pleurent ou s'apitoient...

Un inspecteur entrouvrit la porte.

— Le juge d'instruction est arrivé ! annonça-t-il.

Et Maigret resta indécis, ne sachant comment s'en aller. Il s'avança, tendit la main en soupirant.

— Dites donc ! Vous voulez bien me recommander à lui ? Simplement lui demander que ça aille vite ! J'avoue tout ce qu'on veut ! Mais qu'on m'envoie le plus tôt possible dans un coin...

Il voulut corriger la gravité de ces dernières phrases et lança en guise de conclusion :

— Un qui va tirer une tête, c'est le garçon de la *Taverne Royale* !... Vous irez encore, commissaire ?...

Trois heures plus tard, celui-ci roulait vers l'Alsace, dans un compartiment de seconde classe, et, le long de la Marne, il vit des guinguettes toutes pareilles à la guinguette à deux sous, avec le piano mécanique sous un hangar en planches.

Quand il se réveilla au petit jour, il y avait, devant le train arrêté, une barrière peinte en vert, une petite gare entourée de fleurs.

Mme Maigret et sa sœur, déjà inquiètes, regardaient les portières les unes après les autres.

Et tout cela, la gare, la campagne, la maison des parents, les collines d'alentour, le ciel lui-même, tout était frais comme si chaque matin c'eût été lavé à grande eau.

— Hier, à Colmar, je t'ai acheté des sabots vernis... Regarde...

Des beaux sabots jaunes que Maigret voulut essayer avant même de quitter son complet sombre de Paris.

La Nuit du carrefour

crossroads

carrefour des métiers — careers convention

" d'idées (fig) forum for ideas

1

Le monocle noir

Quand Maigret, avec un soupir de lassitude, écarta sa chaise du bureau auquel il était accoudé, il y avait exactement dix-sept heures que durait l'interrogatoire de Carl Andersen.

On avait vu tour à tour, par les fenêtres sans rideaux, la foule des midinettes et des employés prendre d'assaut, à l'heure de midi, les crémeries de la place Saint-Michel, puis l'animation faiblir, la ruée de six heures vers les métros et les gares, la flânerie de l'apéritif…

La Seine s'était enveloppée de buée. Un dernier remorqueur était passé, avec feux verts et rouges, traînant trois péniches. Dernier autobus. Dernier métro. Le cinéma dont on fermait les grilles après avoir rentré les panneaux-réclame…

Et le poêle qui semblait ronfler plus fort dans le bureau de Maigret. Sur la table, il y avait des demis vides, des restes de sandwiches.

Un incendie dut éclater quelque part, car on entendit passer les bruyantes voitures des pompiers. Il y eut aussi une rafle. Le panier à salade sortit vers deux heures de la Préfecture, revint plus tard par la cour du Dépôt où il déversa son butin.

L'interrogatoire durait toujours. D'heure en heure, ou de deux en deux heures, selon sa fatigue, Maigret poussait un bouton. Le brigadier Lucas, qui sommeillait dans un bureau voisin, arrivait, jetait un coup d'œil sur les notes du commissaire, prenait la suite.

Et Maigret allait s'étendre sur un lit de camp pour revenir à la charge avec de nouvelles provisions d'énergie.

La Préfecture était déserte. Quelques allées et venues à la Brigade des mœurs. Un marchand de drogues qu'un inspecteur amena vers quatre heures du matin et qu'il cuisina sur-le-champ.

La Seine s'auréola d'un brouillard laiteux qui blanchit et ce fut le jour, éclairant les quais vides. Des pas résonnèrent dans les couloirs. Des sonneries de téléphone. Des appels. Des claquements de portes. Les balais des femmes de ménage.

Et Maigret, posant sa pipe trop chaude sur la table, se leva, regarda le prisonnier des pieds à la tête, avec une mauvaise humeur non exempte d'admiration.

Dix-sept heures d'interrogatoire serré ! Auparavant, on avait retiré à l'homme les lacets de ses chaussures, son faux col, sa cravate, et on avait vidé ses poches.

Pendant les quatre premières heures, on l'avait laissé debout au milieu du bureau, et les questions tombaient aussi dru que des balles de mitrailleuse.

— Tu as soif ?...

Maigret en était à son quatrième demi et le prisonnier avait esquissé un pâle sourire. Il avait bu avidement.

— Tu as faim ?...

On l'avait prié de s'asseoir, puis de se lever. Il était resté sept heures sans manger et on l'avait harcelé ensuite, tandis qu'il dévorait un sandwich.

Ils étaient deux à se relayer pour le questionner. Entre les séances, ils pouvaient sommeiller, s'étirer, échapper à la hantise de cet interrogatoire monotone.

Et c'étaient eux qui abandonnaient ! Maigret haussait les épaules, cherchait une pipe froide dans un tiroir, essuyait son front moite.

Peut-être ce qui l'impressionnait le plus n'était-ce pas la résistance physique et morale de l'homme, mais la troublante élégance, la distinction qu'il gardait jusqu'au bout.

Un homme du monde qui sort de la salle de fouille sans cravate, qui passe ensuite une heure, tout nu, avec cent malfaiteurs, dans les locaux de l'Identité judiciaire, traîné de l'appareil photographique aux chaises de mensuration, bousculé, en butte aux plaisanteries déprimantes de certains compagnons, garde rarement cette assurance qui, dans la vie privée, faisait partie de sa personnalité.

Et quand il a subi un interrogatoire de quelques heures, c'est miracle si quelque chose le distingue encore du premier vagabond venu.

Carl Andersen n'avait pas changé. Malgré son complet fripé, il restait d'une élégance qu'ont rarement l'occasion d'apprécier les gens de la Police judiciaire, une élégance d'aristocrate, avec ce rien de retenue, de raideur, cette pointe de morgue qui est surtout l'apanage des milieux diplomatiques.

Il était plus grand que Maigret, large d'épaules, mais souple et mince, étroit des hanches. Son visage allongé était pâle, les lèvres un peu décolorées.

Il portait un monocle noir à l'orbite gauche.

— Retirez-le, lui avait-on commandé.

Il avait obéi, avec une ombre de sourire. Il avait découvert un œil de verre, d'une désagréable fixité.

— Un accident ?…

— D'aviation, oui…

— Vous avez donc fait la guerre ?

— Je suis danois. Je n'ai pas eu à faire la guerre. Mais j'avais un avion de tourisme, là-bas…

Cet œil artificiel était si gênant, dans un visage jeune, aux traits réguliers, que Maigret avait grommelé :

— Pouvez remettre votre monocle…

Andersen ne s'était pas plaint une seule fois, soit qu'on le laissât debout, soit qu'on oubliât de lui donner à boire ou à manger. De sa place, il pouvait apercevoir le mouvement de la rue, les tramways et les autobus franchissant le pont, un rayon de soleil rougeâtre, vers le soir, et maintenant l'animation d'un clair matin d'avril.

Il se tenait toujours aussi droit, sans pose, et le seul signe de fatigue était le cerne mince et profond qui soulignait son œil droit.

— Vous maintenez toutes vos déclarations ?

— Je les maintiens.

— Vous vous rendez compte de ce qu'elles ont d'invraisemblable ?

— Je m'en rends compte, mais je ne puis mentir.

— Vous espérez être remis en liberté, faute de preuve formelle ?

— Je n'espère rien.

Un rien d'accent, plus accusé depuis qu'il était fatigué.

— Tenez-vous à ce que je relise le procès-verbal de votre interrogatoire avant de vous le faire signer ?

Un geste vague d'homme du monde qui refuse une tasse de thé.

— Je vais en résumer les grandes lignes. Vous êtes arrivé en France, voilà trois ans, en compagnie de votre sœur Else. Vous avez vécu un mois à Paris. Vous avez loué ensuite une maison de campagne sur la route nationale de Paris à Étampes, à trois kilomètres d'Arpajon, au lieu-dit Carrefour des Trois Veuves.

Carl Andersen approuva d'un léger signe de tête.

— Depuis trois ans, vous vivez là-bas dans l'isolement le plus strict, au point que les gens du pays n'ont pas vu cinq fois votre sœur. Aucun rapport avec vos voisins. Vous avez acheté une voiture de 5 CV, d'un type démodé, dont vous vous servez pour faire vous-même vos provisions au marché d'Arpajon. Chaque mois, toujours avec cette voiture, vous venez à Paris.

— Livrer mes travaux à la maison Dumas et Fils, rue du 4-Septembre, c'est exact !

— Travaux consistant en maquettes pour des tissus d'ameublement. Chaque maquette vous est payée cinq cents francs. Vous en produisez en moyenne quatre par mois, soit deux mille francs…

Nouveau signe approbateur.

— Vous n'avez pas d'amis. Votre sœur n'a pas d'amies. Samedi soir, vous vous êtes couché comme d'habitude vers dix heures. Et, comme d'habitude aussi, vous avez enfermé votre sœur dans sa chambre, voisine de la vôtre. Vous expliquez cela en prétendant qu'elle est très peureuse… passons !… À sept heures du matin, le dimanche, M. Émile Michonnet, agent d'assurances, qui habite un pavillon à cent mètres de chez vous, pénètre dans son garage et s'aperçoit que sa voiture, une six-cylindres neuve, d'une marque connue, a disparu et a été remplacée par votre tacot…

Andersen ne bougea pas, eut un geste machinal vers sa poche vide où devaient se trouver généralement des cigarettes.

— M. Michonnet, qui, depuis quelques jours, ne parlait dans tout le pays que de sa nouvelle auto, croit à une mauvaise plaisanterie. Il se rend chez vous, trouve la grille fermée et sonne en vain. Une demi-heure plus tard, il raconte sa mésaventure à la gendarmerie et celle-ci se rend à votre domicile… On n'y trouve ni vous, ni votre sœur… par contre, dans le garage, on aperçoit la voiture de M. Michonnet et, sur le siège avant, penché sur le volant, un homme mort, tué d'un coup de feu tiré à bout portant dans la poitrine… On ne lui a pas volé ses papiers… C'est un nommé Isaac Goldberg, diamantaire à Anvers…

Maigret rechargea le poêle, tout en parlant.

— La gendarmerie fait diligence, s'adresse aux employés de la gare d'Arpajon, qui vous ont vu prendre le premier train pour Paris, en compagnie de votre sœur… On vous cueille tous les deux à votre arrivée à la gare d'Orsay… vous niez tout…

— Je nie avoir tué qui que ce soit…

— Vous niez aussi connaître Isaac Goldberg…

— Je l'ai vu pour la première fois, mort, au volant d'une voiture qui ne m'appartient pas, dans mon propre garage…

— Et, au lieu de téléphoner à la police, vous avez pris la fuite avec votre sœur…

— J'ai eu peur…

— Vous n'avez rien à ajouter ?

— Rien !

— Et vous maintenez que vous n'avez rien entendu pendant la nuit de samedi à dimanche ?

— J'ai le sommeil très lourd.

C'était la cinquantième fois qu'il répétait exactement les mêmes phrases et Maigret, excédé, toucha le timbre électrique. Le brigadier Lucas arriva.

— Je reviens dans un instant !

L'entretien entre Maigret et le juge d'instruction Coméliau, qui avait été saisi de l'affaire, dura une quinzaine de minutes. Le magistrat, d'avance, abandonnait pour ainsi dire la partie.

— Vous verrez que ce sera une de ces affaires comme il n'y en a par bonheur qu'une tous les dix ans et dont on ne découvre jamais le fin mot !… Et c'est sur moi qu'on tombe !… Tous les détails sont incohérents !… Pourquoi cette substitution d'autos ?… Et pourquoi Andersen ne se sert-il pas de celle qui est dans son garage pour fuir, au lieu de gagner Arpajon à

pied et de prendre le train ?... Que vient faire ce diamantaire au Carrefour des Trois Veuves ?... Croyez-
moi, Maigret ! Pour vous comme pour moi, c'est
toute une série d'ennuis qui commence... Relâ-
chez-le si vous voulez... Vous n'avez peut-être pas
tort de croire que, s'il a résisté à un interrogatoire de
dix-sept heures, on n'en tirera rien de plus...

Le commissaire avait les paupières un peu rouges,
parce qu'il avait trop peu dormi.

— Vous avez vu la sœur ?

— Non ! Quand on m'a amené Andersen, la jeune
fille avait déjà été reconduite chez elle par la gendarmerie, qui voulait l'interroger sur les lieux. Elle est
restée là-bas. On la surveille.

Ils se serrèrent la main. Maigret regagna son bureau
où Lucas observait mollement le prisonnier qui avait
collé son front à la vitre et qui attendait sans impatience.

— Vous êtes libre ! articula-t-il dès la porte.

Andersen ne tressaillit pas, mais esquissa un geste
vers son cou nu, vers ses chaussures bâillantes.

— On vous rendra vos effets au greffe. Bien
entendu, vous restez à la disposition de la justice. À la
moindre tentative de fuite, je vous fais conduire à la
Santé.

— Ma sœur ?...

— Vous la retrouverez chez vous...

Le Danois dut quand même ressentir une émotion
en franchissant le seuil, car il retira son monocle, se
passa la main sur l'œil perdu.

— Je vous remercie, commissaire.

— Il n'y a pas de quoi !

— Je vous donne ma parole d'honneur que je suis innocent...

— Je ne vous demande rien !

Andersen s'inclina, attendit que Lucas voulût bien le piloter vers le greffe.

Quelqu'un s'était levé, dans l'antichambre, avait assisté à cette scène avec une stupéfaction indignée et se précipitait vers Maigret.

— Alors ?... Vous le relâchez ?... Ce n'est pas possible, commissaire...

C'était M. Michonnet, agent d'assurances, le propriétaire de la six-cylindres neuve. Il entra d'autorité dans le bureau, posa son chapeau sur une table.

— Je viens, avant tout, au sujet de la voiture.

Un petit personnage grisonnant, vêtu avec une recherche maladroite, redressant sans cesse les pointes de ses moustaches cosmétiquées.

Il parlait en allongeant les lèvres, en esquissant des gestes qu'il voulait catégoriques, en choisissant ses mots.

Il était le plaignant ! Il était celui que la justice doit protéger ! N'était-il pas une manière de héros ?

Il ne se laissait pas impressionner, lui ! La Préfecture tout entière était là pour l'écouter.

— J'ai eu un long entretien, cette nuit, avec Mme Michonnet, dont vous ferez bientôt la connaissance, je l'espère... Elle est de mon avis... Remarquez que son père était professeur au lycée de Montpellier et que sa mère donnait des leçons de piano... Si je vous dis cela... Bref...

C'était son mot favori. Il le prononçait d'une façon à la fois tranchante et condescendante.

— Bref, il est nécessaire qu'une décision soit prise dans le plus court délai… Comme chacun, comme les plus riches, y compris le comte d'Avrainville, j'ai acheté la nouvelle voiture à tempérament… J'ai signé dix-huit traites… Remarquez que j'aurais pu payer comptant, mais il est inutile d'immobiliser des capitaux… Le comte d'Avrainville, dont je viens de vous parler, a fait de même pour son Hispano… Bref…

Maigret ne bougeait pas, respirait avec force.

— Je ne puis me passer d'une voiture, qui m'est strictement nécessaire pour l'exercice de ma profession… Pensez que mon rayon s'étend à trente kilomètres d'Arpajon… Or, Mme Michonnet est de mon avis… Nous ne voulons plus d'une auto dans laquelle un homme a été tué… C'est à la justice de faire le nécessaire, de nous procurer une voiture neuve, du même type que la précédente, à cette différence près que je la choisirai lie-de-vin, ce qui ne change rien au prix…

» Remarquez que la mienne était rodée et que je serai obligé de…

— C'est tout ce que vous avez à me dire ?

— Pardon !…

Encore un mot qu'il aimait employer.

— Pardon, commissaire ! Il est bien entendu que je suis prêt à vous aider de toutes mes connaissances et de mon expérience des choses du pays… Mais il est urgent qu'une auto…

Maigret se passa la main sur le front.

— Eh bien ! j'irai vous voir prochainement chez vous…

— Quant à l'auto ?…

— Lorsque les constatations seront terminées la vôtre vous sera rendue...

— Puisque je vous dis que Mme Michonnet et moi...

— Présentez donc mes hommages à Mme Michonnet !... Bonjour, monsieur...

Ce fut si vite fait que l'assureur n'eut pas le temps de protester. Il se retrouva sur le palier, avec son chapeau qu'on lui avait poussé dans la main, et le garçon de bureau lui lançait :

— Par ici, s'il vous plaît ! Premier escalier à gauche... Porte en face...

Maigret, lui, s'enfermait à double tour, mettait de l'eau à chauffer sur son poêle pour préparer du café fort.

Ses collègues crurent qu'il travaillait. Mais on dut le réveiller quand, une heure plus tard, un télégramme arriva d'Anvers, qui disait :

Isaac Goldberg, 45 ans, courtier en diamants, assez connu sur la place. Importance moyenne. Bonnes références bancaires. Faisait chaque semaine, en train ou avion, les places d'Amsterdam, Londres et Paris.

Villa luxueuse à Borgerhout, rue de Campine. Marié. Père de deux enfants, âgés de huit et douze ans.

Mme Goldberg, avertie, a pris le train pour Paris.

À onze heures du matin, la sonnerie du téléphone retentit. C'était Lucas.

— Allô ! Je suis au Carrefour des Trois Veuves. Je vous téléphone du garage qui se dresse à deux cents mètres de la maison des Andersen… Le Danois est rentré chez lui… La grille est refermée… Rien de spécial…

— La sœur ?…

— Doit être là, mais je ne l'ai pas vue…

— Le corps de Goldberg ?…

— À l'amphithéâtre d'Arpajon…

Maigret rentra chez lui, boulevard Richard-Lenoir.

— Tu as l'air fatigué ! lui dit simplement sa femme.

— Prépare une valise avec un complet, des chaussures de rechange.

— Tu pars pour longtemps ?…

Il y avait un fricot sur le feu. Dans la chambre à coucher, la fenêtre était ouverte, le lit défait afin d'aérer les draps. Mme Maigret n'avait pas encore eu le temps d'enlever les épingles qui retenaient ses cheveux en petites boules dures.

— Au revoir…

Il l'embrassa. Au moment où il sortait, elle remarqua :

— Tu ouvres la porte de la main droite…

C'était contre son habitude. Il l'ouvrait toujours de la gauche. Et Mme Maigret ne se cachait pas d'être superstitieuse.

— Qu'est-ce que c'est ?… Une bande ?…

— Je l'ignore.

— Tu vas loin ?

— Je ne sais pas encore.

— Tu feras attention, dis ?…

Mais il descendait l'escalier, se retournait à peine pour lui adresser un signe de la main. Sur le boulevard, il héla un taxi.

— À la gare d'Orsay… Ou plutôt… Combien vaut la course jusqu'à Arpajon ?… Trois cents francs, avec le retour ?… En route !…

Cela lui arrivait rarement. Mais il était harassé. Il avait peine à chasser le sommeil qui faisait picoter ses paupières.

Et puis ! peut-être était-il un peu impressionné ? Non pas tant à cause de cette porte qu'il avait ouverte de la main droite. Pas non plus à cause de cette extravagante histoire de voiture volée à Michonnet et qu'on retrouvait avec un mort au volant dans le garage d'Andersen.

C'était plutôt la personnalité de ce dernier qui le chiffonnait.

— Dix-sept heures de *grilling* !

Des bandits éprouvés, des lascars ayant traîné dans tous les postes de police d'Europe n'avaient pas résisté à cette épreuve.

Peut-être même était-ce pour cela que Maigret avait relâché Andersen !

N'empêche qu'à partir de Bourg-la-Reine, il dormait dans le fond du taxi. Le chauffeur l'éveilla à Arpajon, devant le vieux marché au toit de chaume.

— À quel hôtel descendez-vous ?

— Continuez jusqu'au Carrefour des Trois Veuves…

Une montée, sur les pavés luisants d'huile, de la route nationale, avec, des deux côtés, les panneaux-réclame pour Vichy, Deauville, les grands hôtels ou les marques d'essence.

Un croisement. Un garage et ses cinq pompes à essence, peintes en rouge. À gauche, la route d'Avrainville, piquée d'un poteau indicateur.

Alentour, des champs à perte de vue.

— C'est ici ! dit le chauffeur.

Il n'y avait que trois maisons. D'abord celle du garagiste, en carreaux de plâtre, édifiée rapidement dans la fièvre des affaires. Une grosse voiture de sport, à carrosserie d'aluminium, faisait son plein. Des mécaniciens réparaient une camionnette de boucher.

En face, un pavillon en pierre meulière, style villa, avec un étroit jardin, entouré de grillages hauts de deux mètres. Une plaque de cuivre : *Émile Michonnet, assurances.*

L'autre maison était à deux cents mètres. Le mur qui entourait le parc ne permettait d'apercevoir que le premier étage, un toit d'ardoise et quelques beaux arbres.

Cette construction-là datait d'au moins un siècle. C'était la bonne maison de campagne du temps jadis, comportant un pavillon destiné au jardinier, les communs, les poulaillers, une écurie, un perron de cinq marches flanqué de torchères de bronze.

Une petite pièce d'eau en ciment était à sec. D'une cheminée à chapiteau sculpté montait tout droit un filet de fumée.

C'était tout. Au-delà des champs, un clocher, des toits de fermes, une charrue abandonnée quelque part à l'orée des labours.

Et, sur la route lisse, des autos qui passaient, cornaient, se croisaient, se doublaient.

Maigret descendit, sa valise à la main, paya le chauffeur qui, avant de regagner Paris, prit de l'essence au garage.

2

Les rideaux qui bougent

Lucas émergea d'un des bas-côtés de la route, dont les arbres le cachaient, s'approcha de Maigret qui posait sa valise à ses pieds. Au moment où ils allaient se serrer la main, on entendit un sifflement progressif et soudain une voiture de course passa à pleins gaz au ras des policiers, si près que la valise fut lancée à trois mètres.

On ne voyait plus rien. L'auto à turbocompresseur doublait une charrette de paille, disparaissait à l'horizon.

Maigret faisait la grimace.

— Il en passe beaucoup de pareilles ?

— C'est la première… On jurerait qu'elle nous a visés, pas vrai ?

L'après-midi était grise. Un rideau frémit à une fenêtre de la villa Michonnet.

— Il y a moyen de coucher par ici ?

— À Arpajon ou à Avrainville… Trois kilomètres pour Arpajon… Avrainville est plus près, mais vous n'y trouverez qu'une auberge de campagne…

— Vas-y porter ma valise et retenir des chambres... Rien à signaler ?

— Rien... On nous observe de la villa... C'est Mme Michonnet, que j'ai examinée tout à l'heure... Une brune assez volumineuse, qui ne doit pas avoir bon caractère...

— Tu sais pourquoi on appelle cet endroit le Carrefour des Trois Veuves ?

— Je me suis renseigné... C'est à cause de la maison d'Andersen... Elle date de la Révolution... Autrefois, elle était seule à se dresser au carrefour... En dernier lieu, voilà cinquante ans, il paraît qu'elle était habitée par trois veuves, la mère et ses deux filles. La mère avait quatre-vingt-dix ans et était impotente. L'aînée des filles avait soixante-sept ans, l'autre soixante bien tassés. Trois vieilles maniaques, tellement avares qu'elles ne faisaient aucun achat dans le pays et qu'elles vivaient des produits de leur potager et de la basse-cour... Les volets n'étaient jamais ouverts. On restait des semaines sans les apercevoir... La fille aînée s'est cassé la jambe et on ne l'a su que quand elle a été morte... Une drôle d'histoire !... Depuis longtemps, on n'entendait plus le moindre bruit autour de la maison des Trois Veuves... Alors les gens jasent... Le maire d'Avrainville se décide à venir faire un tour... Il les trouve mortes toutes les trois, mortes depuis dix jours au moins !... On m'a dit qu'à l'époque les journaux en ont beaucoup parlé... Un instituteur du pays, que ce mystère a passionné, a même écrit une brochure dans laquelle il prétend que la fille à la jambe cassée, par haine pour sa sœur encore alerte, a empoisonné celle-ci et que la mère a été empoisonnée du même coup… Elle serait morte ensuite à proximité des deux cadavres, faute de pouvoir bouger pour se nourrir !…

Maigret fixait la maison dont il ne voyait que le haut, puis regardait le pavillon neuf des Michonnet, le garage plus neuf encore, les voitures qui passaient à quatre-vingts à l'heure sur la route nationale.

— Va retenir les chambres… Viens ensuite me retrouver…

— Qu'allez-vous faire ?

Le commissaire haussa les épaules, marcha d'abord jusqu'à la grille de la maison des Trois Veuves. La construction était spacieuse, entourée d'un parc de trois à quatre hectares, orné de quelques arbres magnifiques.

Une allée en pente contournait une pelouse, donnait accès au perron d'une part, de l'autre à un garage aménagé dans une ancienne écurie au toit encore garni d'une poulie.

Rien ne bougeait. À part le filet de fumée, on ne sentait aucune vie derrière les rideaux passés. Le soir commençait à tomber et des chevaux traversaient un champ lointain pour regagner la ferme.

Maigret vit un petit homme qui se promenait sur la route, les mains enfoncées dans les poches d'un pantalon de flanelle, la pipe aux dents, une casquette sur la tête. Cet homme s'approcha familièrement de lui, comme, à la campagne, on s'aborde entre voisins.

— C'est vous qui dirigez l'enquête ?

Il n'avait pas de faux col. Ses pieds étaient chaussés de pantoufles. Mais il portait un veston de beau drap anglais gris et une énorme chevalière au doigt.

— Je suis le garagiste du carrefour… Je vous ai aperçu de loin…

Un ancien boxeur, à coup sûr. Il avait eu le nez cassé. Son visage était comme martelé par les coups de poing. Sa voix traînante était enrouée, vulgaire, mais pleine d'assurance.

— Qu'est-ce que vous dites de cette histoire d'autos ?…

Il riait, découvrant des dents en or.

— Si ce n'était pas qu'il y a un macchabée, je trouverais l'aventure marrante… Vous ne pouvez pas comprendre !… Vous ne connaissez pas le type d'en face, *Môssieu* Michonnet, comme nous l'appelons… Un monsieur qui n'aime pas les familiarités, qui porte des faux cols hauts comme ça et des souliers vernis… Et Mme Michonnet donc !… Vous ne l'avez pas encore vue ?… Hum !… Ces gens-là réclament pour tout et pour rien, vont trouver les gendarmes parce que les autos font trop de bruit quand elles s'arrêtent devant ma pompe à essence…

Maigret regardait son interlocuteur sans l'encourager, ni le décourager. Il le regardait, tout simplement, ce qui était assez déroutant pour un bavard, mais ce qui ne suffisait pas à impressionner le garagiste.

Une voiture de boulanger passa et l'homme en pantoufles cria :

— Salut, Clément !… Ton klaxon est réparé !… Tu n'as qu'à le demander à Jojo !…

Il reprit, tourné vers Maigret à qui il offrait des cigarettes :

— Il y a des mois qu'il parlait d'acheter une bagnole neuve, qu'il embêtait tous les marchands d'autos, y compris moi !... Il voulait des réductions... Il nous faisait marcher... La carrosserie était trop sombre, ou trop claire... Il voulait bordeaux uni, mais pas trop bordeaux tout en restant bordeaux... Bref, il a fini par l'acheter à un collègue d'Arpajon... Avouez que c'est crevant, quelques jours après, de retrouver la voiture dans le garage des Trois Veuves !... J'aurais payé cher pour contempler notre bonhomme quand, le matin, il a vu le vieux tacot à la place de la six-cylindres !... Dommage du mort, qui gâte tout !... Car enfin, un mort c'est un mort et il faut quand même du respect pour ces choses-là !... Dites donc ! vous viendrez bien boire le coup chez nous en passant ?... Le carrefour manque de bistrots... Mais ça viendra ! Que je trouve un brave garçon pour le tenir et je lui fais les fonds...

L'homme dut s'apercevoir que ses paroles ne trouvaient guère d'écho, car il tendit la main à Maigret.

— À tout à l'heure...

Il s'éloigna du même pas, s'arrêta pour parler à un paysan qui passait en carriole. Il y avait toujours un visage derrière les rideaux des Michonnet. La campagne, des deux côtés de la route, avait, dans le soir, un air monotone, stagnant, et on entendait des bruits très loin, un hennissement, la cloche d'une église située peut-être à une dizaine de kilomètres.

Une première auto passa phares allumés, mais ils brillaient à peine dans le demi-jour.

Maigret tendit le bras vers le cordon de sonnette qui pendait à droite de la poterne. De belles et graves résonances de bronze vibrèrent dans le jardin, suivies d'un très long silence. La porte, au-dessus du perron, ne s'ouvrit pas. Mais le gravier crissa derrière la maison. Une haute silhouette se profila, un visage laiteux, un monocle noir.

Sans émotion apparente, Carl Andersen s'approcha de la grille qu'il ouvrit en inclinant la tête.

— Je me doutais que vous viendriez... Je suppose que vous désirez visiter le garage... Le Parquet y a posé des scellés, mais vous devez avoir le pouvoir de...

Il avait le même complet qu'au Quai des Orfèvres, un complet d'une sûre élégance, qui commençait à se lustrer.

— Votre sœur est ici ?...

Il ne faisait déjà plus assez clair pour discerner un frémissement des traits, mais Andersen éprouva le besoin de caler le monocle dans son orbite.

— Oui...

— Je voudrais la voir...

Une légère hésitation. Une nouvelle inclination de la tête.

— Veuillez me suivre...

On contourna le bâtiment. Derrière, s'étalait une pelouse assez vaste que dominait une terrasse. Toutes les pièces du rez-de-chaussée s'ouvraient de plain-pied sur cette terrasse par de hautes portes-fenêtres.

Aucune chambre n'était éclairée. Dans le fond du parc, des écharpes de brouillard voilaient le tronc des arbres.

— Vous permettez que je vous montre le chemin ?

Andersen poussa une porte vitrée et Maigret le suivit dans un grand salon tout feutré de pénombre. La porte resta ouverte, laissant pénétrer l'air à la fois frais et lourd du soir, ainsi qu'une odeur d'herbe et de feuillage humides. Une seule bûche lançait quelques étincelles dans la cheminée.

— Je vais appeler ma sœur…

Andersen n'avait pas fait de lumière, n'avait même pas paru s'apercevoir que le soir tombait. Maigret, resté seul, arpenta la pièce, lentement, s'arrêta devant un chevalet qui supportait une ébauche à la gouache. C'était l'ébauche d'un tissu moderne, aux couleurs audacieuses, au dessin étrange.

Mais moins étrange que cette ambiance où Maigret retrouvait le souvenir des trois veuves de jadis !

Certains des meubles avaient dû leur appartenir. Il y avait des fauteuils Empire à la peinture écaillée, à la soie usée, et des rideaux de reps, qui n'avaient pas été retirés depuis cinquante ans.

Par contre, avec du bois blanc, on avait bâti le long d'un mur des rayons de bibliothèque, où s'entassaient des livres non reliés, en français, en allemand, en anglais, en danois aussi sans doute.

Et les couvertures blanches, jaunes ou bariolées contrastaient avec un pouf désuet, avec des vases ébréchés, un tapis dont le centre ne comportait plus que la trame.

La pénombre s'épaississait. Une vache meugla au loin. Et de temps en temps, un léger vrombissement pointait dans le silence, s'intensifiait, une voiture passait en trombe sur la route et le bruit du moteur allait en se mourant.

Dans la maison, rien ! À peine des grattements, des craquements ! À peine de menus bruits indéchiffrables permettant de soupçonner qu'il y avait de la vie.

Carl Andersen entra le premier. Ses mains blanches trahissaient une certaine nervosité. Il ne dit rien, resta un instant immobile près de la porte.

Un glissement dans l'escalier.

— Ma sœur Else… annonça-t-il enfin.

Elle s'avançait, les contours indécis dans la demi-obscurité. Elle s'avançait comme la vedette d'un film ou, mieux, comme la femme idéale dans un rêve d'adolescent.

Sa robe était-elle de velours noir ? Toujours est-il qu'elle était plus sombre que tout le reste, qu'elle faisait une tache profonde, somptueuse. Et le peu de lumière encore éparse dans l'air se concentrait sur ses cheveux blonds et légers, sur le visage mat.

— On me dit que vous désirez me parler, commissaire… Mais veuillez d'abord vous asseoir…

Son accent était plus prononcé que celui de Carl. La voix chantait, baissait sur la dernière syllabe des mots.

Et son frère se tenait près d'elle comme un esclave se tient auprès d'une souveraine qu'il a la charge de protéger.

Elle fit quelques pas et, seulement quand elle fut très proche, Maigret s'avisa qu'elle était aussi grande que Carl. Des hanches étroites accusaient encore l'élan de sa silhouette.

— Une cigarette !… dit-elle en se tournant vers son frère.

Il s'empressa, troublé, maladroit. Elle fit jaillir la flamme d'un briquet qu'elle prit sur un meuble et, un instant, le rouge du feu combattit le bleu sombre de ses yeux.

Après, l'obscurité fut plus sensible, si sensible que le commissaire, mal à l'aise, chercha un commutateur, n'en trouva pas, murmura :

— Puis-je vous demander de faire de la lumière ?

Il avait besoin de tout son aplomb. Cette scène avait un caractère trop théâtral à son gré. Théâtral ? Trop sourd, plutôt, comme le parfum qui envahissait la pièce depuis qu'Else s'y trouvait.

Trop étranger surtout à la vie de tous les jours ! Peut-être trop étranger tout court !

Cet accent… Cette correction absolue de Carl et son monocle noir… Ce mélange de somptuosité et de vieilleries écœurantes… Jusqu'à la robe d'Else, qui n'était pas une robe comme on en voit dans la rue, ni au théâtre, ni dans le monde…

À quoi cela tenait-il ? Sans doute à sa façon de la porter. Car la coupe était simple. Le tissu moulait le corps, enserrait même le cou, ne laissant paraître que le visage et les mains…

Andersen s'était penché sur une table, retirait le verre d'une lampe à pétrole datant des trois vieilles, une lampe à haut pied de porcelaine, orné de faux bronze.

Cela fit un rond lumineux de deux mètres de diamètre dans un coin du salon. L'abat-jour était orange.

— Excusez-moi… Je n'ai pas remarqué que tous les sièges étaient encombrés…

Et Andersen débarrassait un fauteuil Empire des livres qui y étaient empilés. Il les posa sur le tapis, en désordre. Else fumait, debout, toute droite, sculptée par le velours.

— Votre frère, mademoiselle, m'a affirmé qu'il n'avait rien entendu d'anormal pendant la nuit de samedi à dimanche... Il paraît qu'il a le sommeil très dur...

— Très... répéta-t-elle en exhalant un peu de fumée.

— Vous n'avez rien entendu non plus ?

— De particulièrement anormal, non !

Elle parlait lentement, en étrangère qui doit traduire des phrases pensées dans sa langue.

— Vous savez que nous sommes sur une route nationale. La circulation ne ralentit guère la nuit. Chaque jour, des camions, dès huit heures du soir, se dirigent vers les Halles et font beaucoup de bruit... Le samedi, il y a en outre les touristes qui gagnent les bords de la Loire et la Sologne... Notre sommeil est entrecoupé de bruits de moteur et de freins, d'éclats de voix... Si la maison n'était si bon marché...

— Vous n'avez jamais entendu parler de Goldberg ?

— Jamais...

La nuit n'était pas encore complète, dehors. Le gazon était d'un vert soutenu et on avait l'impression qu'on eût pu compter les brins d'herbe, tant ils se détachaient avec netteté.

Le parc, malgré le manque d'entretien, restait harmonieux comme un décor d'opéra. Chaque massif, chaque arbre, chaque branche même était à sa place exacte. Et un horizon de champs, avec un toit de ferme, achevait cette sorte de symphonie de l'Ile-de-France.

Dans le salon, par contre, parmi les vieux meubles, des dos de livres étrangers, des mots que Maigret ne comprenait pas. Et ces deux étrangers, le frère et la sœur, celle-ci, surtout, qui jetait une note discordante...

Une note trop voluptueuse, trop lascive ? Pourtant, elle n'était pas provocante. Elle restait simple dans ses gestes, dans ses attitudes...

Mais d'une simplicité qui n'était pas celle qu'eût voulue le décor. Le commissaire eût mieux compris les trois vieilles et leurs passions monstrueuses !

— Voulez-vous me permettre de visiter la maison ?

Il n'y eut d'hésitation ni chez Carl ni chez Else. Ce fut lui qui souleva la lampe, tandis qu'elle s'asseyait dans un fauteuil.

— Si vous voulez me suivre...

— Je suppose que c'est surtout dans ce salon que vous vous tenez ?...

— Oui... C'est ici que je travaille, que ma sœur passe le plus clair de ses journées...

— Vous n'avez pas de domestique ?

— Vous savez maintenant ce que je gagne. C'est trop peu pour me permettre de me faire servir...

— Qui prépare les repas ?

— Moi...

C'était dit simplement, sans gêne, sans honte, et, comme les deux hommes atteignaient un corridor,

Andersen poussa une porte, tendit la lampe vers la cuisine en disant du bout des lèvres :

— Vous excuserez le désordre...

C'était plus que du désordre. C'était sordide. Un réchaud à alcool baveux de lait bouilli, de sauce, de graisse, sur une table couverte d'un lambeau de toile cirée. Des bouts de pain. Un reste d'escalope dans une poêle posée à même la table et, dans l'évier, de la vaisselle sale.

Quand on eut regagné le corridor, Maigret jeta un coup d'œil vers le salon, qui n'était plus éclairé et où brillait seulement la cigarette d'Else.

— Nous ne nous servons pas de la salle à manger ni du petit salon qui se trouvent en façade... Voulez-vous voir ?...

La lampe éclaira un assez joli parquet, des meubles entassés, des pommes de terre étalées sur le sol. Les volets étaient clos.

— Nos chambres sont là-haut...

L'escalier était large. Une marche criait. Le parfum, à mesure que l'on montait, devenait plus dense.

— Voici ma chambre...

Un simple sommier posé sur le plancher, formant divan. Une toilette rudimentaire. Une grande garde-robe Louis XV. Un cendrier débordant de bouts de cigarettes.

— Vous fumez beaucoup ?

— Le matin, au lit... Peut-être trente cigarettes, en lisant...

Devant la porte située en face de la sienne, il prononça très vite :

— La chambre de ma sœur...

Mais il ne l'ouvrit pas. Il se rembrunit tandis que Maigret tournait le bouton, poussait l'huis.

Andersen tenait toujours la lampe et il évita de s'approcher avec la lumière. Le parfum était si compact qu'il prenait à la gorge.

Toute la maison était sans style, sans ordre, sans luxe. Un campement, où l'on usait de vieux restes.

Mais là, le commissaire devina, dans le clair-obscur, comme un oasis chaud et moelleux. On ne voyait pas le parquet, couvert de peaux de bêtes, entre autres d'une splendide dépouille de tigre qui servait de descente de lit.

Celui-ci était d'ébène, couvert de velours noir. Sur ce velours, du linge de soie chiffonné.

Insensiblement, Andersen s'éloignait avec la lampe dans le corridor et Maigret le suivit.

— Il y a trois autres chambres, inoccupées…

— En somme, celle de votre sœur est la seule à donner sur la route…

Carl ne répondit pas, désigna un escalier étroit.

— L'escalier de service… Nous n'en usons pas… Si vous voulez voir le garage…

Ils descendirent l'un derrière l'autre dans la lumière dansante de la lampe à pétrole. Au salon, le point rouge d'une cigarette restait la seule lueur.

À mesure qu'Andersen s'avançait, la lumière envahit la pièce. On vit Else, à demi étendue dans un fauteuil, le regard indifférent braqué vers les deux hommes.

— Vous n'avez pas offert de thé au commissaire, Carl !

— Merci ! je ne prends jamais de thé…

— Je désire en prendre, moi ! Voulez-vous du whisky ? Ou bien… Carl ! je vous en prie…

Et Carl, confus, nerveux, posa la lampe, alluma un petit réchaud qui se trouvait sous une théière d'argent.

— Que puis-je vous offrir, commissaire ?

Maigret n'arrivait pas à préciser l'origine de son malaise. L'atmosphère était tout ensemble intime et désordonnée. De grandes fleurs aux pétales violacés s'épanouissaient sur le chevalet.

— En somme, dit-il, quelqu'un a d'abord volé la voiture de M. Michonnet. Goldberg a été assassiné dans cette voiture, qu'on a ensuite amenée dans votre garage. Et votre auto a été conduite dans celui de l'assureur…

— C'est incroyable, n'est-ce pas ?…

Else parlait d'une voix douce, chantante, en allumant une nouvelle cigarette.

— Mon frère prétendait qu'on nous accuserait, parce que le mort a été découvert chez nous… Il a voulu fuir… Moi, je ne voulais pas… J'étais sûre qu'on comprendrait que, si nous avions vraiment tué, nous n'aurions eu aucun intérêt à…

Elle s'interrompit, chercha des yeux Carl qui furetait dans un coin.

— Eh bien ! vous n'offrez rien au commissaire ?

— Pardon… Je… je m'aperçois qu'il n'y a plus de…

— Vous êtes toujours le même ! Vous ne pensez à rien… Il faut nous excuser, monsieur… ?

— Maigret.

— ... monsieur Maigret... Nous buvons très peu d'alcool et...

Il y eut des bruits de pas dans le parc où Maigret devina la silhouette du brigadier Lucas qui le cherchait.

3

La nuit du Carrefour

— Qu'est-ce que c'est, Lucas ?

Maigret se dressait devant la porte-fenêtre. Il avait derrière lui l'atmosphère trouble du salon, en face, le visage de Lucas dans l'ombre fraîche du parc.

— Rien, commissaire… Je vous cherchais…

Et Lucas, un peu confus, essayait de lancer un regard à l'intérieur, par-dessus les épaules du commissaire.

— Tu m'as retenu une chambre ?

— Oui… Il y a un télégramme pour vous… Mme Goldberg arrive cette nuit en auto…

Maigret se retourna, vit Andersen qui attendait, le front penché, Else qui fumait en remuant le pied avec impatience.

— Je viendrai sans doute vous interroger à nouveau demain, leur annonça-t-il. Mes hommages, mademoiselle…

Elle le salua avec une bonne grâce condescendante. Carl voulut reconduire les deux policiers jusqu'à la grille.

— Vous ne visitez pas le garage ?

— Demain…

— Écoutez, commissaire… Ma démarche va peut-être vous paraître équivoque… Je voudrais vous demander d'user de moi si je puis vous servir à quelque chose… Je sais que je suis étranger, qu'en outre c'est sur moi que pèsent les plus lourdes charges… Raison de plus pour que je fasse l'impossible afin que le coupable soit découvert… Ne m'en veuillez pas de ma maladresse…

Maigret lui planta le regard dans les yeux. Il vit une prunelle triste qui se détourna lentement. Carl Andersen referma la grille et regagna la maison…

— Qu'est-ce qui t'a pris, Lucas ?

— Je n'étais pas tranquille… Il y a un bon moment que je suis revenu d'Avrainville… Je ne sais pas pourquoi ce carrefour m'a fait soudain une si sale impression…

Ils marchaient tous les deux dans l'obscurité, sur le bas-côté de la route. Les voitures étaient rares.

— J'ai essayé de reconstituer le crime en esprit, poursuivit-il, et, plus on y pense, plus le drame devient ahurissant.

Ils étaient arrivés à hauteur de la villa des Michonnet, qui était comme une des pointes d'un triangle dont les autres angles étaient formés d'une part par le garage, de l'autre par la maison des Trois Veuves.

Quarante mètres entre le garage et les Michonnet. Cent mètres entre ces derniers et les Andersen.

Pour les relier, le ruban régulier et poli de la route, endiguée comme un fleuve par de hauts arbres.

On ne voyait aucune lumière du côté des Trois Veuves. Deux fenêtres étaient éclairées chez l'agent d'assurances, mais des rideaux sombres ne laissaient filtrer qu'un filet de lumière, un filet irrégulier qui prouvait que quelqu'un écartait le rideau à hauteur d'homme pour regarder dehors.

Côté garage, les disques laiteux des pompes à essence, puis un rectangle de lumière crue jaillissant de l'atelier où éclataient des coups de marteau.

Les deux hommes s'étaient arrêtés et Lucas, qui était un des plus anciens collaborateurs de Maigret, expliquait :

— Avant tout, il faut que Goldberg soit venu jusqu'ici. Vous avez vu le cadavre, à la morgue d'Étampes ? Non ?... Un homme de quarante-cinq ans, au type israélite prononcé... Un petit type solide, à la mâchoire dure, au front têtu couronné par des cheveux frisés de mouton... Un complet fastueux... Du linge fin à son chiffre... Un personnage habitué à mener large vie, à commander, à dépenser sans compter... Pas de boue, pas de poussière sur ses souliers vernis... Donc, si même il est venu à Arpajon par le train, il n'a pas fait à pied les trois kilomètres qui nous séparent de la ville...

» Mon idée est qu'il est venu de Paris, peut-être d'Anvers, en voiture...

» Le médecin affirme que la digestion du dîner était terminée au moment de la mort, qui a été instantanée... Par contre, dans l'estomac, on a retrouvé une assez grande quantité de champagne et des amandes grillées.

» À Arpajon, aucun hôtelier n'a vendu de champagne la nuit de samedi à dimanche, et je vous défie de trouver dans toute la ville des amandes grillées...

Un camion automobile passa à cinquante à l'heure avec un vacarme de ferraille agitée.

— Regardez le garage des Michonnet, commissaire. Il n'y a qu'un an que l'agent d'assurances possède une voiture. Sa première auto était un vieux clou et il se contentait, pour l'abriter, de ce hangar de planches qui donne sur la route et est fermé avec un cadenas. Il n'a pas eu le temps de faire construire un autre garage depuis lors. C'est donc là qu'on est allé chercher la six-cylindres neuve. Il a fallu la conduire à la maison des Trois Veuves, ouvrir la grille, le garage, en retirer le tacot d'Andersen, mettre à sa place l'auto de Michonnet... Et, par surcroît, installer Goldberg au volant et le tuer d'une balle tirée à bout portant... Personne n'a rien vu, rien entendu !... *Personne n'a d'alibi !*... Je ne sais pas si vous avez la même impression que moi, en revenant d'Avrainville, tout à l'heure, dans la nuit tombante, je me suis senti désaxé... Il m'a semblé que l'affaire se présentait mal, qu'elle avait un caractère anormal, comme perfide...

» Je me suis avancé jusqu'à la grille de la maison des Trois Veuves... Je savais que vous y étiez... La façade était obscure, mais je devinais un halo jaunâtre dans le jardin...

» C'est idiot, je le sais bien !... J'ai eu peur !... pour vous, n'est-ce pas ?... Ne vous retournez pas trop vite… C'est Mme Michonnet qui est embusquée derrière ses rideaux…

» Je me trompe certainement… Et pourtant je jurerais que la moitié des conducteurs qui passent en voiture nous observent d'une façon spéciale…

Maigret fit du regard le tour du triangle. On ne voyait plus les champs, que l'obscurité avait noyés. À droite de la grand-route, en face du garage, le chemin d'Avrainville s'amorçait, non pas planté d'arbres comme la route nationale, mais bordé d'un seul côté par une file de poteaux télégraphiques.

À huit cents mètres, quelques lumières : les premières maisons du village.

— Du champagne et des amandes grillées ! grommela le commissaire.

Il se mit lentement en marche, s'arrêta en flâneur devant le garage où, dans la lumière aiguë d'une lampe à arc, un mécanicien en salopette changeait la roue d'une voiture.

C'était plutôt un atelier de réparations qu'un garage. Il contenait une dizaine d'autos, toutes étaient vieilles, démodées, et l'une d'elles, sans roues, sans moteur, réduite à l'état de carcasse, pendait aux chaînes d'une poulie.

— Allons dîner ! À quelle heure doit arriver Mme Goldberg ?

— Je ne sais pas… Dans la soirée…

L'auberge d'Avrainville était vide. Un zinc, quelques bouteilles, un gros poêle, un billard de petit modèle, aux bandes dures comme des pierres et au drap troué, un chien et un chat couchés côte à côte…

Le patron servit à table, tandis qu'on voyait sa femme cuire des escalopes dans la cuisine.

— Comment s'appelle le garagiste du carrefour ? questionna Maigret en avalant une sardine tenant lieu de hors-d'œuvre.

— M. Oscar…

— Il y a longtemps qu'il est dans le pays ?

— Peut-être huit ans… Peut-être dix… Moi, j'ai une carriole et un cheval… Alors…

Et l'homme continua son service sans entrain. Il n'était pas loquace. Il avait même le regard sournois de quelqu'un qui se méfie.

— Et M. Michonnet ?…

— C'est l'agent d'assurances…

C'était tout.

— Vous boirez du blanc ou du rouge ?

Il chipota longtemps pour retirer un morceau de bouchon qui était tombé dans la bouteille, finit par transvaser la piquette.

— Et les gens de la maison des Trois Veuves ?

— Je ne les ai pour ainsi dire jamais vus… En tout cas, la dame, car il paraît qu'il y a une dame… La route nationale, ce n'est déjà plus Avrainville…

— Bien cuites ? cria sa femme de la cuisine.

Maigret et Lucas finirent par se taire, chacun suivant le fil de ses pensées. À neuf heures, après avoir avalé un calvados synthétique, ils gagnèrent la route, firent d'abord les cent pas, se dirigèrent enfin vers le carrefour.

— Elle n'arrive pas.

— Je serais curieux de savoir ce que Goldberg est venu faire dans le pays… Champagne et amandes grillées !… On a retrouvé des diamants dans ses poches ?

— Non… Rien que deux mille et quelques francs dans son portefeuille…

Le garage était toujours éclairé. Maigret nota que la maison de M. Oscar n'était pas en bordure mais qu'elle se dressait derrière l'atelier si bien qu'on n'en pouvait apercevoir les fenêtres…

Le mécanicien en combinaison mangeait, assis sur le marchepied d'une voiture. Et soudain ce fut le garagiste lui-même qui sortit de l'ombre de la route, à quelques pas des policiers.

— Bonsoir, messieurs !

— Bonsoir ! grogna Maigret.

— Belle nuit ! Si cela continue, nous aurons un temps magnifique pour Pâques…

— Dites donc ! questionna brutalement le commissaire, votre boutique reste ouverte toute la nuit ?

— Ouverte, non ! Mais il y a toujours un homme de garde, qui couche sur un lit de camp. La porte est fermée… Les habitués sonnent quand ils ont besoin de quelque chose…

— Il y a beaucoup de voitures la nuit sur la route ?

— Beaucoup, non ! Pourtant, il y en a… Des camions automobiles, qui font les Halles… C'est le pays des primeurs et surtout des cressonnières… Il arrive de manquer d'essence… Ou bien il y a une petite réparation à faire… Vous ne voulez pas venir boire quelque chose ?…

— Merci.

— Vous avez tort… Mais je n'insiste pas… Alors, vous n'avez pas encore débrouillé cette histoire de voitures ?… Vous savez ! M. Michonnet en fera sûrement une maladie !… Surtout si on ne lui rend pas tout de suite une six-cylindres !…

Un phare brilla dans le lointain, grossit. Un vrombissement. Une ombre passa.

— Le docteur d'Étampes ! murmura le garagiste. Il est allé en consultation à Arpajon… Son confrère a dû le retenir à dîner…

— Vous connaissez toutes les autos qui passent ?

— Beaucoup… Tenez ! ces deux lanternes… C'est du cresson pour les Halles… Ces gens-là ne peuvent pas se résigner à allumer leurs phares… Et ils tiennent toute la largeur de la route !… Bonsoir, Jules !…

Une voix répondit, du haut du camion qui passait, et on ne vit plus que le petit feu rouge de l'arrière, que la nuit ne tarda pas à absorber.

Un train quelque part, une chenille lumineuse qui s'étira dans le chaos nocturne.

— L'express de neuf heures trente-deux… Vraiment ? vous ne voulez rien prendre ?… Dis donc, Jojo !… Quand tu auras fini de dîner, tu vérifieras la troisième pompe, qui est calée…

Des phares encore. Mais l'auto passa. Ce n'était pas Mme Goldberg.

Maigret fumait sans répit. Laissant M. Oscar devant son garage, il commença à aller et venir, suivi de Lucas qui soliloquait à mi-voix.

Aucune lumière dans la maison des Trois Veuves. Les policiers passèrent dix fois devant la grille. Les dix fois Maigret leva machinalement les yeux vers la fenêtre qu'il savait être celle de la chambre d'Else.

Puis c'était la villa Michonnet, sans style, toute neuve, avec sa porte de chêne verni et son jardinet ridicule.

Puis le garage, le mécanicien occupé à réparer la pompe à essence, M. Oscar qui lui donnait des conseils, les deux mains dans les poches.

Un camion, venant d'Étampes et se dirigeant vers Paris, s'arrêta pour faire le plein. Sur le tas de légumes, un homme était couché et dormait, un convoyeur, qui faisait la même route toutes les nuits, à la même heure.

— Trente litres !

— Ça va ?...

— Ça va !

Un bruit d'embrayage et le camion s'éloignait, abordait à soixante à l'heure la descente d'Arpajon.

— Elle ne viendra plus ! soupira Lucas. Sans doute a-t-elle décidé de dormir à Paris...

Ils parcoururent encore trois fois les deux cents mètres du carrefour, puis Maigret obliqua soudain dans la direction d'Avrainville. Quand il arriva en face de l'auberge, les lampes étaient éteintes, sauf une, et on ne voyait personne dans le café.

— Il me semble que j'entends une voiture...

Ils se retournèrent. C'était exact. Deux phares trouaient la nuit dans la direction du village. Une auto devait virer en face du garage, au ralenti. Quelqu'un parlait.

— Ils demandent leur chemin...

La voiture s'approcha enfin, illuminant les uns après les autres les poteaux télégraphiques. Maigret et Lucas furent pris dans le faisceau de lumière, debout tous les deux en face de l'auberge.

Un coup de freins. Un chauffeur descendit, se dirigea vers la portière qu'il ouvrit.

— C'est bien ici ? questionna une voix de femme à l'intérieur.

— Oui, madame… Avrainville… Et il y a une branche de sapin au-dessus de la porte…

Une jambe gainée de soie. Un pied se posait par terre. On devina de la fourrure. Maigret allait s'avancer vers la visiteuse.

À ce moment, il y eut une détonation, un cri, et, tête première, la femme tomba sur le sol, s'y écrasa littéralement, y resta, repliée sur elle-même, roulée en boule, tandis qu'une des jambes se déployait dans un spasme.

Le commissaire et Lucas se regardèrent.

— Occupe-toi d'elle ! lança Maigret.

Mais déjà il y avait eu quelques secondes de perdues. Le chauffeur, ahuri, restait immobile à la même place. Une fenêtre s'ouvrait au premier étage de l'auberge.

Le coup de feu était parti du champ, à droite de la route. Tout en courant, le commissaire tirait son revolver de sa poche. Il entendait quelque chose, un martèlement mou de pas dans la glaise. Mais il ne voyait rien, à cause des phares de l'auto qui, éclairant avec violence une partie du décor, rendaient ailleurs l'obscurité absolue.

Il cria en se retournant :

— Les phares !...

Ce fut d'abord sans effet. Il répéta sa phrase. Et alors il y eut une méprise catastrophique. Le chauffeur, ou Lucas, braqua un des phares dans la direction du commissaire.

Si bien que celui-ci se découpait, immense, tout noir, sur le sol nu du champ.

L'assassin devait être plus loin, ou plus à gauche, ou plus à droite, hors du cercle de lumière en tout cas.

— Les phares, n... de D... ! hurla Maigret une dernière fois.

Il serrait les poings de rage. Il courait en zigzag, comme un lapin poursuivi. La notion de la distance elle-même, à cause de cet éclairage, était faussée. Et c'est ainsi qu'il vit soudain les pompes du garage à moins de cent mètres de lui.

Puis ce fut une forme humaine, tout près, une voix enrouée :

— Qu'est-ce qu'il y a ?...

Maigret s'arrêta net, furieux, humilié, regarda M. Oscar des pieds à la tête, constata qu'il n'y avait pas de boue à ses pantoufles.

— Vous n'avez vu personne ?...

— Sauf une voiture qui a demandé le chemin d'Avrainville...

Le commissaire aperçut un feu rouge, sur la route nationale, dans la direction d'Arpajon.

— Qu'est-ce que c'est ?

— Un camion pour les Halles.

— Il s'est arrêté ?

— Le temps de prendre vingt litres…

On devinait un remue-ménage du côté de l'auberge et le phare continuait à balayer le champ désert. Maigret avisa soudain la maison des Michonnet, traversa la route, sonna.

Un petit judas s'ouvrit.

— Qui est là ?…

— Commissaire Maigret… Je voudrais parler à M. Michonnet…

On tira une chaîne, deux verrous. Une clef tourna dans la serrure. Mme Michonnet parut, inquiète, bouleversée même, lança malgré elle des regards furtifs sur la route, dans les deux sens.

— Vous ne l'avez pas vu ?

— Il n'est pas ici ? grogna Maigret, avec une lueur d'espoir.

— C'est-à-dire… Je ne sais pas… Je… On vient de tirer, n'est-ce pas ?… Mais entrez donc !

Elle avait une quarantaine d'années, un visage sans grâce, aux traits accusés.

— M. Michonnet est sorti un moment pour…

Une porte était ouverte, à gauche, celle de la salle à manger. La table n'était pas desservie.

— Depuis combien de temps est-il parti ?

— Je ne sais pas… Peut-être une demi-heure…

Quelque chose remuait dans la cuisine.

— Vous avez une domestique ?

— Non… C'est peut-être le chat…

Le commissaire ouvrit la porte et vit M. Michonnet lui-même qui rentrait par la porte du jardin. Ses souliers étaient lourds de boue. Il s'épongeait.

Il y eut un silence, un moment de stupeur, pendant lequel les deux hommes se regardèrent.

— Votre arme ! articula le policier.

— Mon… ?

— Votre arme, vite !

L'agent d'assurances lui tendit un petit revolver à barillet, qu'il prit dans une poche de son pantalon. Mais les six balles s'y trouvaient. Le canon était froid.

— D'où venez-vous ?

— De là-bas…

— Qu'appelez-vous là-bas ?

— N'aie pas peur, Émile !… On n'oserait pas te faire de mal !… intervint Mme Michonnet. C'est trop fort, à la fin… Et mon beau-frère, qui est juge de paix à Carcassonne…

— Un moment, madame. Je parle à votre mari… Vous venez d'Avrainville… Qu'êtes-vous allé y faire ?…

— Avrainville ?… Moi ?…

Il tremblait. Il essayait en vain de faire bonne contenance. Mais sa stupeur ne semblait pas jouée.

— Je vous jure que je viens de là-bas, de la maison des Trois Veuves… Je voulais les surveiller moi-même, puisque…

— Vous n'êtes pas allé dans le champ ?… Vous n'avez rien entendu ?

— C'était un coup de feu ?… Il y a quelqu'un de tué ?…

Ses moustaches pendaient. Il regarda sa femme comme un gosse regarde sa maman au moment du danger.

— Je vous jure, commissaire !… je vous jure…

Il frappa le sol du pied, tandis que deux larmes jaillissaient de ses paupières.

— C'est inouï ! éclata-t-il. C'est ma voiture qu'on vole ! C'est dans ma voiture qu'on met un cadavre ! Et on refuse de me la rendre, à moi qui ai travaillé quinze ans pour me la payer !… Et c'est encore moi qu'on accuse de…

— Tais-toi, Émile !… Je vais lui parler, moi !…

Mais Maigret ne lui en laissa pas le temps.

— Il n'y a pas d'autre arme dans la maison ?

— Tout juste ce revolver, que nous avons acheté quand nous avons fait construire la villa… Et encore ! Ce sont toujours les balles que l'armurier a mises lui-même dedans…

— Vous venez de la maison des Trois Veuves ?

— Je craignais qu'on vole à nouveau ma voiture… Je voulais faire mon enquête de mon côté… Je m'étais introduit dans le parc, ou plutôt j'avais grimpé sur le mur…

— Vous les avez vus ?

— Qui ?… Les deux ?… Les Andersen ?… Bien sûr !… Ils sont là, dans le salon… Ils se disputent depuis une heure…

— Vous êtes parti quand vous avez entendu le coup de feu ?

— Oui… Mais je n'étais pas sûr que ce fût un coup de feu… Il me semblait seulement… J'étais inquiet…

— Vous n'avez vu personne d'autre ?

— Personne…

Maigret marcha vers la porte. Dès qu'il l'eut ouverte, il trouva M. Oscar qui s'avançait précisément vers le seuil.

— C'est votre collègue qui m'envoie, commissaire, pour vous dire que la femme est morte… Mon mécanicien est allé prévenir la gendarmerie d'Arpajon… Il ramènera un médecin… Vous permettez ?… Je ne peux pas laisser le garage tout seul…

On voyait toujours, à Avrainville, les phares blêmes qui éclairaient un pan de mur de l'auberge, des ombres qui se mouvaient autour d'une voiture.

4

La prisonnière

Maigret marchait lentement, tête basse, dans le champ où les blés commençaient à piqueter la terre de vert pâle.

C'était le matin. Il y avait du soleil et l'air était tout vibrant du chant d'oiseaux invisibles. Devant la porte de l'auberge, à Avrainville, Lucas attendait le Parquet en montant la garde près de l'auto qui avait amené Mme Goldberg et qui avait été louée par elle à Paris, place de l'Opéra.

La femme du diamantaire anversois était étendue sur un lit de fer, au premier étage. On avait jeté un drap sur son cadavre que le médecin, la nuit, avait à demi dévêtu.

Une belle journée d'avril commençait. Dans le champ même où Maigret, ébloui par les phares, avait en vain pourchassé l'assassin et où maintenant il avançait pas à pas, en suivant les traces de la nuit, deux paysans chargeaient dans une charrette des betteraves qu'ils retiraient d'un tertre et les chevaux attendaient paisiblement.

Les deux rangs d'arbres de la route nationale coupaient le panorama. Les pompes à essence rouges du garage éclataient dans le soleil.

Maigret fumait, lent, buté, peut-être maussade. Les empreintes relevées dans le champ semblaient prouver que Mme Goldberg avait été tuée d'une balle de carabine, car l'assassin ne s'était pas approché à moins de trente mètres de l'auberge.

C'étaient des empreintes peu caractéristiques de chaussures sans clous, de pointure moyenne. La piste décrivait un arc de cercle pour aboutir au Carrefour des Trois Veuves à égale distance à peu près de la maison des Andersen, de la villa Michonnet et du garage.

Bref, cela ne prouvait rien ! Cela n'apportait aucun élément nouveau et Maigret, quand il émergea sur la route, serrait un peu trop fort le tuyau de sa pipe entre les dents.

Il vit M. Oscar sur son seuil, les mains dans les poches d'un pantalon trop large, une expression béate sur son visage vulgaire.

— Déjà levé, commissaire ?... cria-t-il à travers la route.

Au même moment une voiture s'arrêtait entre le garage et Maigret. C'était la petite 5 CV d'Andersen...

Le Danois était au volant, ganté, un chapeau souple sur la tête, une cigarette aux lèvres. Il se découvrit.

— Vous permettez que je vous dise deux mots, commissaire ?

La glace baissée, il poursuivit avec son habituelle correction :

— Je voulais de toute façon vous demander la permission de me rendre à Paris… J'espérais vous rencontrer par ici… Je vais vous dire ce qui m'y appelle… Nous sommes le 15 avril… C'est aujourd'hui que je touche le prix de mon travail chez Dumas et Fils… C'est aujourd'hui aussi que je dois payer mon terme…

Il s'excusa d'un vague sourire.

— De bien mesquines nécessités, comme vous le voyez, mais des nécessités impérieuses… J'ai besoin d'argent…

Il retira un instant son monocle noir pour mieux le caler dans l'orbite et Maigret détourna la tête, car il n'aimait pas rencontrer le regard fixe de son œil de verre.

— Votre sœur ?…

— Précisément… J'allais vous en parler… Est-ce trop vous demander de faire surveiller de temps en temps la maison ?…

Trois voitures sombres montaient la côte venant d'Arpajon, tournaient à gauche dans la direction d'Avrainville.

— Qu'est-ce que c'est ?…

— Le Parquet… Mme Goldberg a été tuée cette nuit, au moment où elle sortait d'une auto, en face de l'auberge…

Maigret épiait ses réflexes. De l'autre côté de la route, M. Oscar faisait en face de son garage une balade paresseuse.

— Tuée !… répéta Carl.

Et, avec une soudaine nervosité :

— Écoutez, commissaire !... Il faut que j'aille à Paris... Je ne peux pas rester sans argent, surtout le jour où les fournisseurs présentent leur facture... Mais, je veux, dès que je reviendrai, aider à la découverte du coupable... Vous m'y autoriserez, n'est-ce pas ?... Je ne sais rien de précis... Mais je pressens... comment dire ?... je devine la trame de quelque chose...

Il dut serrer le trottoir de plus près, parce qu'un camion, qui revenait de Paris, cornait pour réclamer le passage.

— Allez ! lui dit Maigret.

Carl salua, prit encore le temps d'allumer une cigarette avant d'embrayer, et le tacot descendit la côte, gravit lentement l'autre versant.

Trois voitures étaient arrêtées à l'entrée d'Avrainville et des silhouettes s'agitaient.

— Vous ne voulez pas prendre quelque chose ?

Maigret fronça les sourcils en regardant le garagiste souriant, qui ne se décourageait pas de lui offrir à boire.

Tout en bourrant une pipe, il s'achemina vers la maison des Trois Veuves, dont les grands arbres étaient pleins de vols et de piaillements d'oiseaux. Il dut passer devant la villa des Michonnet.

Les fenêtres étaient ouvertes. Au premier étage, dans la chambre à coucher, on voyait Mme Michonnet, un bonnet sur la tête, occupée à secouer une carpette.

Au rez-de-chaussée, l'agent d'assurances, sans faux col, non rasé, les cheveux mal peignés, regardait la route d'un air à la fois lugubre et distant. Il fumait une pipe d'écume à tuyau de merisier. Quand il aperçut le commissaire, il feignit d'être très occupé à vider cette pipe et il évita de le saluer.

Quelques instants plus tard, Maigret sonnait à la grille de la maison Andersen. Il attendit en vain pendant dix minutes. Toutes les persiennes étaient fermées. On n'entendait aucun bruit, sinon le murmure continu des oiseaux qui transformaient chaque arbre en un monde en effervescence.

Il finit par hausser les épaules, examina la serrure, choisit un passe-partout qui fit jouer le pêne. Et, comme la veille, il contourna le bâtiment pour atteindre les portes-fenêtres du salon.

Il y frappa, n'obtint pas davantage de réponse. Alors il entra, têtu, grognon, jeta un regard au phonographe ouvert, muni d'un disque.

Pourquoi le fit-il tourner ? Il n'aurait pas pu le dire. L'aiguille grinça. Un orchestre argentin joua un tango tandis que le commissaire s'engageait dans l'escalier.

Au premier, la chambre d'Andersen était ouverte. Près d'une penderie, Maigret avisa une paire de chaussures qui venaient sans doute d'être cirées, car la brosse et la boîte de crème étaient encore à côté, tandis que le plancher était étoilé de boue pulvérisée.

Le commissaire avait relevé, sur un papier, le contour des empreintes découvertes dans le champ. Il compara. La similitude était absolue.

Et pourtant il n'eut pas un tressaillement. Il ne parut pas se réjouir. Il fumait toujours, aussi maussade qu'à son réveil.

Une voix féminine s'éleva.

— C'est toi ?…

Il hésita à répondre. Il ne voyait pas celle qui parlait. La voix venait de la chambre d'Else, dont la porte était close.

— C'est moi… finit-il par articuler aussi confusément que possible.

Un silence assez long. Puis soudain :

— Qui est là ?…

Il était trop tard pour tricher.

— Le commissaire, qui est déjà venu hier… Je serais désireux de vous dire quelques mots, mademoiselle…

Un silence encore. Maigret essayait de deviner ce qu'elle pouvait bien faire de l'autre côté de cette porte que soulignait un mince filet de soleil.

— Je vous écoute… dit-elle enfin.

— Vous seriez aimable de m'ouvrir la porte… Si vous n'êtes pas habillée, je puis attendre…

Toujours ces silences crispants. Un petit rire.

— Vous me demandez une chose difficile, commissaire !

— Pourquoi ?

— Parce que je suis enfermée… Il faudra donc que vous me parliez sans me voir…

— Qui vous a enfermée ?

— Mon frère Carl… C'est moi qui le lui demande quand il sort, tant j'ai peur des rôdeurs…

Maigret ne dit rien, tira son passe-partout de sa poche et l'introduisit sans bruit dans la serrure. Sa gorge se serrait un peu. Peut-être des pensées troubles lui passaient-elles par la tête ?

Quand le pêne joua, d'ailleurs, il ne poussa pas l'huis immédiatement et préféra annoncer :

— Je vais entrer, mademoiselle…

Une impression étrange. Il était dans un corridor sans soleil, aux murs ternes, et soudain il pénétrait dans un décor de lumière.

Les persiennes étaient closes. Mais les lattes horizontales laissaient jaillir de larges faisceaux de soleil.

Si bien que toute la chambre était un puzzle d'ombre et de lumière. Les murs, les objets, le visage d'Else lui-même étaient comme découpés en tranches lumineuses.

À cela s'ajoutaient le parfum sourd de la jeune femme et d'autres détails imprécis, du linge de soie jeté sur une bergère, une cigarette orientale qui brûlait dans un bol de porcelaine, sur un guéridon de laque, Else enfin, en peignoir grenat, étendue sur le velours noir du divan.

Elle regardait s'avancer Maigret avec, dans ses prunelles écarquillées, une stupeur amusée, mêlée peut-être d'une toute petite pointe d'effroi.

— Qu'est-ce que vous faites ?

— J'avais envie de vous parler… Veuillez m'excuser si je vous dérange…

Elle rit, d'un rire de gamine. Une de ses épaules sortit du peignoir qu'elle remonta. Et elle restait couchée, blottie plutôt sur le divan bas qui, comme le décor tout entier, était zébré de soleil.

— Vous voyez… Je ne faisais pas grand-chose… Je ne fais jamais rien !…

— Pourquoi n'avez-vous pas accompagné votre frère à Paris ?

— Il ne veut pas. Il prétend que la présence d'une femme est gênante quand on traite des affaires…

— Vous ne quittez jamais la maison ?

— Si ! pour me promener dans le parc…

— C'est tout ?

— Il a trois hectares… C'est assez pour me dégourdir les jambes, n'est-ce pas ?… Mais asseyez-vous, commissaire… Cela m'amuse de vous voir ici en fraude…

— Que voulez-vous dire ?

— Que mon frère fera une drôle de tête en rentrant… Il est plus terrible qu'une mère… Plus terrible qu'un amant jaloux !… C'est lui qui veille sur moi et vous vous rendez compte qu'il prend son rôle au sérieux…

— Je croyais que c'était vous qui vouliez être enfermée, par crainte des bandits…

— Il y a de ça aussi… Je me suis tellement habituée à la solitude que j'ai fini par avoir peur des gens…

Maigret s'était assis dans une bergère, avait posé sur le tapis son chapeau melon. Et, chaque fois qu'Else le regardait, il détournait la tête, parce qu'il n'arrivait pas à s'accoutumer à ce regard-là.

La veille, elle n'avait été pour lui que mystérieuse. Dans la pénombre où il l'avait vue, presque hiératique, elle avait ressemblé à une héroïne de l'écran et l'entrevue avait gardé un caractère théâtral.

Maintenant, il cherchait à découvrir le côté humain de cet être, mais c'était autre chose qui le gênait : l'intimité, précisément, de leur tête-à-tête.

Dans la chambre parfumée, couchée comme elle l'était, en peignoir, balançant une mule au bout de son pied nu, et Maigret, entre deux âges, le visage un peu rouge, le melon posé par terre…

N'était-ce pas une estampe pour *La Vie parisienne* ?

Assez gauchement, il remit sa pipe en poche, bien qu'elle ne fût pas vidée.

— En somme, vous vous ennuyez ici ?

— Non… oui… je ne sais pas… Vous fumez la cigarette ?…

Elle lui désignait une boîte de la régie ottomane dont la bande portait le prix de 20 fr. 65 et Maigret se souvint que le couple vivait avec deux mille francs par mois, que Carl était obligé d'aller toucher de l'argent une heure avant de payer son terme et ses fournisseurs.

— Vous fumez beaucoup ?

— Une boîte ou deux par jour…

Elle lui tendit un briquet finement ciselé, soupira en bombant la poitrine, ce qui échancra son corsage.

Mais le commissaire ne se hâtait pas de la juger. Il avait vu, dans la société qui hante les palaces, de fastueuses étrangères qu'un petit-bourgeois eût prises pour des grues.

— Votre frère est sorti, hier soir ?

— Vous croyez ?… Je l'ignore…

— Vous n'avez pas passé la soirée à vous disputer avec lui ?…

Elle montra ses dents magnifiques dans un sourire.

— Qui vous a dit cela ?… C'est lui ?… Nous nous disputons parfois, mais gentiment… Tenez ! Hier, je lui reprochais de vous avoir mal reçu… Il est tellement sauvage !… Déjà quand il était tout jeune…

— Vous viviez au Danemark ?…

— Oui… Dans un grand château des bords de la Baltique… Un château très triste, tout blanc dans la verdure grise… Vous connaissez le pays ?… C'est lugubre !… Et pourtant, c'est beau…

Son regard s'alourdissait de nostalgie. Son corps eut un frémissement voluptueux.

— Nous étions riches… Mais nos parents étaient très sévères, comme la plupart des protestants… Moi, je ne m'occupe pas de religion… Mais Carl est encore croyant… Un peu moins que son père, qui a perdu toute sa fortune parce qu'il s'entêtait dans ses scrupules… Carl et moi avons quitté le pays…

— Il y a trois ans ?

— Oui… Pensez que mon frère était destiné à devenir un haut dignitaire de la cour… Et le voilà obligé de gagner sa vie en dessinant d'affreux tissus… À Paris, dans les hôtels de second et même de troisième ordre, où nous avons dû descendre, il était atrocement malheureux… Il a eu le même précepteur que le prince héritier… Il a préféré s'enterrer ici…

— Et vous y enterrer en même temps.

— Oui… J'ai l'habitude… Au château de mes parents, j'étais prisonnière aussi… On écartait toutes celles qui eussent pu devenir mes amies, sous prétexte qu'elles étaient de trop basse naissance…

Son expression de physionomie changea avec une curieuse soudaineté.

— Est-ce que vous croyez, questionna-t-elle, que Carl soit vraiment devenu… comment dire ?… anormal ?…

Et elle se penchait, comme pour recueillir plus tôt l'opinion du commissaire.

— Vous craignez que… ? s'étonna Maigret.

— Je n'ai pas dit ça ! Je n'ai rien dit ! Pardonnez-moi… Vous me faites parler… Je ne sais pas pourquoi j'ai une telle confiance en vous… Alors…

— Il est parfois étrange ?

Elle haussa les épaules avec lassitude, croisa les jambes, les décroisa, se leva, montrant un instant entre les pans du peignoir un éclair de chair.

— Que voulez-vous que je vous dise ?… Je ne sais plus… Depuis cette histoire d'auto… Pourquoi aurait-il tué un homme qu'il ne connaît pas ?…

— Vous êtes sûre de ne jamais avoir vu Isaac Goldberg ?…

— Oui… Il me semble…

— Vous n'êtes jamais allés tous deux à Anvers ?…

— Nous nous y sommes arrêtés une nuit, en venant de Copenhague, voilà trois ans… Mais non ! mon frère n'est pas capable de cela… S'il est devenu un peu bizarre, je suis persuadée que c'est à cause de son accident plus encore qu'à cause de notre ruine… Il était beau… Il l'est encore quand il porte son monocle… Mais autrement, n'est-ce pas ?… Le voyez-vous embrassant une femme sans ce morceau de verre noir ?… Cet œil fixe dans une chair rougeâtre…

Elle frémit.

— C'est sûrement la principale raison pour laquelle il se cache…

— Mais il vous cache, par le fait !

— Qu'est-ce que cela peut faire ?

— Vous êtes sacrifiée…

— C'est le rôle d'une femme, surtout d'une sœur… Ce n'est pas tout à fait la même chose en France… Chez nous, comme en Angleterre, dans une famille, il n'y a que le fils aîné, l'héritier du nom, qui compte…

Elle s'énervait. Elle fumait à bouffées plus courtes, plus denses. Elle marchait, tandis que se mouraient sur elle les rais de lumière.

— Non ! Carl n'a pas pu tuer… Il y a méprise… N'est-ce pas parce que vous l'avez compris que vous l'avez relâché ?… À moins…

— À moins ?…

— Vous ne l'avouerez quand même pas ! Je sais que, faute de preuves suffisantes, il arrive à la police de remettre un prévenu en liberté, afin de le confondre plus sûrement par la suite… Ce serait odieux !…

Elle écrasa sa cigarette dans le bol de porcelaine.

— Si nous n'avions pas choisi ce carrefour sinistre… Pauvre Carl, qui cherchait la solitude !… Mais nous sommes moins seuls, commissaire, que dans le quartier le plus populeux de Paris !… En face, ces gens, ces petits-bourgeois impossibles et ridicules qui nous épient… Elle surtout, avec son bonnet blanc le matin, son chignon de travers l'après-midi… Puis ce garage, un peu plus loin… Trois groupes, trois camps, dirai-je, à égale distance les uns des autres…

— Vous aviez des rapports avec les Michonnet ?

— Non ! L'homme est venu une fois, pour une assurance. Carl l'a éconduit…

— Et le garagiste ?

— Il n'a jamais mis les pieds ici…

— C'est votre frère qui, le dimanche matin, a voulu fuir ?

Elle se tut un bon moment, tête basse, des roseurs aux joues.

— Non… soupira-t-elle enfin d'une voix à peine distincte.

— C'est vous ?

— C'est moi… Je n'avais pas encore réfléchi. J'étais comme folle à l'idée que Carl avait pu commettre un crime… La veille, je l'avais vu tourmenté… Alors, je l'ai entraîné…

— Il ne vous a pas juré qu'il était innocent ?

— Oui…

— Vous ne l'avez pas cru ?

— Pas tout de suite.

— Et maintenant ?…

Elle prit son temps pour articuler en détachant toutes les syllabes :

— Je crois que, malgré tous ses malheurs, Carl est incapable, de son plein gré, de commettre une mauvaise action… Mais écoutez-moi, commissaire… Il ne va sans doute pas tarder à rentrer… S'il vous trouve ici, Dieu sait ce qu'il pensera…

Elle eut un sourire où il y avait malgré tout de la coquetterie, sinon un rien de provocation.

— Vous le défendrez, n'est-ce pas ?… Vous le tirerez de là ?… Je vous serais tellement reconnaissante !…

Elle lui tendait la main et, dans ce geste, le peignoir, une fois de plus, s'entrouvrait.

— Au revoir, commissaire…

Il ramassa son chapeau, sortit obliquement.

— Vous pouvez refermer la porte, afin qu'il ne s'aperçoive de rien ?...

Quelques instants plus tard, Maigret descendait l'escalier, traversait le salon aux meubles disparates, gagnait la terrasse ruisselante des rayons déjà chauds du soleil.

Des autos bourdonnaient sur la route. La grille ne grinça pas tandis qu'il la refermait.

Comme il passait devant le garage, une voix gouailleuse lança :

— À la bonne heure ! Vous n'avez pas peur, vous !

C'était M. Oscar, faubourien et jovial, qui ajouta :

— Allons ! décidez-vous à venir prendre quelque chose ! Ces messieurs du Parquet sont déjà repartis. Vous avez bien une minute !

Le commissaire hésita, grimaça parce qu'un mécanicien faisait grincer sa lime sur une pièce d'acier coincée dans un étau.

— Dix litres ! criait un automobiliste arrêté près d'une des pompes. Il n'y a personne, là-dedans ?

M. Michonnet, qui n'était pas encore rasé et qui n'avait pas mis de faux col, se tenait debout dans son jardin minuscule, à regarder la route par-dessus le grillage.

— Enfin ! s'écria M. Oscar en voyant Maigret disposé à le suivre. J'aime les gens sans façon, moi ! Ce n'est pas comme l'aristo des Trois Veuves !...

5

L'auto abandonnée

— Par ici, commissaire !… Ce n'est pas du luxe, hein !… Nous, on n'est que des ouvriers…

Il poussa la porte de la maison située derrière le garage et on entra de plain-pied dans une cuisine qui devait servir de salle à manger, car il y avait encore sur la table les couverts du petit déjeuner.

Une femme en peignoir de crépon rose s'interrompit de frotter un robinet de cuivre.

— Approche, ma cocotte, que je te présente le commissaire Maigret… Ma femme, commissaire !… Remarquez qu'elle pourrait se payer une bonne… Mais elle n'aurait plus rien à faire et elle s'ennuierait…

Elle n'était ni laide ni jolie. Elle avait une trentaine d'années. Son déshabillé était commun, sans séduction, et elle restait toute gauche devant Maigret, à guetter son mari.

— Sers-nous l'apéritif, va !… Un export-cassis, commissaire ?… Vous tenez à ce que je vous reçoive au salon ?… Non ?… Tant mieux ! Je suis à la bonne

franquette, moi !... pas vrai, ma cocotte ?... Non !
pas ces verres-là !... Des grands verres !

Il se renversa en arrière sur sa chaise. Il portait une
chemise rose, sans gilet, et il glissait ses mains dans la
ceinture, sur son ventre rebondi.

— Excitante, la dame des Trois Veuves, hé ?... Il
ne faut pas trop le dire devant ma femme... Mais,
entre nous, c'est un joli cadeau à faire à un homme...
Seulement, il y a le frère... Qu'il dit !... Un chevalier
de la triste figure, qui passe son temps à l'épier... On
raconte même dans le pays que, quand il s'en va pour
une heure, il l'enferme à double tour et qu'il fait la
même chose toutes les nuits... Vous trouvez que ça
ressemble à frère et sœur, vous, ça ?... À votre
santé !... Dis donc, ma cocotte, va dire à Jojo qu'il
n'oublie pas de réparer le camion du type de Lardy...

Maigret eut un mouvement vers la fenêtre, parce
qu'il entendait un bruit de moteur qui lui rappelait le
bruit d'une 5 CV.

— Ce n'est pas ça, commissaire !... Moi, je peux
vous dire exactement, d'ici, les yeux fermés, ce qui
passe sur la route... Ce tacot-là... c'est celui de l'ingénieur de l'usine électrique... Vous attendez que notre
aristo revienne ?...

Un réveille-matin posé sur une étagère marquait
onze heures. Par une porte ouverte, Maigret aperçut
un corridor, où il y avait un appareil mural de téléphone.

— Vous ne buvez pas... À votre enquête !... Vous
ne trouvez pas que c'est rigolo, cette histoire ?...
L'idée de changer les voitures, et surtout de chiper la
six-cylindres à l'haricot d'en face !... Car c'est un

haricot !… Je vous jure que nous sommes servis, en fait de voisins ! Ça m'a amusé de vous voir aller et venir depuis hier… Et surtout de vous voir regarder les gens de travers avec l'air de les soupçonner tous… Remarquez que j'ai un cousin de ma femme qui était de la police aussi… Brigade des jeux !… Il était toutes les après-midi aux courses et le plus marrant c'est qu'il me passait des tuyaux… À votre santé !… Alors, ma cocotte, c'est fini ?…

— Oui…

La jeune femme, qui venait de rentrer, fut un moment à se demander ce qu'elle allait faire.

— Allons ! trinque avec nous… Le commissaire n'est pas fier et ce n'est pas parce que tu as tes cheveux sur des bigoudis qu'il refusera de boire à ta santé…

— Vous permettez que je donne un coup de téléphone ? interrompit Maigret.

— C'est ça !… Tournez la manivelle… Si c'est pour Paris, on vous branche immédiatement…

Il chercha d'abord dans l'annuaire le numéro de la maison Dumas et Fils, les fabricants de tissus chez qui Carl Andersen devait toucher de l'argent.

La conversation fut brève. Le caissier, qu'il eut au bout du fil, confirma qu'Andersen avait deux mille francs à encaisser ce jour-là, mais ajouta qu'on ne l'avait pas encore vu rue du 4-Septembre.

Quand Maigret revint dans la cuisine, M. Oscar se frottait ostensiblement les mains.

— Vous savez ! j'aime mieux vous avouer que ça me fait plaisir… Car, bien entendu, je connais la musique !… Il arrive une histoire au carrefour…

Nous ne sommes que trois ménages à habiter ici... Comme de juste, on nous soupçonne tous les trois... Mais si ! Faites pas l'innocent... J'ai compris que vous me regardiez de travers et que vous hésitiez à venir trinquer avec moi !... Trois maisons !... L'assureur a l'air trop idiot pour être capable de commettre un crime !... L'aristo est un monsieur qui en impose !... Alors, il restait bibi, un pauvre diable d'ouvrier qui a fini par s'établir patron, mais qui ne sait pas causer... Un ancien boxeur ! Si vous demandez des renseignements sur moi à la Tour pointue, on vous dira que j'ai été ramassé deux ou trois fois dans des rafles, parce que ça me plaisait d'aller danser une java, rue de Lappe, surtout du temps que j'étais boxeur... Une autre fois, j'ai cassé la gueule à un agent qui me cherchait des misères... À votre santé, commissaire !...

— Merci...

— Vous n'allez pas refuser !... Un export-cassis, ça n'a jamais fait de mal à personne... Vous comprenez, moi, j'aime jouer franc jeu... Ça m'embête que vous tourniez autour de mon garage avec l'air de me regarder en dessous... Pas vrai, ma cocotte ?... Je ne te l'ai pas dit hier au soir ?... Le commissaire est là !... Eh bien ! qu'il entre !... qu'il cherche partout !... Qu'il me fouille ! Et qu'il avoue ensuite que je suis un bon bougre franc comme l'or... Ce qui me passionne, dans cette histoire, ce sont les bagnoles... Car, au fond, c'est une affaire de bagnoles...

Onze heures et demie ! Maigret se leva.

— Encore un coup de téléphone à donner...

Le front soucieux, il demanda la Police judiciaire, chargea un inspecteur d'envoyer le signalement de la 5 CV d'Andersen à toutes les gendarmeries, ainsi qu'aux frontières.

M. Oscar avait bu quatre apéritifs et ses joues en étaient plus roses, ses yeux brillants.

— Je sais bien que vous allez refuser de manger la blanquette de veau avec nous... Surtout qu'ici on mange dans la cuisine... Bon ! Voilà le camion à Groslumeau qui revient des Halles... Vous permettez, commissaire ?...

Il sortit. Maigret resta seul avec la jeune femme, qui tournait une cuiller de bois dans une casserole.

— Vous avez un joyeux mari !

— Oui... Il est gai...

— Et brutal à l'occasion, pas vrai ?

— Il n'aime pas qu'on le contredise... Mais c'est un brave garçon...

— Un peu coureur ?

Elle ne répondit pas.

— Je parie qu'il fait de temps en temps une bombe carabinée...

— Comme tous les hommes...

La voix devenait amère. On entendait les échos d'une conversation du côté du garage.

— Mets ça là !... Bon !... Oui... On te changera tes pneus arrière, demain matin...

M. Oscar revint, exultant. On sentait qu'il avait envie de chanter, de faire le petit fou.

— Vrai ! Vous ne voulez pas boulotter avec nous, commissaire ?... On sortirait un vieux pinard de la cave !... Qu'est-ce que t'as à faire une bobine comme ça, Germaine ?... Ah ! les femmes !... Ça ne peut jamais garder la même humeur pendant deux heures...

— Je dois regagner Avrainville ! dit Maigret.

— Faut-il que je vous y conduise en voiture ?... Il y en a pour une minute...

— Merci... Je préfère marcher...

Dehors, Maigret tomba dans une atmosphère toute chaude de soleil et, sur le chemin d'Avrainville, il fut précédé par un papillon jaune.

À cent mètres de l'auberge, il rencontra le brigadier Lucas qui venait à sa rencontre.

— Eh bien ?

— Comme vous le pensiez !... Le médecin a extrait la balle... C'est une balle de carabine...

— Rien d'autre ?

— Si ! On a des renseignements de Paris... Isaac Goldberg y est arrivé dans sa voiture, une Minerva carrossée en grand sport, avec laquelle il avait l'habitude de se déplacer et qu'il conduisait lui-même... C'est dans cette voiture qu'il a dû faire la route de Paris au carrefour...

— C'est tout ?

— On attend des renseignements de la Sûreté belge.

L'auto de grande remise au sortir de laquelle Mme Goldberg avait été tuée était repartie avec son chauffeur.

— Le corps ?

— Ils l'ont emmené à Arpajon... Le juge d'instruction est inquiet... Il m'a recommandé de vous dire de faire diligence... Il craint surtout que les journaux de

Bruxelles et d'Anvers donnent une publicité trop large à l'affaire…

Maigret se mit à fredonner, pénétra dans l'auberge, alla s'asseoir à sa table.

— Il y a le téléphone ?

— Oui ! Mais il ne fonctionne pas entre midi et deux heures. Il est midi et demi…

Le commissaire mangea sans rien dire et Lucas comprit qu'il était préoccupé. À plusieurs reprises, le brigadier essaya en vain d'amorcer la conversation.

C'était une des premières belles journées du printemps. Le repas fini, Maigret traîna sa chaise dans la cour, la planta près d'un mur, au milieu des poules et des canards, sommeilla une demi-heure au soleil.

Mais, à deux heures précises, il était debout, s'accrochait au téléphone.

— Allô !… La P.J. ?… On n'a pas retrouvé la 5 CV ?…

Il se mit à tourner en rond dans la cour. Dix minutes plus tard, on le rappelait à l'appareil. C'était le Quai des Orfèvres.

— Commissaire Maigret ?… Nous recevons à l'instant un coup de téléphone de Jeumont… La voiture est là-bas… Elle a été abandonnée en face de la gare… On suppose que son occupant a préféré passer la frontière à pied ou en train…

Maigret ne raccrocha qu'un instant, demanda la maison Dumas et Fils. On lui apprit que Carl Andersen ne s'était toujours pas présenté pour toucher ses deux mille francs.

Quand, vers trois heures, Maigret, flanqué de Lucas, passa près du garage, M. Oscar surgit de derrière une voiture et prononça joyeusement :

— Ça va, commissaire ?

Maigret ne répondit que d'un signe de la main, continua sa route vers la maison des Trois Veuves.

Les portes et les fenêtres de la villa Michonnet étaient closes, mais, une fois de plus, on vit un rideau frémir à la fenêtre de la salle à manger.

On eût dit que la bonne humeur du garagiste avait encore contribué à renfrogner le commissaire, qui fumait à bouffées rageuses.

— Du moment qu'Andersen a pris la fuite… commença Lucas sur un ton de conciliation.

— Reste ici !

Il pénétra comme le matin dans le parc de la maison des Trois Veuves d'abord, puis dans la maison elle-même. Dans le salon, il renifla, regarda vivement autour de lui, distingua des traînées de fumée dans les angles.

Et il régnait une odeur de tabac non refroidi.

Ce fut instinctif. Il mit la main à la crosse de son revolver avant de s'engager dans l'escalier. Là, il perçut la musique d'un phonographe, reconnut le tango qu'il avait joué le matin.

Le son provenait de la chambre d'Else. Quand il frappa, le phono s'arrêta net.

— Qui est là ?

— Le commissaire…

Un petit rire.

— Dans ce cas, vous connaissez la manœuvre pour entrer… Moi, je ne puis pas vous ouvrir…

Le passe-partout servit encore. La jeune femme était habillée. Elle portait la même robe noire que la veille, qui soulignait ses formes.

— C'est vous qui avez empêché mon frère de rentrer ?

— Non ! Je ne l'ai pas revu.

— Alors, son compte n'était sans doute pas prêt chez Dumas. Cela arrive parfois qu'il doive y retourner l'après-midi…

— Votre frère a tenté de franchir la frontière belge… Tout me fait supposer qu'il y a réussi…

Elle le regarda avec une stupeur non exempte d'incrédulité.

— Carl ?

— Oui.

— Vous voulez m'éprouver, n'est-ce pas ?

— Vous savez conduire ?

— Conduire quoi ?

— Une auto.

— Non ! Mon frère n'a jamais voulu m'apprendre.

Maigret n'avait pas retiré sa pipe de la bouche. Il gardait son chapeau sur la tête.

— Vous êtes sortie de cette chambre ?

— Moi ?

Elle rit. Un rire franc, perlé. Et, plus que jamais, elle était parée de ce que les cinéastes américains nomment le *sex appeal*.

Car une femme peut être belle et n'être pas séduisante. D'autres, aux traits moins purs, éveillent sûrement le désir ou une nostalgie sentimentale.

Else provoquait les deux. Elle était à la fois femme et enfant. L'atmosphère, autour d'elle, était voluptueuse.

Et pourtant, quand elle regardait quelqu'un dans les yeux, on était surpris de lui voir des prunelles limpides de petite fille.

— Je ne comprends pas ce que vous voulez dire.

— On a fumé, voilà moins d'une demi-heure, dans le salon du rez-de-chaussée.

— Qui ?

— C'est ce que je vous demande.

— Et comment voulez-vous que je le sache ?

— Le phono, ce matin, était en bas.

— Ce n'est pas possible !... Comment voulez-vous que... Dites !... Commissaire !... J'espère que vous ne me soupçonnez pas ?... Vous avez un air étrange... Où est Carl ?...

— Je vous répète qu'il a passé la frontière.

— Ce n'est pas vrai ! Ce n'est pas possible ! Pour-quoi aurait-il fait ça ?... Sans compter qu'il ne m'aurait pas laissée seule ici !... C'est fou !... Qu'est-ce que je deviendrais, sans personne ?...

C'était déroutant. Sans transition, sans grands gestes, sans éclats de voix, elle atteignait au pathé-tique. Cela venait des yeux. Un trouble inexprimable. Une expression de désarroi, de supplication.

— Dites-moi la vérité, commissaire !... Carl n'est pas coupable, n'est-ce pas ?... S'il l'était, c'est qu'il serait devenu fou !... Je ne veux pas le croire !... Cela me fait peur... Dans sa famille...

— Il y a des fous ?

Elle détourna la tête.

— Oui... Son grand-père... Il est mort d'une crise de folie... Une de ses tantes est enfermée... Mais pas lui !... Non ! je le connais...

— Vous n'avez pas déjeuné ?…

Elle tressaillit, regarda autour d'elle, répliqua avec étonnement :

— Non !

— Et vous n'avez pas faim ?… Il est trois heures…

— Je crois que j'ai faim, oui…

— Dans ce cas, allez déjeuner… Il n'y a plus de raison pour que vous restiez enfermée… Votre frère ne reviendra pas…

— Ce n'est pas vrai !… Il reviendra !… Ce n'est pas possible qu'il me laisse seule…

— Venez…

Maigret était déjà dans le corridor. Il avait les sourcils froncés. Il fumait toujours. Il ne quittait pas la jeune fille des yeux.

Elle le frôla en passant, mais il resta insensible. En bas, elle parut plus déroutée.

— C'était toujours Carl qui me servait… Je ne sais même pas s'il y a de quoi manger…

Il y avait en tout cas une boîte de lait condensé et un pain de fantaisie dans la cuisine.

— Je ne peux pas… Je suis trop nerveuse… Laissez-moi !… Ou plutôt non ! ne me laissez pas seule… Cette affreuse maison que je n'ai jamais aimée… Qu'est-ce que c'est, là-bas ?…

À travers la porte vitrée, elle montrait un animal roulé en boule dans une allée du parc. Un vulgaire chat !

— J'ai horreur des bêtes ! J'ai horreur de la campagne ! C'est plein de bruits, de craquements qui me font sursauter… La nuit, toutes les nuits, il y a un hibou, quelque part, qui pousse d'affreux hululements…

Les portes lui faisaient peur aussi, sans doute, car elle les regardait comme si elle se fût attendue à voir partout surgir des ennemis.

— Je ne dormirai pas seule ici !… Je ne veux pas !…

— Il y a le téléphone ?

— Non !… Mon frère a pensé le faire placer… Mais c'est trop cher pour nous… Vous vous rendez compte ?… Habiter une maison aussi vaste, avec un parc de je ne sais combien d'hectares, et ne pas pouvoir se payer le téléphone, ni l'électricité, ni même une femme de ménage pour les gros travaux !… C'est tout Carl !… Comme son père !…

Et soudain elle se mit à rire, d'un rire nerveux.

C'était gênant, car elle ne parvenait pas à reprendre son sang-froid et à la fin, tandis que sa poitrine était toujours secouée par cette hilarité, ses yeux étaient dévorés d'inquiétude.

— Qu'est-ce qu'il y a ?… Qu'avez-vous vu de drôle ?…

— Rien ! Il ne faut pas m'en vouloir… Je pense à notre enfance, au précepteur de Carl, à notre château là-bas, avec tous les domestiques, les visites, les voitures attelées de quatre chevaux… Et ici !…

Elle renversa la boîte à lait, alla coller son front à la vitre de la porte-fenêtre, fixant le perron brûlant de soleil.

— Je vais m'occuper de vous assurer un gardien pour ce soir…

— Oui, c'est cela… Non ! je ne veux pas un gardien… Je veux que vous veniez vous-même, commissaire !… Autrement, j'aurai peur…

Est-ce qu'elle riait ? Est-ce qu'elle pleurait ? Elle haletait. Tout son corps vibrait, des pieds à la tête.

On eût pu croire qu'elle se moquait de quelqu'un. Mais on eût pu croire aussi qu'elle était à deux doigts de la crise de nerfs.

— Ne me laissez pas seule…

— Il faut que je travaille.

— Mais puisque Carl s'est enfui !

— Vous le croyez coupable ?

— Je ne sais pas ! Je ne sais plus… S'il s'est enfui…

— Voulez-vous que je vous enferme à nouveau dans votre chambre ?

— Non !… Ce que je veux, dès que ce sera possible, demain matin, c'est m'éloigner de cette maison, de ce carrefour… Je veux aller à Paris, où il y a des gens plein les rues, de la vie qui coule… La campagne me fait peur… Je ne sais pas…

Et soudain :

— Est-ce qu'on va arrêter Carl en Belgique ?

— Un mandat d'extradition sera lancé contre lui.

— C'est inouï… Quand je pense qu'il y a trois jours encore…

Elle se prit la tête à deux mains, mit ses cheveux blonds en désordre.

Maigret était sur le perron.

— À tout à l'heure, mademoiselle.

Il s'éloignait avec soulagement et pourtant il ne la quittait qu'à regret. Lucas faisait les cent pas sur la route.

— Rien de nouveau ?

— Rien !... L'agent d'assurances est venu me demander si on allait bientôt lui rendre une voiture.

M. Michonnet avait préféré s'adresser à Lucas qu'à Maigret. Et on le voyait dans son jardinet, qui épiait les deux hommes.

— Il n'a donc rien à faire ?

— Il prétend qu'il ne peut pas aller visiter ses clients dans la campagne sans voiture... Il parle de nous réclamer des dommages-intérêts...

Une auto de tourisme contenant toute une famille et une camionnette étaient arrêtées devant les pompes à essence.

— Un qui ne se la foule pas, remarqua le brigadier, c'est le garagiste !... Il paraît qu'il gagne tout ce qu'il veut... Ça travaille jour et nuit, ce machin-là...

— Tu as du tabac ?

Ce soleil trop neuf qui tombait d'aplomb sur la campagne surprenait, accablait, et Maigret s'épongeant le front murmura :

— Je vais dormir une heure... Ce soir, on verra...

Comme il passait devant le garage, M. Oscar l'interpella :

— Un petit coup de tord-boyaux, commissaire ?... Comme ça !... Sur le pouce, en passant !...

— Tout à l'heure !

Des éclats de voix laissaient supposer que, dans la villa en pierre meulière, M. Michonnet se disputait avec sa femme.

6

La nuit des absents

Il était cinq heures de l'après-midi quand Maigret fut réveillé par Lucas, qui lui apportait un télégramme de la Sûreté belge.

Isaac Goldberg était surveillé depuis plusieurs mois car ses affaires n'étaient pas d'une envergure correspondant à son train de vie. Stop. Était soupçonné de se livrer surtout au trafic des bijoux volés. Stop. Pas de preuve. Stop. Voyage en France coïncide avec vol de deux millions de bijoux commis à Londres, il y a quinze jours. Stop. Lettre anonyme affirmait que les bijoux étaient à Anvers. Stop. Deux voleurs internationaux ont été vus y faisant grosses dépenses. Stop. Croyons que Goldberg a racheté bijoux et s'est rendu France pour les écouler. Stop. Demander description des joyaux à Scotland Yard.

Maigret, encore endormi, fourra le papier dans sa poche et questionna :

— Rien d'autre ?

— Non. J'ai continué à surveiller le carrefour. J'ai aperçu le garagiste en grande tenue et je lui ai demandé où il allait. Il paraît qu'il a l'habitude de dîner avec sa femme à Paris une fois la semaine et de se rendre ensuite au théâtre. Dans ces cas-là, il ne rentre que le lendemain, car il couche à l'hôtel…

— Il est parti ?

— À cette heure, il doit être parti, oui !

— Tu lui as demandé à quel restaurant il dînait ?

— *L'Escargot*, rue de la Bastille. Ensuite il va à l'*Ambigu*. Il dort à l'*Hôtel Rambuteau*, rue de Rivoli.

— C'est précis ! grommela Maigret en se donnant un coup de peigne.

— L'agent d'assurances m'a fait dire par sa femme qu'il voudrait vous parler, ou plutôt vous causer, pour employer son langage.

— C'est tout ?

Maigret pénétra dans la cuisine, où la femme de l'aubergiste préparait le repas du soir. Il avisa une terrine de pâté, coupa un gros quignon de pain et commanda :

— Une chopine de blanc, s'il vous plaît…

— Vous n'attendez pas le dîner ?

Il dévora sans répondre son monstrueux sandwich.

Le brigadier l'observait avec une évidente envie de parler.

— Vous vous attendez à quelque chose d'important pour cette nuit, n'est-ce pas ?

— Heu !…

Mais pourquoi nier ? Ce repas debout ne sentait-il pas la veillée d'armes ?

— J'ai réfléchi tout à l'heure. J'ai essayé de mettre de l'ordre dans mes idées. Ce n'est pas facile…

Maigret le regardait paisiblement, tout en travaillant des mâchoires.

— C'est encore la jeune fille qui me déroute le plus. Tantôt il me semble que tout le monde qui l'entoure, garagiste, assureur et Danois, est coupable, sauf elle. Tantôt je suis prêt à jurer le contraire, à prétendre qu'elle est ici le seul élément venimeux…

Il y eut de la gaieté dans les prunelles du commissaire, qui sembla dire : « Va toujours ! »

— Il y a des moments où elle a vraiment l'air d'une jeune fille de l'aristocratie… Mais il y en a d'autres où elle me rappelle le temps que j'ai passé à la Police des mœurs… Vous savez ce que je veux dire… Ces filles qui, avec un aplomb insensé, vous racontent une histoire invraisemblable ! Mais les détails sont si troublants qu'il ne semble pas qu'elles puissent les avoir inventés… On marche !… Puis, sous leur oreiller, on trouve un vieux roman et on s'aperçoit que c'est là-dedans qu'elles ont pris tous les éléments de leur récit… Des femmes qui mentent comme elles respirent, qui finissent peut-être par croire à leurs mensonges !…

— C'est tout ?

— Vous pensez que je me trompe ?

— Je n'en sais rien du tout !

— Remarquez que je ne pense pas toujours la même chose et que le plus souvent c'est la figure d'Andersen qui m'inquiète… Imaginez un homme comme lui, cultivé, racé, intelligent, se mettant à la tête d'une bande…

— Nous le verrons ce soir !

— Lui ?... Mais puisqu'il a passé la frontière...

— Hum !

— Vous croyez que... ?

— Que l'histoire est une bonne dizaine de fois plus compliquée que tu l'imagines... Et qu'il vaut mieux, pour ne pas s'éparpiller, ne retenir que quelques éléments importants.

» Tiens ! Par exemple, que c'est M. Michonnet qui a porté plainte le premier et qu'il me fait venir chez lui ce soir...

» Ce soir où précisément le garagiste est à Paris... *Très ostensiblement !...*

» La Minerva de Goldberg a disparu. Retiens bien ça aussi ! Et, comme il n'y en a pas beaucoup en France, ce n'est pas facile à passer au bleu...

— Vous croyez que M. Oscar... ?

— Doucement !... Contente-toi, si ça t'amuse, de réfléchir sur ces trois jouets-là...

— Mais Else ?...

— Encore ?

Et Maigret, s'essuyant la bouche, se dirigea sur la grand-route. Un quart d'heure plus tard, il sonnait à la porte de la villa des Michonnet et ce fut le visage revêche de la femme qui l'accueillit.

— Mon mari vous attend là-haut !

— Il est trop aimable...

Elle ne s'aperçut pas de l'ironie de ces paroles et précéda le commissaire dans l'escalier. M. Michonnet était dans sa chambre à coucher, près de la fenêtre dont on avait baissé le store. Assis dans un fauteuil

Voltaire, il avait les jambes entourées d'un plaid et ce fut d'une voix agressive qu'il questionna :

— Eh bien ! quand me rendra-t-on une voiture ?... Vous trouvez que c'est intelligent, vous, de priver un homme de son gagne-pain ?... Et, pendant ce temps-là, vous faites la cour à la créature d'en face, ou bien vous buvez des apéritifs en compagnie du garagiste !... Elle est jolie, la police ! Je vous le dis comme je le pense, commissaire ! Oui, elle est jolie !... Peu importe l'assassin ! Ce qu'il faut, c'est empoisonner les honnêtes gens !... J'ai une voiture... Est-elle à moi, oui ou non ?... Je vous le demande ! Répondez !... Elle est à moi ?... Bon ! de quel droit me la gardez-vous sous clef ?...

— Vous êtes malade ? questionna paisiblement Maigret avec un regard à la couverture qui entourait les jambes de l'assureur.

— On le serait à moins ! Je me fais de la bile ! Et moi, c'est sur les jambes que ça me tombe... Une attaque de goutte !... J'en ai pour deux ou trois nuits à rester dans ce fauteuil sans dormir... Si je vous ai fait venir, c'est pour vous dire ceci : vous voyez dans quel état je suis ! Vous constatez l'incapacité de travail, surtout sans voiture ! Cela suffit... J'exigerai votre témoignage quand je demanderai au tribunal des dommages-intérêts... Je vous salue, monsieur !...

Tout cela était récité avec une crânerie exagérée de primaire fort de son bon droit. Mme Michonnet ajouta :

— Seulement, pendant que vous rôdez avec des airs de nous épier, l'assassin, lui, court toujours !...

Voilà la justice !... Attaquer les petits, mais respecter les gros !...

— C'est tout ce que vous avez à me dire ?

M. Michonnet s'enfonça davantage dans son fauteuil, l'œil dur. Sa femme marcha vers la porte.

L'intérieur de la maison était en harmonie avec la façade : des meubles en série, bien cirés, bien propres, figés à leur place comme s'ils ne servaient jamais.

Dans le corridor, Maigret s'arrêta devant un appareil téléphonique d'ancien modèle fixé au mur. Et, en présence de Mme Michonnet, outrée, il tourna la manivelle.

— Ici, Police judiciaire, mademoiselle ! Pourriez-vous me dire si vous avez eu cette après-midi des communications pour le Carrefour des Trois Veuves ?... Vous dites qu'il y a deux numéros, le garage et la maison Michonnet ?... Bien !... Alors ?... Le garage a reçu une communication de Paris vers une heure et une autre vers cinq heures ?... Et l'autre numéro ?... Une communication seulement... De Paris ?... Cinq heures cinq ?... Je vous remercie...

Il regarda Mme Michonnet avec des yeux pétillant de malice, s'inclina :

— Je vous souhaite une bonne nuit, madame.

Il ouvrit, en habitué, la grille de la maison des Trois Veuves, contourna le bâtiment, monta au premier étage.

Else Andersen, très agitée, vint au-devant de lui.

— Je vous demande pardon de vous avoir dérangé, commissaire ! Vous allez trouver que j'abuse... Mais je suis fébrile... J'ai peur, je ne sais pas pourquoi… Depuis notre conversation de tout à l'heure, il me semble que vous seul pouvez m'éviter des malheurs… Vous connaissez maintenant aussi bien que moi ce sinistre carrefour, ces trois maisons qui ont l'air de se lancer un défi… Est-ce que vous croyez aux pressentiments ?… Moi, j'y crois, comme toutes les femmes… Je sens que cette nuit ne s'écoulera pas sans drame…

— Et vous me demandez à nouveau de veiller sur vous ?…

— J'exagère, n'est-ce pas ?… Est-ce ma faute si j'ai peur ?…

Le regard de Maigret s'était arrêté sur un tableau représentant un paysage de neige, pendu de travers. Mais l'instant d'après, déjà, le commissaire se tournait vers la jeune fille qui attendait sa réponse.

— Vous ne craignez pas pour votre réputation ?

— Est-ce que cela compte, quand on a peur ?

— Dans ce cas, je reviendrai d'ici une heure… Quelques ordres à donner…

— Bien vrai ?… Vous reviendrez ?… C'est promis ?… Sans compter que j'ai des tas de choses à vous dire, des choses qui ne me sont revenues que petit à petit à la mémoire…

— Au sujet ?…

— Au sujet de mon frère… Mais cela ne signifie sans doute rien… Tenez ! par exemple, je me souviens qu'après son accident d'aviation, le docteur qui l'a soigné a dit à mon père qu'il répondait de la santé physique du blessé, mais non de la santé morale… Je n'avais jamais réfléchi à cette phrase-là… D'autres détails… Cette volonté d'habiter loin de la ville, de vivre caché… Je vous dirai tout cela quand vous reviendrez…

Elle lui sourit avec une reconnaissance mêlée d'un petit reste d'angoisse.

En passant devant la villa en pierre meulière, Maigret regarda machinalement la fenêtre du premier étage, qui se découpait en jaune clair dans l'obscurité. Sur le store lumineux se dessinait la silhouette de M. Michonnet assis dans son fauteuil.

À l'auberge, le commissaire se contenta de donner quelques ordres à Lucas, sans les expliquer.

— Tu feras venir une demi-douzaine d'inspecteurs que tu posteras autour du carrefour. T'assurer d'heure en heure, en téléphonant à *L'Escargot*, puis au théâtre, puis à l'hôtel, que M. Oscar est toujours à Paris… Faire suivre tous ceux qui pourraient sortir d'une des trois maisons…

— Où serez-vous ?

— Chez les Andersen.

— Vous croyez que… ?

— Rien du tout, vieux ! À tout à l'heure ou à demain matin !

La nuit était tombée. Tout en regagnant la grand-route, le commissaire vérifia le chargeur de son revolver et s'assura qu'il y avait du tabac dans sa blague.

Derrière la fenêtre des Michonnet, on voyait toujours l'ombre du fauteuil et le profil à moustaches de l'agent d'assurances.

Else Andersen avait troqué sa robe de velours noir contre son peignoir du matin et Maigret la trouva allongée sur le divan, fumant une cigarette, plus calme qu'à leur dernière entrevue, mais le front plissé par la réflexion.

— Si vous saviez comme cela me fait du bien de vous savoir là, commissaire !… Il y a des gens qui inspirent confiance dès le premier coup d'œil… Ils sont rares !… Pour ma part, en tout cas, j'ai rencontré peu de personnes avec qui je me sois sentie en sympathie… Vous pouvez fumer…

— Vous avez dîné ?…

— Je n'ai pas faim… Je ne sais plus comment je vis… Depuis quatre jours, exactement depuis cette affreuse découverte du cadavre dans l'auto, je pense, je pense… J'essaie de me faire une opinion, de comprendre…

— Et vous en arrivez à la conclusion que c'est votre frère qui est coupable ?

— Non… Je ne veux pas accuser Carl… D'autant plus que, même s'il était coupable dans le sens strict du mot, il n'aurait pu qu'obéir à un mouvement de folie… Vous avez choisi le plus mauvais fauteuil… Au cas où vous voudriez vous étendre, il y a un lit de camp dans la chambre voisine…

Elle était calme et fébrile tout ensemble. Un calme extérieur, volontaire, péniblement acquis. Une fébrilité qui perçait malgré tout à certains moments.

— Il y a déjà eu un drame, jadis, dans cette maison, n'est-il pas vrai ?… Carl m'en a parlé évasivement… Il a eu peur de m'impressionner… Il me traite toujours en petite fille…

Elle se pencha, dans un mouvement souple de tout le corps, pour laisser tomber la cendre de sa cigarette dans le bol de porcelaine placé sur le guéridon. Le peignoir s'écarta, comme le matin. Un instant, un sein fut visible, petit et rond. Ce ne fut qu'un éclair. Et pourtant Maigret avait eu le temps de distinguer une cicatrice dont la vue lui fit froncer les sourcils.

— Vous avez été blessée, autrefois !…

— Que voulez-vous dire ?

Elle avait rougi. Elle ramenait instinctivement sur sa poitrine les pans du peignoir.

— Vous portez une cicatrice au sein droit…

Sa confusion fut extrême.

— Excusez-moi… dit-elle. Ici, j'ai l'habitude de vivre fort peu vêtue… Je ne croyais pas… Quant à cette cicatrice… Vous voyez ! encore un détail qui me revient soudain à l'esprit… Mais c'est certainement une coïncidence… Quand nous étions encore des enfants, Carl et moi, nous jouions dans le parc du château et je me souviens que Carl reçut, un jour, une carabine, pour la Saint-Nicolas… Il devait avoir quatorze ans… C'est ridicule, vous allez en juger… Les premiers temps, il tirait à la cible… Puis, le lendemain d'une soirée passée au cirque, il a voulu jouer à Guillaume Tell… Je tenais un carton dans chaque main… La première balle m'a frappée à la poitrine…

Maigret s'était levé. Il marchait vers le divan, le visage tellement impénétrable qu'elle le regarda s'approcher avec inquiétude, et que ses deux mains serrèrent le peignoir.

Mais ce n'est pas elle qu'il regardait. Il fixait le mur, au-dessus du meuble, à l'endroit où le paysage de neige était pendu maintenant dans une position rigoureusement horizontale.

D'un geste lent, il fit basculer le cadre, et il découvrit ainsi une excavation dans le mur, pas grande, pas profonde, formée seulement par l'absence de deux briques.

Dans cette excavation, il y avait un revolver automatique chargé de ses six balles, une boîte de cartouches, une clef et un flacon de véronal.

Else l'avait suivi des yeux, mais c'est à peine si elle s'était troublée. Un rien de rougeur aux pommettes. Un peu plus d'éclat dans les prunelles.

— Je vous aurais sans doute montré cette cachette tout à l'heure, commissaire…

— Vraiment ?

Tout en parlant, il poussait le revolver dans sa poche, constatait que la moitié des pastilles de véronal manquaient dans le tube, se dirigeait vers la porte où il essayait, dans la serrure, la clef, qui s'adaptait parfaitement.

La jeune femme s'était levée. Elle ne se souciait plus de couvrir sa poitrine. Elle parlait, avec des gestes saccadés.

— Ce que vous venez de découvrir, c'est la confirmation de ce que je vous ai déjà dit… Mais vous devez me comprendre… Est-ce que je pouvais accuser mon frère ?… Si je vous avais avoué, dès votre première visite, que je le considère depuis longtemps comme fou, vous auriez trouvé mon attitude scandaleuse… Et pourtant, c'est la vérité…

Son accent, plus prononcé quand elle parlait avec véhémence, donnait de l'étrangeté à la moindre phrase.

— Ce revolver ?...

— Comment vous expliquer ?... Quand nous avons quitté le Danemark, nous étions ruinés... Mais mon frère était persuadé qu'avec sa culture il trouverait une situation brillante à Paris... Il n'a pas réussi... Son humeur n'en est devenue que plus inquiétante... Lorsqu'il a voulu nous enterrer ici, j'ai compris qu'il était sérieusement atteint... Surtout qu'il a prétendu m'enfermer chaque nuit dans ma chambre, sous prétexte que des ennemis pourraient nous attaquer !... Imaginez-vous ma situation, entre ces quatre murs, sans possibilité d'en sortir en cas d'incendie, par exemple, ou de toute autre catastrophe ?... Je ne pouvais pas dormir !... J'étais angoissée comme dans un souterrain...

» Un jour qu'il était à Paris, j'ai fait venir un serrurier qui m'a fabriqué une clef de la chambre... Pour cela, comme il m'avait enfermée, j'ai dû passer par la fenêtre...

» C'était la liberté de mes mouvements assurée... Mais cela ne suffisait pas !... Carl avait des jours de demi-démence ; souvent il parlait de nous détruire tous les deux plutôt que de subir la déchéance absolue...

» J'ai acheté un revolver, à Arpajon, lors d'un autre voyage de mon frère à Paris... Et, comme je dormais mal, je me suis munie de véronal...

» Vous voyez que c'est simple !... Il est méfiant... Il n'y a rien de plus méfiant qu'un homme qui a l'esprit dérangé et qui reste néanmoins assez lucide pour s'en rendre compte... La nuit, j'ai aménagé cette cachette...

— C'est tout ?

Elle fut surprise par la brutalité de cette question.

— Vous ne me croyez pas ?

Il ne répondit pas, marcha vers la fenêtre, l'ouvrit, écarta les persiennes et fut baigné par l'air frais de la nuit.

La route, sous lui, était comme une coulée d'encre qui, au passage des voitures, avait des reflets lunaires. On apercevait les phares très loin, à dix kilomètres de distance peut-être. Puis c'était soudain une sorte de cyclone, une aspiration d'air, un vrombissement, un petit feu rouge qui s'éloignait.

Les pompes à essence étaient éclairées. Dans la villa des Michonnet, une seule lumière, au premier, et toujours l'ombre chinoise du fauteuil et de l'agent d'assurances sur le store écru.

— Fermez la fenêtre, commissaire !

Il se retourna. Il vit Else qui frissonnait, serrée dans sa robe de chambre.

— Est-ce que vous comprenez maintenant que je sois inquiète ?... Vous m'avez amenée à tout vous dire... Et pourtant je ne voudrais pour rien au monde qu'il arrivât malheur à Carl !... Il m'a souvent répété que nous mourrions ensemble...

— Je vous prie de vous taire !

Il épiait les bruits de la nuit. Pour cela, il attira son fauteuil jusqu'à la fenêtre, posa les pieds sur la barre d'appui.

— Puisque je vous dis que j'ai froid...

— Couvrez-vous !

— Vous ne me croyez pas ?…

— Silence, sacrebleu !

Et il se mit à fumer. Il y avait au loin de vagues rumeurs de ferme, une vache qui beuglait, des choses confuses qui remuaient. Au garage, au contraire, on entrechoquait des objets en acier, puis soudain on entendait vibrer le moteur électrique destiné au gonflage des pneus.

— Moi qui avais confiance en vous !… Et voilà que…

— Est-ce que, oui ou non, vous allez vous taire ?

Il avait deviné, derrière un arbre de la route, à proximité de la maison, une ombre qui devait être celle d'un des inspecteurs qu'il avait commandés.

— J'ai faim…

Il se retourna avec colère, regarda en face la jeune femme qui faisait piètre figure.

— Allez chercher à manger !

— Je n'ose pas descendre… J'ai peur…

Il haussa les épaules, s'assura que tout était calme dehors, se décida brusquement à gagner le rez-de-chaussée. Il connaissait la cuisine. Près du réchaud, il y avait un reste de viande froide, du pain et une bouteille de bière entamée.

Il monta le tout, posa les victuailles sur le guéridon, près du bol à cigarettes.

— Vous êtes méchant avec moi, commissaire…

Elle avait l'air tellement petite fille ! On la sentait prête à éclater en sanglots !

— Je n'ai pas le loisir d'être méchant ou gentil… Mangez !

— Vous n'avez pas faim ?... Vous m'en voulez de vous avoir dit la vérité ?

Mais il lui tournait déjà le dos, regardait par la fenêtre. Mme Michonnet, derrière le store, était penchée sur son mari à qui elle devait faire prendre une potion, car elle tendait une cuiller vers son visage.

Else avait saisi un morceau de veau froid du bout des doigts. Elle le grignota sans plaisir. Puis elle se versa un verre de bière.

— C'est mauvais !... déclara-t-elle avec un haut-le-cœur. Mais pourquoi ne fermez-vous pas cette fenêtre ?... J'ai peur... Vous n'avez donc pas de pitié ?...

Il la ferma soudain, avec humeur, examina Else des pieds à la tête, en homme qui va se fâcher.

C'est alors qu'il la vit pâlir, que les prunelles bleues se brouillèrent, qu'une main se tendit pour trouver un appui. Il eut juste le temps de se précipiter vers elle, de passer un bras derrière la taille qui ployait.

Doucement, il la laissa glisser sur le plancher, souleva les paupières pour regarder les yeux, saisit d'une main le verre à bière vide qu'il renifla et qui dégageait une odeur amère.

Il y avait une cuiller à café sur le guéridon. Il s'en servit pour desserrer les dents d'Else. Puis, sans hésiter, il enfonça cette cuiller dans la bouche, en touchant avec obstination le fond de la gorge et le palais.

Il y eut quelques contractions du visage. La poitrine fut soulevée par des spasmes.

Else était étendue sur le tapis. Une eau fluide lui coulait des paupières. Au moment où sa tête penchait de côté, elle eut un grand hoquet.

Grâce à la contraction provoquée par la cuiller, l'estomac se dégageait. Un peu de liquide jaunâtre tachait le sol et quelques gouttes perlaient sur le peignoir.

Maigret prit le broc d'eau sur la toilette, en mouilla tout le visage.

Il ne cessait de se tourner vers la fenêtre avec impatience.

Et elle tardait à revenir à elle. Elle gémissait faiblement. Elle finit par soulever la tête.

— Qu'est-ce que… ?

Elle se dressa, confuse, encore vacillante, vit le tapis maculé, la cuiller, le verre à bière.

Alors elle sanglota, la tête dans les mains.

— Vous voyez que j'avais raison d'avoir peur !… Ils ont essayé de m'empoisonner… Et vous ne vouliez pas me croire !… Vous…

Elle sursauta en même temps que Maigret. Et tous deux restèrent un bon moment immobiles, à tendre l'oreille.

Un coup de feu avait éclaté, près de la maison, dans le jardin sans doute. Il avait été suivi d'un cri rauque.

Et, du côté de la route, un coup de sifflet strident se prolongeait. Des gens couraient. La grille était secouée. Par la fenêtre, Maigret distingua les lampes électriques de ses inspecteurs qui fouillaient l'obscurité. À cent mètres à peine, la fenêtre des Michonnet, et Mme Michonnet qui arrangeait un oreiller derrière la tête de son mari…

Le commissaire ouvrit la porte. Il entendait du bruit au rez-de-chaussée. C'était Lucas qui appelait :

— Patron !

— Qui est-ce ?

— Carl Andersen... Il n'est pas mort... Voulez-vous venir ?...

Maigret se retourna, vit Else assise au bord du divan, les coudes sur les genoux, le menton entre les deux mains, regardant fixement devant elle, tandis que ses dents se serraient et que son corps était agité d'un tremblement convulsif.

7

Les deux blessures

On transporta Carl Andersen dans sa chambre. Un inspecteur suivait, portant la lampe du rez-de-chaussée. Le blessé ne râlait pas, ne bougeait pas. Quand il fut étendu sur son lit, seulement, Maigret se pencha sur lui, constata qu'il avait les paupières entrouvertes.

Andersen le reconnut, parut moins accablé, murmura en étendant la main vers celle du commissaire :

— Else ?…

Elle se tenait sur le seuil de sa chambre, les yeux cernés, dans une attitude d'attente anxieuse.

C'était assez impressionnant. Carl avait perdu son monocle noir et à côté de l'œil sain qui était fiévreux, mi-clos, l'œil de verre gardait sa fixité artificielle.

L'éclairage au pétrole mettait partout du mystère. On entendait des agents qui fouillaient le parc et remuaient le gravier.

Quant à Else, c'est à peine si elle osa s'avancer vers son frère, toute raide, quand Maigret le lui ordonna.

— Je crois qu'il est salement touché ! fit Lucas à mi-voix.

Elle dut entendre. Elle le regarda, hésita à s'approcher davantage de Carl qui la dévorait des yeux, tentait de se soulever sur son lit.

Alors elle éclata en sanglots et sortit de la pièce en courant, rentra chez elle, se jeta, palpitante, sur son divan.

Maigret fit signe au brigadier de la surveiller, s'occupa du blessé, lui retira son veston, son gilet, avec des gestes d'homme qui a l'habitude de ces sortes d'aventures.

— Ne craignez rien… On est parti chercher un médecin… Else est dans sa chambre…

Andersen se taisait, comme écrasé par une mystérieuse inquiétude. Il regardait autour de lui avec l'air de vouloir résoudre une énigme, surprendre quelque grave secret.

— Je vous interrogerai tout à l'heure… Mais…

Le commissaire s'était penché vers le torse dénudé du Danois, fronçait les sourcils.

— Vous avez reçu deux balles… Cette blessure dans le dos est loin d'être fraîche…

Et elle était affreuse ! Dix centimètres carrés de peau étaient arrachés. La chair était littéralement hachée, brûlée, boursouflée, plaquée de croûtes de sang coagulé. Cette plaie-là ne saignait plus, ce qui prouvait qu'elle remontait à plusieurs heures.

Par contre, une balle avait fraîchement écrasé l'omoplate gauche et, en lavant la plaie, Maigret fit tomber le plomb déformé qu'il ramassa.

Ce n'était pas une balle de revolver, mais une balle de carabine, comme celle qui avait tué Mme Goldberg.

— Où est Else ?… murmura le blessé qui parvenait à ne pas grimacer de douleur.

— Dans sa chambre… Ne bougez pas… Vous
avez vu votre dernier agresseur ?

— Non…

— Et l'autre ?… Où était-ce ?…

Le front se plissa. Andersen ouvrit la bouche pour
parler mais y renonça avec lassitude, tandis que son
bras gauche, d'un mouvement à peine esquissé,
essayait d'expliquer qu'il n'était plus capable de
parler.

— Vos conclusions, docteur ?…

C'était crispant de vivre dans cette demi-obscurité.
Il n'y avait que deux lampes à pétrole dans la maison,
une qu'on avait placée dans la chambre du blessé,
l'autre chez Else.

En bas, on avait allumé une bougie, qui n'éclairait
pas le quart du salon.

— À moins de complications imprévues, il s'en
tirera… La blessure la plus grave est la première…
Elle doit avoir été faite au début de l'après-midi,
sinon à la fin de la matinée… Une balle de browning
tirée à bout portant dans le dos. Rigoureusement à
bout portant !… Je me demande même si le canon de
l'arme ne touchait pas la chair… La victime a fait un
faux mouvement… Le coup a dévié et les côtes sont
à peu près seules atteintes… Des ecchymoses à
l'épaule, aux bras, des égratignures aux mains et aux
genoux doivent remonter au même moment…

— Et l'autre balle ?…

— L'omoplate est fracassée. Il faut, dès demain, l'intervention d'un chirurgien… Je puis vous donner l'adresse d'une clinique de Paris… Il y en a une dans la région mais, si le blessé a de l'argent, je conseille Paris…

— Il a pu circuler après le premier accident ?

— C'est probable… Aucun organe vital n'étant atteint, ce n'est guère qu'une question de volonté, d'énergie… Je crains, par exemple, qu'il conserve toujours une épaule raide…

Dans le parc, les agents n'avaient rien trouvé, mais ils s'étaient postés de telle sorte qu'au petit jour il fût possible d'organiser une battue minutieuse.

Quelques instants plus tard, Maigret était dans la chambre d'Andersen, qui le vit entrer avec soulagement.

— Else ?…

— Chez elle, je vous l'ai déjà dit deux fois.

— Pourquoi ?

Et toujours cette inquiétude morbide, qui était sensible dans tous les regards du Danois, dans les crispations de ses traits.

— Vous ne vous connaissez pas d'ennemis ?

— Non.

— Ne vous agitez pas… Racontez-moi seulement comment vous avez reçu la première balle… Allez doucement… Ménagez-vous…

— J'allais chez Dumas et Fils…

— Vous n'y êtes pas entré…

— Je voulais !… À la porte d'Orléans, un homme m'a fait signe d'arrêter ma voiture…

Il demanda à boire, vida un grand verre d'eau, reprit en regardant le plafond :

— Il m'a dit qu'il était de la police. Il m'a même montré une carte que je n'ai pas regardée. Il m'a ordonné de traverser Paris et de gagner la route de Compiègne, en prétendant que je devais être confronté avec un témoin. Il s'est installé à côté de moi.

— Comment était-il ?…

— Grand, coiffé d'un chapeau mou gris. Un peu avant Compiègne, la route nationale traverse une forêt… À un virage, j'ai senti un choc dans le dos… Une main a saisi le volant que je tenais, tandis qu'on me poussait hors de la voiture… J'ai perdu connaissance… Je suis revenu à moi dans le fossé… L'auto n'était plus là…

— Quelle heure était-il ?

— Peut-être onze heures du matin… Je ne sais pas… La montre de la voiture ne marche pas… Je suis entré dans le bois, pour me remettre et avoir le temps de réfléchir… J'avais des étourdissements… J'ai entendu des trains passer… J'ai fini par repérer une petite gare… À cinq heures, j'étais à Paris, où j'ai loué une chambre. Je me suis soigné, j'ai arrangé mes vêtements… Enfin, je suis venu ici…

— En vous cachant…

— Oui.

— Pourquoi ?

— Je ne sais pas.

— Vous avez rencontré quelqu'un ?

— Non ! je suis entré par le parc, sans passer par la grand-route… Au moment où j'allais atteindre le perron, on a tiré un coup de feu… Je voudrais voir Else…

— Savez-vous qu'on a tenté de l'empoisonner ?

Maigret était loin de s'attendre à l'effet que provoquèrent ces paroles. Le Danois se redressa d'un seul effort, le fixa avidement, balbutia :

— C'est vrai ?…

Et il semblait joyeux, délivré d'un cauchemar.

— Je veux la voir, dites !

Maigret gagna le couloir, trouva Else dans sa chambre, étendue sur le divan, les yeux vides, face à Lucas qui la surveillait d'un air buté.

— Voulez-vous venir ?

— Qu'est-ce qu'il a dit ?

Elle restait peureuse, hésitante. Elle fit dans la chambre du blessé deux pas imprécis, puis se précipita vers Carl qu'elle étreignit en parlant dans sa langue.

Lucas était sombre, épiait Maigret.

— Vous vous y retrouvez, vous ?

Le commissaire haussa les épaules et, plutôt que de répondre, donna des ordres…

— Tu t'assureras que le garagiste n'a pas quitté Paris… Tu téléphoneras à la Préfecture qu'on envoie un chirurgien demain à la première heure… Cette nuit même, si possible…

— Où allez-vous ?

— Je n'en sais rien. Quant à la surveillance autour du parc, qu'on la maintienne, mais elle ne donnera aucun résultat…

Il gagna le rez-de-chaussée, descendit les marches du perron, arriva sur la grand-route, tout seul. Le

garage était fermé, mais on voyait luire le disque laiteux des pompes à essence.

Il y avait de la lumière au premier étage de la villa
Michonnet. Derrière le store, la silhouette de l'agent
d'assurances était toujours à la même place.

La nuit était fraîche. Un brouillard ténu montait
des champs, formait comme des vagues s'étirant à un
mètre du sol. Quelque part vers Arpajon, il y avait un
bruit grandissant de moteur et de ferraille. Cinq
minutes plus tard, un camion automobile s'arrêtait
devant le garage, klaxonnait.

Une petite porte s'ouvrit dans le rideau de fer, laissant voir l'ampoule électrique allumée à l'intérieur.

— Vingt litres !

Le mécanicien endormi manœuvra la pompe, sans
que le chauffeur descendît de son siège haut perché.
Le commissaire s'approcha, les mains dans les
poches, la pipe aux dents.

— M. Oscar n'est pas rentré ?

— Tiens ! vous êtes là ?... Non ! quand il va à
Paris, il ne revient que le lendemain matin...

Une hésitation, puis :

— Dis donc, Arthur, tu ferais bien de reprendre ta
roue de rechange, qui est prête...

Et le mécanicien alla chercher dans le garage une
roue garnie de son pneu, la roula jusqu'au camion, la
fixa péniblement à l'arrière.

La voiture repartit. Son feu rouge s'éteignit dans le
lointain. Le mécanicien, en bâillant, soupira :

— Vous cherchez toujours l'assassin ?... À une
heure pareille ?... Eh bien ! moi, si on me laissait

roupiller, je vous jure que je ne m'occuperais ni du quart ni du tiers !…

Deux coups, à un clocher. Un train empanaché de feu au ras de l'horizon.

— Vous entrez ?… Vous n'entrez pas ?…

Et l'homme s'étirait, pressé de se recoucher.

Maigret entra, regarda les murs crépis à la chaux où pendaient à des clous des chambres à air rouges, des pneus de tous modèles, la plupart en mauvais état.

— Dites donc !… Qu'est-ce qu'il va faire avec la roue que vous lui avez donnée ?…

— Mais…

La placer à son camion, pardi !

— Vous croyez ?… Il roulera drôlement, son camion !… Car cette roue n'est pas du même diamètre que les autres…

De l'inquiétude passa dans le regard de l'homme.

— Je me suis peut-être trompé… Attendez… Est-ce que par hasard je lui aurais donné la roue de la camionnette du père Mathieu ?…

Une détonation éclata. C'était Maigret qui venait de tirer dans la direction d'une des chambres à air accrochées au mur. Et la chambre à air se dégonflait tout en laissant échapper de petits sachets de papier blanc par la déchirure.

— Bouge pas, petit !

Car le mécano, courbé en deux, s'apprêtait à foncer tête première.

— Attention… Je tire…

— Qu'est-ce que vous me voulez ?…

— Mains en l'air !… Plus vite !…

Et il s'approcha vivement de Jojo, tâta ses poches, confisqua un revolver chargé de six balles.

— Va te coucher sur ton lit de camp…

Du pied, Maigret referma la porte. Il comprit en regardant le visage piqueté de taches de rousseur du mécanicien que celui-ci ne se résignait pas à la défaite.

— Couche-toi.

Il ne vit pas de corde autour de lui, mais il avisa un rouleau de fil électrique.

— Tes mains !…

Comme Maigret devait lâcher son revolver, l'ouvrier eut un tressaillement, mais il reçut un coup de poing en plein visage. Le nez saigna. La lèvre grossit. L'homme poussa un râle de rage. Ses mains étaient liées et bientôt ses pieds étaient entravés de même.

— Quel âge as-tu ?

— Vingt et un ans…

— Et d'où sors-tu ?

Un silence. Maigret n'eut qu'à montrer son poing.

— De la colonie pénitentiaire de Montpellier.

— À la bonne heure ! Tu sais ce que contiennent ces petits sachets ?

— De la drogue !

La voix était hargneuse. Le mécano gonflait ses muscles dans l'espoir de faire éclater le fil électrique.

— Qu'est-ce qu'il y avait dans la roue de rechange ?

— Je n'en sais rien…

— Alors, pourquoi l'as-tu donnée à cette voiture plutôt qu'à une autre ?

— Je ne répondrai plus !

— Tant pis pour toi !

Cinq chambres à air furent crevées coup sur coup, mais elles ne contenaient pas toutes de la cocaïne. Dans l'une, où une pièce recouvrait une longue déchirure, Maigret trouva des couverts en argent marqués d'une couronne de marquis. Dans une autre, il y avait de la dentelle et quelques bijoux anciens.

Le garage comportait dix voitures. Une seule fonctionna quand Maigret essaya de les mettre tour à tour en marche. Et alors, armé d'une clef anglaise, s'aidant à l'occasion d'un marteau, il s'occupa de démonter les moteurs, de cisailler les réservoirs à essence.

Le mécano le suivait des yeux en ricanant.

— C'est pas la marchandise qui manque, hein ! lança-t-il.

Le réservoir d'une 4 CV était bourré de titres au porteur. Il y en avait, au bas mot, pour trois cent mille francs.

— Ça vient du cambriolage du Comptoir d'Escompte ?

— Peut-être bien !

— Et ces pièces de monnaie anciennes ?

— Sais pas…

C'était plus varié que l'arrière-boutique d'un brocanteur. Il y avait de tout : des perles, des billets de banque, des bank-notes américaines et des cachets officiels qui devaient servir à confectionner de faux passeports.

Maigret ne pouvait tout démolir. Mais, en vidant les coussins avachis d'une conduite intérieure, il trouva encore des florins en argent, ce qui suffit à lui prouver que tout, dans ce garage, était truqué.

Un camion passa sur la route, sans s'arrêter. Un quart d'heure plus tard, un autre filait de même devant le garage et le commissaire fronça les sourcils.

Il commençait à comprendre le mécanisme de l'entreprise. Le garage était tapi au bord de la route nationale, à cinquante kilomètres de Paris, à proximité de grandes villes de province comme Chartres, Orléans, Le Mans, Châteaudun…

Pas de voisins, hormis les habitants de la maison des Trois Veuves et de la villa Michonnet.

Que pouvaient-ils voir ? Mille voitures passaient chaque jour. Cent d'entre elles, au moins, s'arrêtaient devant les pompes à essence. Quelques-unes entraient, pour une réparation. On vendait ou on échangeait des pneus, des roues garnies. Des bidons d'huile, des fûts de gasoil passaient de mains en mains.

Un détail surtout était intéressant : chaque soir, des camions de fort tonnage descendaient vers Paris, chargés de légumes pour les Halles. À la fin de la nuit, ou le matin, ils revenaient à vide.

À vide ?… N'étaient-ce pas eux qui, dans les paniers et les caisses à légumes, charriaient les marchandises volées ?

Cela pouvait constituer un service régulier, quotidien. Un seul pneu, celui qui contenait de la cocaïne, suffisait à démontrer l'importance du trafic, car il y avait pour plus de deux cent mille francs de drogue.

Et le garage, par surcroît, ne servait-il pas au maquillage des autos volées ?

Pas de témoins ! M. Oscar, sur le seuil, les deux mains dans les poches ! Des mécanos maniant des clefs anglaises ou des chalumeaux ! Les cinq pompes à essence, rouges et blanches, servant d'honnête devanture !

Le boucher, le boulanger, les touristes ne s'arrêtaient-ils pas comme les autres ?

Un coup de cloche au loin. Maigret regarda sa montre. Il était trois heures et demie.

— Qui est ton chef ? questionna-t-il sans regarder son prisonnier.

L'autre ne répondit que par un rire silencieux.

— Tu sais bien que tu finiras par parler… C'est M. Oscar ?… Quel est son vrai nom ?…

— Oscar…

Le mécano n'était pas loin de pouffer.

— M. Goldberg est venu ici ?

— Qui est-ce ?…

— Tu le sais mieux que moi ! Le Belge qui a été assassiné…

— Sans blague ?

— Qui s'est chargé de *brûler* le Danois sur la route de Compiègne ?

— On a brûlé quelqu'un ?…

Il n'y avait pas de doute possible. La première impression de Maigret se confirmait. Il se trouvait en présence d'une bande de professionnels supérieurement organisée.

Il en eut une nouvelle preuve. Le bruit d'un moteur sur la route alla croissant, puis une voiture s'arrêta dans un criaillement de freins en face du volet de fer, tandis que le klaxon lançait un appel.

Maigret se précipita. Mais il n'avait pas encore ouvert la porte que l'auto démarrait à une telle vitesse qu'il n'en distingua même pas la forme.

Poings serrés, il revint vers le mécano.

— Comment l'as-tu averti ?

— Moi ?…

Et l'ouvrier rigolait en montrant ses poignets entortillés de fil électrique.

— Parle !

— Faut croire que ça sent le roussi et que le camarade a le nez fin…

Maigret en fut inquiet. Brutalement il renversa le lit de camp, précipitant Jojo par terre, car il était possible qu'il existât un contact permettant de déclencher au-dehors un signal avertisseur.

Mais il retourna le lit sans rien trouver. Il laissa l'homme sur le sol, sortit, vit les cinq pompes à essence éclairées comme d'habitude.

Il commençait à rager.

— Il n'y a pas de téléphone dans le garage ?

— Cherchez !

— Sais-tu que tu finiras par parler ?…

— Cause toujours !…

Il n'y avait rien à tirer de ce gaillard qui était le type même de la crapule consciente et organisée. Un quart d'heure durant, Maigret arpenta en vain cinquante mètres de route, cherchant ce qui pouvait servir de signal.

Chez les Michonnet, la lumière du premier étage s'était éteinte. Seule la maison des Trois Veuves restait éclairée et on devinait de ce côté la présence des agents cernant le parc.

Une limousine passa en trombe.

— Quel genre d'auto a ton patron ?

L'aube se marquait, à l'est, par un brouillard blan-
châtre qui dépassait à peine l'horizon.

Maigret fixa les mains du mécanicien. Ces mains ne
touchaient aucun objet pouvant provoquer un déclic.

Un courant d'air frais arrivait par la petite porte
ouverte dans le volet en tôle ondulée du garage.

Et pourtant, au moment où Maigret, entendant un
bruit de moteur, marchait vers la route, voyait
s'élancer une torpédo quatre places qui ne dépassait
pas le trente à l'heure et semblait vouloir s'arrêter,
une véritable pétarade éclata.

Plusieurs hommes tiraient et les balles crépitaient
sur le volet ondulé.

On ne distinguait rien que l'éclat des phares, et des
ombres immobiles, des têtes plutôt, dépassant de la
carrosserie. Puis le vrombissement de l'accéléra-
teur…

Des vitres brisées…

C'était au premier étage de la maison des Trois
Veuves. On avait continué à tirer de l'auto…

Maigret, aplati sur le sol, se redressa, la gorge
sèche, la pipe éteinte.

Il était sûr d'avoir reconnu M. Oscar au volant de la
voiture qui avait replongé dans la nuit.

8

Les disparus

Le commissaire n'avait pas eu le temps de gagner le milieu de la route qu'un taxi apparaissait, stoppait, tous freins serrés, en face des pompes à essence. Un homme sautait à terre, se heurtait à Maigret.

— Grandjean !... grommela celui-ci.

— De l'essence, vite !...

Le chauffeur de taxi était pâle de nervosité, car il venait de conduire à cent à l'heure une voiture faite pour le quatre-vingts tout au plus.

Grandjean appartenait à la Brigade de la voie publique. Il y avait deux autres inspecteurs avec lui dans le taxi. Chaque poing serrait un revolver.

Le plein d'essence fut fait avec des gestes fébriles.

— Ils sont loin ?

— Cinq kilomètres d'avance...

Le chauffeur attendait l'ordre de repartir.

— Reste ! commanda Maigret à Grandjean. Les deux autres continueront sans toi...

Et il recommanda :

— Pas d'imprudence !... De toute façon, nous les tenons !... Contentez-vous de les talonner...

Le taxi repartit. Un garde-boue décalé faisait un vacarme tout le long de la route.

— Raconte, Grandjean !

Et Maigret écouta, tout en épiant les trois maisons, en tendant l'oreille aux bruits de la nuit et en surveillant le mécano prisonnier.

— C'est Lucas qui m'a téléphoné pour me faire surveiller le garagiste d'ici, M. Oscar... Je l'ai pris en filature à la porte d'Orléans... Ils ont copieusement dîné à *L'Escargot*, où ils n'ont parlé à personne, puis ils sont allés à l'*Ambigu*... Jusque-là, rien d'intéressant... À minuit, ils sortent du théâtre et je les vois se diriger vers la *Chope Saint-Martin*... Vous connaissez... Au premier, dans la petite salle, il y a toujours quelques lascars... M. Oscar entre là-dedans comme chez lui... Les garçons le saluent, le patron lui serre la main, lui demande comment vont les affaires...

» Quant à la femme, elle est, elle aussi, comme un poisson dans l'eau.

» Ils s'installent à une table où il y avait déjà trois types et une poule... Un des types, je l'ai reconnu, est un tôlier des environs de la République... Un autre est marchand de bric-à-brac rue du Temple... Quant au troisième, je ne sais pas, mais la poule qui était avec lui figure sûrement sur le registre de la Police des mœurs...

» Ils se sont mis à boire du champagne, en rigolant. Puis ils ont réclamé des écrevisses, de la soupe à l'oignon, que sais-je ? Une vraie bringue, comme ces gens-là savent en faire, en gueulant, en se donnant des tapes sur les cuisses, en poussant de temps en temps un couplet…

» Il y a eu une scène de jalousie, parce que M. Oscar serrait de trop près la poule et que sa femme la trouvait mauvaise… Ça s'est arrangé en fin de compte avec une nouvelle bouteille de champagne…

» De temps en temps, le patron venait trinquer avec ses clients et il a même offert sa tournée… Puis, vers trois heures, je crois, le garçon est venu dire qu'on demandait M. Oscar au téléphone…

» Quand il est revenu de la cabine, il ne rigolait plus. Il m'a lancé un sale coup d'œil, car j'étais le seul consommateur étranger à la bande… Il a parlé bas aux autres… Un beau gâchis !… Ils tiraient des têtes longues comme ça… La petite – je veux dire la femme de M. Oscar – avait les yeux cernés jusqu'au milieu des joues et buvait à plein verre pour se donner du cran…

» Il n'y en a qu'un qui a suivi le couple, celui que je ne connais pas, une espèce d'Italien ou d'Espagnol…

» Le temps qu'ils se fassent leurs adieux et se racontent leurs petites histoires et j'étais le premier sur le boulevard. Je choisissais un taxi pas trop toquard et j'appelais deux inspecteurs qui travaillaient à la porte Saint-Denis…

» Vous avez vu leur voiture… Eh bien ! ils ont marché à cent à l'heure dès le boulevard Saint-Michel. Ils se sont fait siffler au moins dix fois sans se retourner… On avait de la peine à les suivre… Le chauffeur du taxi – un Russe – prétendait que je lui faisais bousiller son moteur…

— C'est eux qui ont tiré ?…

— Oui !

Lucas avait eu le temps, après avoir entendu la pétarade, de sortir de la maison des Trois Veuves et de rejoindre le commissaire.

— Qu'est-ce que c'est ?

— Le blessé ?

— Il est plus faible. Je crois quand même qu'il tiendra jusqu'au matin… Le chirurgien doit arriver bientôt… Mais ici ?…

Et Lucas regardait le rideau de fer du garage qui portait des traces de balles, le lit de camp où le mécanicien était toujours prisonnier de ses fils électriques.

— Une bande organisée, hein, patron ?

— Et comment !…

Maigret était plus soucieux que d'habitude. Cela se marquait surtout par un léger tassement des épaules. Ses lèvres avaient un drôle de pli autour du tuyau de sa pipe.

— Toi, Lucas, tu vas tendre le filet… Téléphone à Arpajon, Étampes, Chartres, Orléans, Le Mans, Rambouillet… Il vaut mieux que tu regardes la carte… Toutes les gendarmeries debout !… Les chaînes aux entrées des villes… Ceux-là, on les tient… Que fait Else Andersen ?…

— Je ne sais pas… Je l'ai laissée dans sa chambre… Elle est très abattue…

— Sans blague ! riposta Maigret avec une ironie inattendue.

Ils étaient toujours sur la route.

— D'où dois-je téléphoner ?…

— Il y a un appareil dans le corridor de la maison du garagiste… Commence par Orléans, car ils doivent avoir déjà dépassé Étampes…

De la lumière se fit dans une ferme isolée au milieu des champs. Les paysans se levaient. Une lanterne contourna un pan de mur, disparut, et ce furent les fenêtres de l'étable qui s'éclairèrent à leur tour.

— Cinq heures du matin… Ils commencent à traire les vaches…

Lucas s'était éloigné, forçait la porte de la maison de M. Oscar à l'aide d'une pince ramassée dans le garage.

Quant à Grandjean, il suivait Maigret sans se rendre un compte exact de ce qui se passait.

— Les derniers événements sont simples comme bonjour ! grommela le commissaire. Il n'y a que le commencement à éclaircir…

» Tiens ! voilà là-haut un citoyen qui m'a appelé tout exprès pour me faire constater qu'il était incapable de marcher. Il y a des heures qu'il se tient à la même place, immobile, rigoureusement immobile…

» Au fait, les fenêtres sont éclairées, pas vrai ? Et moi qui, tout à l'heure, cherchais le signal !… Tu ne peux pas comprendre… Les voitures qui passaient sans s'arrêter…

» Or, à ce moment-là, la fenêtre *n'était pas éclairée…*

Maigret éclata de rire comme s'il découvrait quelque chose d'infiniment drôle.

Et soudain son compagnon lui vit tirer un revolver de sa poche, le braquer vers la fenêtre des Michonnet où on apercevait l'ombre d'une tête appuyée au dossier d'un fauteuil.

La détonation fut sèche comme un claquement de fouet. Elle fut suivie par la dégringolade de la vitre dont les morceaux s'écrasèrent dans le jardin.

Mais rien ne bougea dans la chambre. L'ombre garda exactement la même forme derrière le store de toile écrue.

— Qu'est-ce que vous avez fait ?

— Défonce la porte !... Ou plutôt sonne !... Cela m'étonnerait qu'on ne vînt pas ouvrir...

On ne vint pas. On n'entendait aucun bruit à l'intérieur.

— Défonce !

Grandjean était costaud. Il prit son élan, heurta par trois fois l'huis qui céda enfin, charnières arrachées.

— Doucement... Attention...

Ils avaient chacun une arme à la main. Le commutateur de la salle à manger fut le premier tourné. Sur la table couverte d'une nappe à carreaux rouges, il y avait encore les assiettes sales du dîner et une carafe qui contenait un reste de vin blanc. Maigret le but, à même la carafe.

Dans le salon, rien ! Des housses sur les fauteuils. Une atmosphère poisseuse de pièce jamais habitée.

Un chat fut seul à se sauver de la cuisine, aux murs de céramique blanche.

L'inspecteur regardait Maigret avec inquiétude. Ils s'engagèrent bientôt dans l'escalier, arrivèrent au premier étage où trois portes entouraient le palier.

Le commissaire ouvrit celle de la chambre en façade.

Un courant d'air, venant de la vitre brisée, agitait le store. Dans le fauteuil, ils virent une chose saugrenue, un manche à balai posé en travers, entouré à son sommet d'une boule de chiffons qui, dépassant le dossier du fauteuil, donnait, de l'extérieur, en ombre chinoise, l'impression d'une tête.

Maigret ne sourit même pas, ouvrit une porte de communication, éclaira une seconde chambre à coucher qui était vide.

Dernier étage. Une mansarde avec des pommes posées sur le plancher à deux ou trois centimètres les unes des autres et des chapelets de haricots verts pendus à la poutre. Une chambre qui devait être une chambre de bonne, mais qui ne servait pas, car elle ne contenait qu'une vieille table de nuit.

Ils redescendirent. Maigret traversa la cuisine, gagna la cour. Elle était orientée à l'est et de ce côté grandissait le halo sale de l'aube.

Une petite remise... Une porte qui bougeait...

— Qui va là ?... tonna-t-il en brandissant son revolver.

Il y eut un cri d'effroi. La porte, qui n'était plus retenue de l'intérieur, s'ouvrit d'elle-même et on vit une femme qui tombait à genoux, qui clamait :

— Je n'ai rien fait !... Pardon !... Je... Je...

C'était Mme Michonnet, les cheveux en désordre, les vêtements maculés du plâtre de la remise.

— Votre mari ?

— Je ne sais pas !... Je jure que je ne sais rien !... Je suis assez malheureuse !...

Elle pleurait. Toute sa chair abondante semblait s'amollir, s'écrouler. Son visage paraissait dix ans plus vieux que d'habitude, tuméfié par les larmes, décomposé par la peur.

— Ce n'est pas moi !... Je n'ai rien fait !... C'est cet homme, en face...

— Quel homme ?...

— L'étranger... Je ne sais rien !... Mais c'est lui, vous pouvez en être sûr !... Mon mari n'est pas un assassin, ni un voleur... Il a toute une vie d'honnêteté derrière lui !... C'est lui !... Avec son mauvais œil !... Depuis qu'il s'est installé au carrefour, tout va mal... Je...

Un poulailler était plein de poules blanches, qui picoraient le sol couvert de beaux grains jaunes de maïs. Le chat s'était juché sur un appui de fenêtre et ses yeux luisaient dans la demi-obscurité.

— Relevez-vous...

— Qu'est-ce que vous allez me faire ?... Qui a tiré ?...

C'était pitoyable. Elle avait près de cinquante ans et elle pleurait comme une enfant. Elle était désemparée. Au point que, quand elle fut debout et que Maigret, d'un geste machinal, lui tapota l'épaule, elle se jeta presque dans ses bras, posa en tout cas sa tête sur la poitrine du commissaire, se raccrocha aux revers de son veston en gémissant :

— Je ne suis qu'une pauvre femme, moi !... J'ai travaillé toute ma vie !... Quand je me suis mariée, j'étais caissière dans le plus grand hôtel de Montpellier...

Maigret l'écartait, mais ne pouvait mettre fin à ces confidences plaintives.

— J'aurais mieux fait de rester comme j'étais...
Car on me considérait... Quand je suis partie, je me
souviens que le patron, qui avait de l'estime pour moi,
m'a dit que je regretterais sa maison...

» Et c'est vrai !... J'ai trimé plus dur que jamais...

Elle fondait à nouveau. La vue de son chat ranima
sa détresse.

— Pauvre Mitsou !... Tu n'y es pour rien non
plus, toi !... Et mes poules, mon petit ménage, ma
maison !... Tenez ! je crois, commissaire, que je serais
capable de tuer cet homme-là s'il était devant moi !...
Je l'ai senti le premier jour que je l'ai vu... Rien que
son œil noir...

— Où est votre mari ?...

— Est-ce que je sais ?

— Il est parti hier au soir de bonne heure, n'est-ce
pas ? Exactement après la visite que je lui ai faite !...
Il n'était pas plus malade que moi...

Elle ne savait que répondre. Elle regardait vivement autour d'elle comme pour chercher un appui.

— C'est vrai qu'il a la goutte...

— Mlle Else est déjà venue ici ?

— Jamais ! s'écria-t-elle avec indignation. Je ne
veux pas de pareilles créatures chez moi...

— Et M. Oscar ?

— Vous l'avez arrêté ?

— Presque !

— Il ne l'a pas volé non plus... Mon mari n'aurait
jamais dû voir des gens qui ne sont pas de notre
monde, qui n'ont aucune éducation... Ah ! si seulement on écoutait les femmes... Dites ! qu'est-ce que
vous croyez qu'il va se passer ?... J'entends des coups

de feu tout le temps... S'il arrivait quelque chose à Michonnet, il me semble que je mourrais de honte !... Sans compter que je suis trop vieille pour me remettre à travailler...

— Rentrez chez vous...

— Qu'est-ce que je dois faire ?

— Buvez quelque chose de chaud... Attendez. Dormez si vous le pouvez...

— Dormir ?...

Et, sur ce mot, ce fut un nouveau déluge, une crise de larmes, mais qu'elle dut achever toute seule, car les deux hommes étaient sortis.

Maigret revint pourtant sur ses pas, décrocha le récepteur téléphonique.

— Allô ! Arpajon ?... Police !... Voulez-vous me dire quelle communication a été demandée par la ligne que j'occupe, au cours de la nuit ?

Il fallut attendre quelques minutes. Enfin il eut la réponse.

— Archives 27-45... C'est un grand café de la porte Saint-Martin...

— Je sais... Vous avez eu d'autres communications du Carrefour des Trois Veuves ?...

— À l'instant... Du garage, on me demande des gendarmeries...

— Merci !

Quand Maigret rejoignit l'inspecteur Grandjean sur la route, une pluie fine comme un brouillard commençait à tomber. Le ciel, néanmoins, devenait laiteux.

— Vous vous y retrouvez, vous, commissaire ?

— À peu près...

— Cette femme joue la comédie, n'est-ce pas ?

— Elle est tout ce qu'il y a de plus sincère…

— Pourtant… son mari…

— Celui-là, c'est une autre paire de manches. Un honnête homme qui a mal tourné. Ou, si tu préfères, une canaille qui était née pour faire un honnête homme… Il n'y a rien de plus compliqué !… Ça se ronge pendant des heures pour découvrir un moyen de s'en tirer… Ça imagine des complications inouïes… Ça vous joue un rôle à la perfection… Par exemple, il reste à savoir ce qui, à un moment donné de son existence, l'a décidé à s'établir canaille, si je puis dire… Enfin reste à savoir aussi ce qu'il a bien pu imaginer pour cette nuit…

Et Maigret bourra une pipe, s'approcha de la grille des Trois Veuves. Il y avait un agent en faction.

— Rien de nouveau ?

— Je crois qu'on n'a rien trouvé… Le parc est cerné… Néanmoins, on n'a vu personne…

Les deux hommes contournèrent le bâtiment qui devenait jaunâtre dans le clair-obscur et dont les détails d'architecture commençaient à se dessiner.

Le grand salon était exactement dans le même état que lors de la première visite de Maigret : le chevalet portait toujours l'ébauche d'une tapisserie à grandes fleurs cramoisies. Un disque, sur le phonographe, renvoyait deux reflets en forme de diabolo. Le jour naissant pénétrait dans la pièce à la manière d'une vapeur aux étirements irréguliers.

Les mêmes marches d'escalier craquèrent. Dans sa chambre, Carl Andersen, qui râlait avant l'arrivée du commissaire, se tut dès qu'il l'aperçut, dompta sa douleur mais non son inquiétude, balbutia :

— Où est Else ?

— Dans sa chambre.

— Ah !...

Cela parut le rassurer. Il soupira, tâta son épaule, avec un plissement du front.

— Je crois que je n'en mourrai pas...

C'était son œil de verre qui était le plus pénible à regarder, parce qu'il ne participait pas à la vie du visage. Il restait net, limpide, grand ouvert, alors que tous les muscles étaient en mouvement.

— J'aime mieux qu'elle ne me voie pas ainsi... Est-ce que vous croyez que mon épaule se remettra ?... A-t-on averti un bon chirurgien ?...

Lui aussi devenait enfant, comme Mme Michonnet, sous le coup de l'angoisse. Son regard implorait. Il demandait à être rassuré. Mais ce qui semblait l'absorber le plus, c'était son physique, les traces que les événements pourraient laisser sur son aspect extérieur.

Par contre, il faisait preuve d'une volonté extraordinaire, d'une faculté remarquable de surmonter la douleur. Maigret, qui avait vu ses deux blessures, appréciait en connaisseur.

— Vous direz à Else...

— Vous ne voulez pas la voir ?

— Non ! Il vaut mieux pas... Mais dites-lui que je suis ici, que je guérirai, que... que j'ai toute ma lucidité, qu'elle doit avoir confiance... Répétez-lui ce mot : confiance !... Qu'elle lise quelques versets de la Bible... L'histoire de Job, par exemple... Cela vous fait sourire, parce que les Français ne connaissent pas la Bible... Confiance !... *Et toujours, je reconnaîtrai les miens...* C'est Dieu qui parle... Dieu qui reconnaît les siens... Dites-lui cela !... Et aussi : *... Il y a plus de joie au ciel pour...* Elle comprendra... Enfin : *... Le juste est éprouvé neuf fois par jour...*

Il était inouï. Blessé, souffrant dans sa chair, couché entre deux policiers, c'était avec sérénité qu'il citait des textes des Saintes Écritures.

— Confiance !... Vous le lui direz, n'est-ce pas ?... Parce qu'il n'y a pas d'exemple que l'innocence...

Il fronça les sourcils. Il avait surpris un sourire qui errait sur les lèvres de l'inspecteur Grandjean. Et alors il murmura entre ses dents, pour lui-même :

— *Franzose !...*

Français ! Autrement dit incroyant ! Autrement dit sceptique, esprit léger, frondeur, impénitent !

Découragé, il se retourna sur sa couche, face au mur qu'il fixa de son seul œil vivant.

— Vous lui direz...

Seulement, quand Maigret et son compagnon poussèrent la porte de la chambre d'Else, ils ne virent personne.

Une atmosphère de serre chaude ! Un nuage opaque de cigarettes blondes. Et une ambiance féminine à couper au couteau, à affoler un collégien et même un homme !

Mais personne !... La fenêtre était fermée... Else n'était pas partie par là...

Le tableau, cachant l'excavation dans le mur, le flacon de bromure, la clef et le revolver, était à sa place...

Maigret le fit basculer. Le revolver manquait.

— Mais ne me regarde donc pas comme ça, sacrebleu !...

Et Maigret, tout en lançant cette apostrophe, avait un regard excédé à l'inspecteur qui était sur ses talons et qui le contemplait avec une admiration béate.

À cet instant, le commissaire serra si fort les dents sur le tuyau de sa pipe qu'il le fit éclater et que le fourneau roula sur le tapis.

— Elle s'est enfuie ?

— Tais-toi !...

Il était furieux, injuste. Grandjean, estomaqué, se tint aussi immobile que possible.

Il ne faisait pas encore jour. Toujours cette vapeur grise qui flottait à ras du sol mais qui n'éclairait pas. L'auto du boulanger passa sur la route, une vieille Ford dont les roues avant zigzaguaient sur le bitume.

Maigret, soudain, se dirigea vers le corridor, descendit l'escalier en courant. Et, au moment précis où il atteignait le salon dont deux baies étaient larges ouvertes sur le parc, il y eut un cri épouvantable, un cri de mort, un hululement, une plainte de bête en détresse.

C'était une femme qui criait et dont la voix n'arrivait qu'étouffée par quelque obstacle insoupçonnable.

C'était très loin ou très près. Cela pouvait venir de la corniche. Cela pouvait venir de dessous la terre.

Et l'impression d'angoisse était telle que l'homme de garde à la poterne accourut, le visage défait.

— Commissaire !… Vous avez entendu ?…

— Silence, n… de D… ! hurla Maigret au comble de l'exaspération.

Il n'avait pas achevé qu'un coup de feu éclatait, mais tellement assourdi que nul n'eût pu dire si c'était à gauche, à droite, dans le parc, dans la maison, dans le bois ou sur la route.

Après, il y eut des bruits de pas dans l'escalier. On vit Carl Andersen qui descendait, tout raide, une main sur la poitrine, et qui lançait comme un fou :

— C'est elle !…

Il haletait. Son œil de verre restait immobile. On ne pouvait savoir qui il fixait de l'autre prunelle écarquillée.

9

Les hommes en rang

Il y eut un flottement de quelques secondes, le temps, à peu près, de laisser mourir dans l'air les derniers échos de la détonation. On en attendait une autre. Carl Andersen avançait, atteignait une allée couverte de gravier.

Ce fut un des agents qui montaient la garde dans le parc qui se précipita soudain vers le potager, au milieu duquel se dressait la margelle d'un puits, surmontée d'une poulie. Il s'était à peine penché qu'il se rejetait en arrière, lançait un coup de sifflet.

— Emmène-le de gré ou de force ! cria Maigret à l'adresse de Lucas en désignant le Danois titubant.

Et tout se passa à la fois, dans l'aube confuse. Lucas fit signe à un de ses hommes. À deux, ils s'approchèrent du blessé, parlementèrent un instant et, comme Carl ne voulait rien entendre, le renversèrent et l'emportèrent, tout gigotant, râlant des protestations.

Maigret atteignait le puits, se voyait arrêter par l'agent qui lui criait :

— Attention !…

Et, de fait, une balle passait en sifflant, tandis que la détonation souterraine se prolongeait par de longues vagues de résonance.

— Qui est-ce ?…

— La jeune fille… Et un homme… Ils se battent en corps à corps…

Prudemment, le commissaire s'approcha. Mais on n'y voyait à peu près rien.

— Ta lampe…

Il n'eut que le temps de se faire une idée sommaire de ce qui se passait, car une balle faillit briser la lampe électrique.

L'homme, c'était Michonnet. Le puits n'était pas profond. Par contre il était large, sans eau.

Et ils étaient deux là-dedans, à se battre. Autant qu'on en pouvait juger, l'agent d'assurances tenait Else à la gorge comme pour l'étrangler. Elle avait un revolver à la main. Mais cette main, il l'étreignait aussi, dirigeait ainsi le tir à son gré.

— Qu'allons-nous faire ? questionna l'inspecteur.

Il était bouleversé. Un râle montait parfois. C'était Else qui étouffait, qui se débattait désespérément.

— Michonnet, rendez-vous !… articula Maigret par acquit de conscience.

L'autre ne répondit même pas, tira en l'air, et alors le commissaire n'hésita plus. Le puits avait trois mètres de profondeur. Brusquement, Maigret sauta, tomba littéralement sur le dos de l'assureur, non sans écraser une des jambes d'Else.

Ce fut la confusion absolue. Une balle partit encore, érafla le mur du puits, alla se perdre dans le ciel tandis que le commissaire, par prudence, frappait

comme un sourd, de ses deux poings, le crâne de
Michonnet.

Au quatrième coup, l'agent d'assurances lui lança
un regard d'animal blessé, vacilla, tomba en travers,
l'œil poché, la mâchoire démantibulée.

Else, qui se tenait la gorge à deux mains, faisait des
efforts pour respirer.

C'était à la fois tragique et loufoque, cette bataille
au fond d'un puits, dans une odeur de salpêtre et de
vase, dans la demi-obscurité.

Plus loufoque l'épilogue : Michonnet, qu'on
remonta avec la corde de la poulie, tout mou, tout
flasque, et gémissant ; Else, que Maigret hissa à bout
de bras et qui était sale, avec sa robe de velours noir
couverte de grandes plaques de mousse verdâtre.

Ni elle ni son adversaire n'avaient perdu complète-
ment connaissance. Mais ils étaient brisés, écœurés,
comme ces clowns qu'on voit parodier un combat de
boxe et qui, couchés l'un sur l'autre, continuent à
donner des coups imprécis dans le vide.

Maigret avait ramassé le revolver. C'était celui
d'Else, qui manquait dans la cachette de la chambre.
Il y restait une balle.

Lucas arrivait de la maison, le front soucieux, soupirait en regardant ce spectacle :

— J'ai dû faire lier l'autre sur son lit...

L'agent tamponnait d'un mouchoir imbibé d'eau le
front de la jeune fille. Le brigadier questionnait :

— D'où sortent-ils, ces deux-là ?

Il avait à peine fini de parler qu'on voyait
Michonnet, qui n'avait même plus l'énergie de se
tenir debout, se jeter néanmoins sur Else, le visage

décomposé par la fureur. Il n'eut pas le temps de l'atteindre. Du pied, Maigret l'envoya rouler à deux mètres de lui, tonna :

— C'est fini, hein, cette comédie !...

Il fut pris de fou rire, tant l'expression de physionomie de l'assureur était comique. Il faisait penser à ces gosses rageurs qu'on emporte sous le bras en leur donnant la fessée et qui continuent à s'agiter, à hurler, à pleurer, à essayer de mordre et de frapper, sans s'avouer leur impuissance.

Car Michonnet pleurait ! Il pleurait et grimaçait ! Il menaçait même, du poing !

Else était enfin debout, se passait la main sur le front.

— J'ai bien cru que ça y était ! soupira-t-elle avec un pâle sourire. Il serrait tellement fort...

Elle avait une joue noire de terre, de la boue dans ses cheveux en désordre. Maigret n'était guère plus propre.

— Qu'est-ce que vous faisiez dans le puits ? questionna-t-il.

Elle lui lança un regard aigu. Son sourire disparut. On sentit que, d'un seul coup, elle reprenait possession de tout son sang-froid.

— Répondez...

— Je... J'y ai été transportée de force...

— Par Michonnet ?...

— Ce n'est pas vrai ! hurla celui-ci.

— C'est vrai... Il a voulu m'étrangler... Je crois qu'il est fou...

— Elle ment !... C'est elle qui est folle !... Ou plutôt c'est elle qui...

— Qui quoi ?…

— Je ne sais pas ! Qui… C'est une vipère, dont il faut écraser la tête contre une pierre…

Le jour s'était levé insensiblement. Dans tous les arbres des oiseaux piaillaient.

— Pourquoi vous étiez-vous armée d'un revolver ?…

— Parce que je craignais un piège…

— Quel piège ?… Un instant !… Procédons avec ordre… Vous venez de dire que vous avez été assaillie et transportée dans le puits…

— Elle ment ! répéta convulsivement l'assureur.

— Montrez-moi donc, poursuivit Maigret, l'endroit où a eu lieu cette attaque…

Elle regarda autour d'elle, désigna le perron.

— C'est là ? Et vous n'avez pas crié ?…

— Je n'ai pas pu…

— Et ce petit bonhomme maigrichon a été capable de vous porter jusqu'au puits, autrement dit de parcourir deux cents mètres avec une charge de cinquante-cinq kilos ?…

— C'est vrai…

— Elle ment !…

— Faites-le taire ! dit-elle avec lassitude. Vous ne voyez pas qu'il est fou ?… Et cela ne date pas d'aujourd'hui…

Il fallut calmer Michonnet, qui allait se précipiter à nouveau vers elle.

Ils étaient un petit groupe dans le jardin : Maigret, Lucas, deux inspecteurs, regardant l'agent d'assurances au visage tuméfié et Else qui, tout en parlant, essayait de mettre de l'ordre dans sa toilette.

Il eût été difficile de déterminer pourquoi on ne parvenait pas à atteindre au tragique, ni même au drame. Cela sentait plutôt la bouffonnerie.

Sans doute cette aube indécise y était-elle pour quelque chose ? Et aussi la fatigue de chacun, la faim même ?

Ce fut pis quand on vit une bonne femme marcher en hésitant sur la route, montrer sa tête derrière les barreaux de la grille, ouvrir enfin celle-ci et s'écrier en regardant Michonnet :

— Émile !…

C'était Mme Michonnet, plus abrutie que désemparée, Mme Michonnet qui tira un mouchoir de sa poche et fondit en larmes.

— Encore avec cette femme !…

Elle avait l'air d'une bonne grosse mère ballottée par les événements et se réfugiant dans l'amertume lénifiante des pleurs.

Maigret nota, amusé, la netteté dont s'imprégnait le visage d'Else, qui regardait tour à tour chacun autour d'elle. Un visage joli, très fin, tout tendu, tout pointu soudain.

— Qu'alliez-vous faire dans le puits ?… questionna-t-il, bon enfant, avec l'air de dire : « Fini, hein ! Entre nous, ce n'est plus la peine de jouer la comédie. »

Elle comprit. Ses lèvres s'étirèrent dans un sourire ironique.

— Je crois que nous sommes faits comme des rats ! concéda-t-elle. Seulement j'ai faim, j'ai soif, j'ai froid, et je voudrais quand même faire un bout de toilette… Après, on verra…

Ce n'était pas de la comédie. C'était au contraire d'une netteté admirable.

Elle était toute seule au milieu du groupe et elle ne se troublait pas, elle regardait d'un air amusé Mme Michonnet en larmes, le pitoyable Michonnet, puis elle se tournait vers Maigret et ses yeux disaient : « Les pauvres ! Nous, nous sommes de la même classe, pas vrai ?… On causera tout à l'heure… Vous avez gagné !… Mais avouez que j'ai bien joué ma partie !… »

Pas d'effroi, pas de gêne non plus. Pas une ombre de cabotinage.

C'était la véritable Else qu'on découvrait enfin et qui savourait elle-même cette révélation.

— Venez avec moi ! dit Maigret. Toi, Lucas, occupe-toi de l'autre… Quant à la femme, qu'elle retourne chez elle, ou qu'elle reste ici…

— Entrez ! vous ne me gênez pas !…

C'était la même chambre, là-haut, avec le divan noir, le parfum obstiné, la cachette derrière l'aquarelle. C'était même femme.

— Carl est bien gardé, au moins ? questionna-t-elle avec un mouvement du menton vers la chambre du blessé. Parce qu'il serait encore plus forcené que Michonnet !… Vous pouvez fumer votre pipe…

Elle versa de l'eau dans la cuvette, retira tranquillement sa robe, comme si c'eût été la chose la plus naturelle du monde, et resta en combinaison, sans pudeur ni provocation.

Maigret pensait à sa première visite dans la maison des Trois Veuves, à l'Else énigmatique et distante comme une *vamp* de cinéma, à cette atmosphère trouble et énervante dont elle parvenait à s'entourer.

Était-elle assez jeune fille perverse quand elle parlait du château de ses parents, des nurses et des gouvernantes, du rigorisme de son père ?

C'était fini ! Un geste était plus éloquent que tous les mots : cette façon d'enlever sa robe, de se regarder maintenant dans la glace avant de se passer de l'eau sur le visage.

C'était la fille, simple et vulgaire, saine et rouée.

— Avouez que vous avez marché !

— Pas longtemps !…

Elle s'essuya le visage du coin d'une serviette éponge.

— Vous vous vantez… Hier encore, quand vous étiez ici et que je vous laissais apercevoir un sein, vous aviez la gorge sèche, le front moite, en bon gros que vous êtes… Maintenant, bien sûr que ça ne vous fait plus rien… Et pourtant, je ne suis pas plus moche…

Elle cambrait les reins, prenait plaisir à regarder son corps souple, à peine voilé.

— Entre nous, qu'est-ce qui vous a mis la puce à l'oreille ? J'ai commis une faute ?

— Plusieurs…

— Lesquelles ?

— Celle, par exemple, de parler un peu trop de château et de parc… Quand on habite vraiment un château, on dit plutôt la maison, ou la propriété…

Elle avait tiré le rideau d'une penderie et elle regardait ses robes en hésitant.

— Vous allez m'emmener à Paris, naturellement !... Et il y aura des photographes... Que
pensez-vous de cette robe verte ?...

Elle la tint devant elle pour juger de l'effet.

— Non !... C'est encore le noir qui me va le
mieux... Voulez-vous me donner du feu ?...

Elle rit, car, malgré tout, Maigret, surtout quand
elle s'approcha de lui pour allumer sa cigarette, était
un peu troublé par ce qu'elle parvenait à mettre de
sourd érotisme dans l'atmosphère.

— Allons ! je m'habille... C'est rigolo, pas vrai ?...

Même les mots d'argot prenaient une saveur parti-
culière dans sa bouche, grâce à son accent.

— Depuis quand êtes-vous la maîtresse de Carl
Andersen ?

— Je ne suis pas sa maîtresse. Je suis sa femme...

Elle passa un crayon sur ses cils, aviva le rose de ses
joues.

— Vous vous êtes mariés au Danemark ?

— Vous voyez que vous ne savez encore rien !...
Et ne comptez pas sur moi pour parler. Ce ne serait
pas de jeu... D'ailleurs, vous ne me tiendrez pas longtemps... Combien de temps après l'arrestation passe-
t-on à l'anthropométrie ?

— Vous y passerez tout à l'heure.

— Tant pis pour vous !... Car on s'apercevra que
je m'appelle de mon vrai nom Bertha Krull et que,
depuis un peu plus de trois ans, il y a un mandat
d'arrêt lancé contre moi par la police de Copenhague... Le gouvernement danois demandera l'extradition... Voilà ! je suis prête... Maintenant, si vous

permettez que j'aille manger un morceau… Vous ne trouvez pas que cela sent le renfermé, ici ?…

Elle marcha vers la fenêtre qu'elle ouvrit. Puis elle revint à la porte. Maigret franchit celle-ci le premier. Alors, brusquement, elle referma l'huis, tira le verrou, et on entendit des pas précipités dans la direction de la fenêtre.

Maigret eût été moins lourd de dix kilos qu'elle se fût sans doute enfuie. Il ne perdit pas un quart de seconde. Le verrou était à peine tiré qu'il fonçait de toute sa masse sur le panneau.

Et celui-ci céda au premier coup. La porte s'abattit, gonds et serrure arrachés.

Else était à cheval sur l'appui de fenêtre. Elle hésita.

— Trop tard ! dit-il.

Elle fit demi-tour, la poitrine un peu haletante, des moiteurs au front.

— C'était bien la peine de faire une toilette raffinée ! ironisa-t-elle en montrant sa robe déchirée.

— Vous me donnez votre parole de ne plus chercher à fuir ?

— Non !

— Dans ce cas, je vous préviens que je tire au moindre mouvement suspect…

Et désormais il garda son revolver à la main.

En passant devant la porte de Carl, elle questionna :

— Vous croyez qu'il s'en tirera ?… Il a deux balles dans la peau, n'est-ce pas ?

Il l'observa et à cet instant il eût été bien en peine de porter un jugement sur elle. Il crut pourtant discerner sur son visage et dans sa voix un mélange de pitié et de rancune.

— C'est sa faute aussi ! conclut-elle comme pour mettre sa conscience en paix. Pourvu qu'il reste quelque chose à manger dans la maison…

Maigret la suivit dans la cuisine où elle fouilla les placards et où elle finit par mettre la main sur une boîte de langouste.

— Vous ne voulez pas me l'ouvrir ?… Vous pouvez y aller… Je promets de ne pas en profiter pour filer…

Il régnait entre eux une drôle de cordialité que Maigret n'était pas sans apprécier. Il y avait même quelque chose d'intime dans leurs rapports, avec un rien d'arrière-pensée.

Else s'amusait avec ce gros homme placide qui l'avait vaincue mais qu'elle avait conscience d'épater par son cran. Quant à lui, il savourait peut-être un peu trop cette promiscuité tellement en dehors de la norme.

— Voilà… Mangez vite…

— On part déjà ?

— Je n'en sais rien.

— Au fond, entre nous, qu'est-ce que vous avez découvert ?

— Peu importe…

— Vous emmenez cet imbécile de Michonnet aussi ?… C'est encore lui qui m'a fait le plus peur… Tout à l'heure, dans le puits, j'ai bien cru que j'allais y passer… Il avait les yeux hors de la tête… Il serrait mon cou tant qu'il pouvait…

— Vous étiez sa maîtresse ?

Elle haussa les épaules, en fille pour qui pareil détail a vraiment peu d'importance.

— Et M. Oscar ?... poursuivit-il.

— Eh bien, quoi ?

— Encore un amant ?

— Vous essaierez de découvrir tout ça vous-même... Moi, je sais exactement ce qui m'attend... J'ai cinq ans à purger au Danemark pour complicité de vol à main armée et rébellion... C'est là que j'ai attrapé cette balle...

Elle désignait son sein droit.

— Pour le reste, ceux d'ici se débrouilleront !

— Où avez-vous fait la connaissance d'Isaac Goldberg ?

— Je ne marche pas...

— Il faudra pourtant que vous parliez...

— Je serais curieuse de savoir comment vous comptez vous y prendre...

Elle répondit tout en mangeant de la langouste sans pain, car il n'en restait plus dans la maison. On entendait dans le salon un agent qui faisait les cent pas, tout en surveillant Michonnet affalé dans un fauteuil.

Deux voitures stoppèrent en même temps devant la grille... Celle-ci fut ouverte et les autos entrèrent dans le parc, contournèrent la maison pour s'arrêter au pied du perron.

Dans la première, il y avait un inspecteur, deux gendarmes, ainsi que M. Oscar et sa femme.

L'autre voiture était le taxi de Paris, et un inspecteur y gardait un troisième personnage.

Les uns et les autres avaient les menottes aux poings, mais ils gardaient des visages sereins, hormis la femme du garagiste, qui avait les yeux rouges.

Maigret fit passer Else dans le salon, où Michonnet tenta une fois de plus de se précipiter vers elle.

On introduisait les prisonniers. M. Oscar avait à peu près la désinvolture d'un visiteur ordinaire, mais il fit la grimace en apercevant Else et l'assureur. L'autre, au type italien, voulut crâner.

— Mince de réunion de famille !… C'est pour une noce, ou pour l'ouverture d'un testament ?…

L'inspecteur expliquait à Maigret :

— C'est une chance de les avoir sans casse… En passant à Étampes, nous avons embarqué deux gendarmes qui avaient été alertés et qui avaient vu passer la voiture sans pouvoir l'arrêter… À cinquante kilomètres d'Orléans, les fuyards ont crevé un pneu. Ils se sont arrêtés au milieu de la route et ont braqué sur nous leurs revolvers… C'est le garagiste qui s'est ravisé le premier… Sinon, c'était une bataille en règle…

» Nous nous sommes avancés… L'Italien a quand même tiré deux balles de browning, sans nous atteindre…

— Dites donc ! Chez moi, je vous donnais à boire… Laissez-moi vous dire qu'il fait soif… remarqua M. Oscar.

Maigret avait fait chercher le mécanicien prisonnier dans le garage. Il eut l'air de compter son monde.

— Allez tous vous coller au mur ! commanda-t-il. De l'autre côté, Michonnet… Pas la peine d'essayer de vous rapprocher d'Else…

L'assureur lui lança un regard venimeux, alla se camper tout au bout de la file, avec ses moustaches tombantes et son œil qui enflait à la suite des coups de poing.

Venait ensuite le mécano dont les poignets restaient entravés avec du fil électrique. Puis la femme du garagiste, maigre et désolée. Puis le garagiste lui-même, qui était bien embêté de ne pouvoir mettre les mains dans les poches de son pantalon trop large. Enfin Else et l'Italien, qui devait être le joli cœur de la bande et qui avait une femme nue tatouée sur le dos de la main.

Maigret les regarda tour à tour, lentement, avec une petite moue satisfaite, bourra une pipe, se dirigea vers le perron et lança en ouvrant la porte vitrée :

— Prenez les nom, prénoms, profession et domicile de chacun, Lucas… Après, vous m'appellerez !

… Ils étaient debout tous les six. Lucas questionna en désignant Else :

— Faut-il lui mettre les menottes aussi ?

— Pourquoi pas ?…

Alors elle proféra avec conviction :

— Ça, c'est vache, commissaire !…

Le parc était tout plein de soleil. Des milliers d'oiseaux chantaient. Le coq d'un petit clocher de village, à l'horizon, étincelait comme s'il eût été tout en or.

10

À la recherche d'une tête

Quand Maigret rentra dans le salon, dont les deux portes-fenêtres ouvertes laissaient pénétrer des bouffées de printemps, Lucas achevait l'interrogatoire d'identité, dans une atmosphère qui n'était pas sans rappeler celle d'une chambrée de caserne.

Les prisonniers étaient toujours alignés contre un mur, mais dans un ordre moins parfait. Et ils étaient au moins trois qui ne se laissaient nullement impressionner par la police : M. Oscar, son mécanicien Jojo et l'Italien Guido Ferrari.

M. Oscar dictait à Lucas :

— Profession : mécanicien-garagiste. Ajoutez ex-boxeur professionnel, licence 1920. Champion de Paris poids mi-lourds en 1922…

Des inspecteurs amenèrent deux nouvelles recrues. C'étaient des ouvriers du garage qui venaient d'arriver comme chaque matin pour prendre le travail. On les colla au mur avec les autres. L'un d'eux, qui avait une gueule de gorille, se contenta de questionner d'une voix traînante :

— Alors ? On est faits ?…

Ils parlaient tous à la fois, comme dans une classe dont le professeur est absent. Ils se donnaient des coups de coude, lançaient des plaisanteries.

Il n'y avait guère que Michonnet à garder sa piteuse allure, à rentrer les épaules et à fixer hargneusement le plancher.

Quant à Else, elle regardait Maigret d'un air presque complice. Est-ce qu'ils ne s'étaient pas très bien compris tous les deux ? Quand M. Oscar risquait un mauvais calembour, elle souriait légèrement au commissaire.

D'elle-même, elle se mettait en quelque sorte dans une classe à part !

— Maintenant, un peu de silence ! tonna Maigret.

Mais, au même instant, une petite conduite intérieure stoppait au pied du perron. Un homme en descendait, vêtu avec recherche, l'air affairé, une trousse de cuir sous le bras. Il monta vivement les marches, parut étonné de l'atmosphère dans laquelle il pénétrait soudain, regarda les hommes alignés.

— Le blessé ?…

— Veux-tu t'en occuper, Lucas ?…

C'était un grand chirurgien de Paris, qui avait été appelé pour Carl Andersen. Il s'éloigna, le front soucieux, précédé par le brigadier.

— T'as pigé la gueule au toubib ?

Il n'y avait qu'Else à avoir froncé les sourcils. Le bleu de ses yeux s'était un peu délayé.

— J'ai réclamé le silence ! articula Maigret. Vous plaisanterez ensuite… Ce que vous semblez oublier, c'est qu'il y en a un d'entre vous au moins qui a des chances d'y laisser sa tête…

Et son regard alla lentement d'un bout de la file à l'autre. La phrase avait produit le résultat escompté.

Le soleil était le même, l'atmosphère printanière. Les oiseaux continuaient à piailler dans le parc et l'ombre du feuillage à frémir sur le gravier de l'allée.

Mais dans le salon on sentait que les lèvres étaient devenues plus sèches, que les regards perdaient leur assurance.

Michonnet, néanmoins, fut le seul à pousser un gémissement, tellement involontaire qu'il en fut le premier surpris et qu'il détourna la tête avec confusion.

— Je vois que vous avez compris ! reprit Maigret en commençant à arpenter la pièce, les mains derrière le dos. Nous allons essayer de gagner du temps… Si nous n'y réussissons pas ici, on continuera la séance au Quai des Orfèvres… Vous devez connaître le local, pas vrai ?… Bon !… Premier crime : Isaac Goldberg est tué à bout portant… Qui est-ce qui a amené Goldberg au Carrefour des Trois Veuves ?…

Ils se turent, se regardèrent les uns les autres, sans aménité, tandis qu'on entendait, au-dessus des têtes, les pas du chirurgien.

— J'attends !… Je répète que la séance se poursuivra à la Tour pointue… Là, on vous prendra un à un… Goldberg était à Anvers… Il avait quelque chose comme deux millions de diamants à laver… Qui est-ce qui a soulevé cette affaire ?…

— C'est moi ! dit Else. Je l'avais connu à Copenhague. Je savais qu'il était spécialisé dans les bijoux volés. Quand j'ai lu le récit du cambriolage de Londres et que les journaux ont dit que les diamants

devaient être à Anvers, je me suis doutée qu'il s'agissait de Goldberg. J'en ai parlé à Oscar…

— Ça commence bien ! grogna celui-ci.

— Qui est-ce qui a écrit la lettre à Goldberg ?

— C'est elle…

— Continuons. Il arrive pendant la nuit… Qui est
à ce moment au garage ?… Et surtout qui est chargé
de tuer ?…

Silence. Les pas de Lucas, dans l'escalier. Le brigadier s'adressa à un inspecteur.

— File à Arpajon chercher un médecin quelconque, pour assister le professeur… Rapporte de
l'huile camphrée… Compris ?…

Et Lucas retourna là-haut tandis que Maigret, les
sourcils froncés, regardait son troupeau.

— Nous allons reprendre plus loin dans le passé…
Je crois que ce sera plus simple… Depuis quand
t'es-tu établi receleur, toi ?…

Il fixait M. Oscar, que cette question parut moins
embarrasser que les précédentes.

— Voilà ! Vous y venez ! Vous avouez vous-même
que je ne suis qu'un receleur… Et encore !

Il était cabotin en diable. Il regardait tour à tour ses
interlocuteurs et s'évertuait à amener un sourire sur
leurs lèvres.

— Ma femme et moi, nous sommes presque des
honnêtes gens. Hein ! ma cocotte ?… C'est bien
simple… J'étais boxeur… En 1925, j'ai perdu mon
titre, et tout ce qu'on m'a offert, c'est une place dans
une baraque à la Foire du Trône !… Très peu pour
moi !… On avait des bonnes fréquentations et des
mauvaises… Entre autres un type qui a été arrêté

deux ans plus tard mais qui, à ce moment-là, gagnait tout ce qu'il voulait dans la carambouille…

» J'ai voulu en tâter aussi… Mais comme j'ai été mécano dans mon jeune âge, j'ai cherché un garage… Mon idée de derrière la tête était de me faire confier des voitures, des pneus, du matériel, de revendre tout ça en douce et de filer en laissant la clef sur la porte… Je comptais ramasser dans les quatre cent mille, quoi !…

» Seulement, je m'y prenais trop tard… Les grandes maisons y regardaient à deux fois avant de donner de la marchandise à crédit…

» On m'a amené une bagnole volée pour la maquiller… Un gars que j'avais connu dans un bistrot de la Bastille… On n'imagine pas comme c'est facile !…

» Ça s'est dit à Paris… J'étais bien placé, rapport à ce que je n'avais guère de voisins… Il en est venu dix, vingt… Puis il en est arrivé une que je vois encore et qui était pleine d'argenterie volée dans une villa des environs de Bougival… On a caché tout ça… On s'est mis en rapport avec des brocanteurs d'Étampes, d'Orléans et même de plus loin…

» On a pris l'habitude… C'était le filon…

Et, se tournant vers son mécano :

— Il a découvert le coup des pneus ?

— Parbleu ! soupira l'autre.

— Tu sais que t'es rigolo, avec ton fil électrique ? On dirait que tu n'attends qu'une prise de courant pour te transformer en lampion !…

— Isaac Goldberg est arrivé dans sa voiture à lui, une Minerva… interrompit Maigret. On l'attendait, car il ne s'agissait pas de lui acheter les diamants, même à bas prix, mais de les lui voler… Et, pour les lui voler, il fallait le refroidir… Donc, il y avait du monde dans le garage, ou plutôt dans la maison qui est derrière…

Silence absolu ! C'était le point névralgique. Maigret regarda à nouveau les têtes une à une, aperçut deux gouttes de sueur sur le front de l'Italien.

— Le tueur, c'est toi, pas vrai ?

— Non !… C'est… c'est…

— C'est qui ?…

— C'est eux… C'est…

— Il ment ! hurla M. Oscar.

— Qui était chargé de tuer ?

Alors, le garagiste, en se dandinant :

— Le type qui est là-haut, tiens donc !…

— Répète !

— Le type qui est là-haut !…

Mais la voix n'avait déjà plus autant de conviction.

— Approche, toi !…

Maigret désignait Else, et il avait l'aisance d'un chef d'orchestre qui commande aux instruments les plus divers en sachant bien que l'ensemble n'en fera pas moins une harmonie parfaite.

— Tu es née à Copenhague ?

— Si vous me tutoyez, on va croire que nous avons couché ensemble…

— Réponds…

— À Hambourg !

— Que faisait ton père ?

— Docker…

— Il vit toujours ?

Elle eut un frémissement des pieds à la tête. Elle regarda ses compagnons avec une sorte de trouble orgueil.

— Il a été décapité à Düsseldorf…

— Ta mère ?

— Elle se saoule…

— Que faisais-tu à Copenhague ?…

— J'étais la maîtresse d'un matelot… Hans ! Un beau gars, que j'avais connu à Hambourg et qui m'a emmenée… Il faisait partie d'une bande… Un jour, on a décidé de cambrioler une banque… Tout était prévu… On devait gagner des millions en une nuit… Je faisais le guet… Mais il y a eu un traître, car, au moment où, à l'intérieur, les hommes commençaient à s'attaquer aux coffres-forts, la police nous a cernés…

» C'était la nuit… On ne voyait rien… Nous étions dispersés… Il y a eu des coups de feu, des cris, des poursuites… J'ai été touchée à la poitrine et je me suis mise à courir… Deux agents m'ont saisie… J'en ai mordu un… D'un coup de pied dans le ventre, j'ai forcé l'autre à me lâcher…

» Mais on courait toujours derrière moi… Alors j'ai vu le mur d'un parc… Je me suis hissée… Je suis littéralement tombée de l'autre côté et, quand je suis revenue à moi, il y avait un grand jeune homme très chic, un garçon de la haute, qui me regardait avec un ahurissement mêlé de pitié…

— Andersen ?

— Ce n'est pas son vrai nom… Il vous le dira si cela lui convient… Un nom plus connu… Des gens qui ont leurs entrées à la cour, qui vivent la moitié de l'année dans un des plus beaux châteaux du

Danemark et l'autre moitié dans un grand hôtel particulier dont le parc est aussi grand que tout un quartier de la ville.

On vit entrer un inspecteur qui accompagnait un
petit homme apoplectique. C'était le médecin requis
par le chirurgien. Il eut un haut-le-corps en découvrant cette assemblée étrange, et surtout en apercevant des menottes à presque toutes les mains. Mais on
l'entraîna au premier étage.

— Ensuite…

M. Oscar ricanait. Else lui lança un regard
farouche, presque haineux.

— Ils ne peuvent pas comprendre… murmura-
t-elle. Carl m'a cachée dans l'hôtel de ses parents et
c'est lui-même qui m'a soignée, avec un ami qui étu-
diait la médecine… Il avait déjà perdu un œil dans un
accident d'avion… Il portait un monocle noir… Je
crois qu'il se considérait comme défiguré à jamais… Il
était persuadé qu'aucune femme ne pourrait l'aimer,
qu'il serait un objet de répulsion quand il lui faudrait
retirer son verre noir et montrer sa paupière
recousue, son œil artificiel…

— Il t'a aimée ?…

— Ce n'est pas tout à fait cela… Je n'ai pas
compris du premier coup… Et ceux-là – elle désignait
ses complices – ne comprendront jamais… C'était
une famille de protestants… La première idée de
Carl, au début, a été de sauver une âme, comme il
disait… Il me faisait de longs discours… Il me lisait
des chapitres de la Bible… En même temps, il avait
peur de ses parents… Puis un jour, quand j'ai été à
peu près rétablie, il m'a soudain embrassée sur la

bouche, après quoi il s'est enfui… Je suis restée près d'une semaine sans le voir… Ou plutôt, par la lucarne de la chambre de domestique où j'étais cachée, je le voyais se promener des heures durant dans le jardin, tête basse, tout agité…

M. Oscar se tapait carrément les cuisses de joie.

— C'est beau comme un roman ! s'écria-t-il. Continue, ma poupée !…

— C'est tout… Quand il est revenu, il m'a dit qu'il voulait m'épouser, qu'il ne pouvait pas le faire dans son pays, que nous allions partir à l'étranger… Il prétendait qu'il avait enfin compris la vie, que désormais il aurait un but au lieu de rester un être inutile… Et tout, quoi !…

L'accent redevenait peuple.

— Nous nous sommes mariés en Hollande sous le nom d'Andersen… Ça m'amusait… Je crois même que j'y coupais aussi… Il me racontait des choses épatantes… Il me forçait à m'habiller comme ceci, comme cela, à bien me tenir à table, à perdre mon accent… Il me faisait lire des livres… Nous visitions des musées…

— Dis donc, ma cocotte ! lança le garagiste à sa femme, quand nous aurons fait notre temps de *dur*, on visitera les musées aussi, pas vrai ?… Et on se pâmera tous les deux, la main dans la main, devant la *Joconde*…

— Nous nous sommes installés ici, poursuivit Else avec volubilité, parce que Carl craignait toujours de rencontrer un de mes anciens complices… Il devait travailler pour vivre, puisqu'il avait renoncé à la fortune de ses parents… Pour mieux dépister les gens, il me faisait passer pour sa sœur... Mais il restait inquiet... Chaque fois qu'on sonnait à la grille, il sursautait... car Hans est parvenu à s'échapper de prison et on ne sait pas ce qu'il est devenu... Carl m'aime, c'est sûr...

— Et pourtant... dit rêveusement Maigret.

Alors, agressive, elle poursuivit :

— Je voudrais bien vous y voir !... La solitude, tout le temps !... Et rien que des conversations sur la bonté, sur la beauté, sur le rachat d'une âme, sur l'élévation vers le Seigneur, sur les destinées de l'homme... Et des leçons de maintien !... Et, quand il partait, il m'enfermait, sous prétexte qu'il craignait pour moi la tentation... En réalité, il était jaloux comme un tigre... Et passionné donc !...

— Après ça, si on prétend que je n'ai pas le coup d'œil américain !... fit M. Oscar.

— Qu'est-ce que vous avez fait ? lui demanda Maigret.

— Je l'ai repérée, tiens donc !... C'était facile !... J'ai bien senti que tous ses airs étaient des faux airs... Un moment, je me suis même demandé si le Danois n'en était pas, lui aussi... Mais je me suis méfié de lui... J'ai préféré tourner autour de la poule. T'agite pas, bobonne !... Tu sais bien qu'au fond c'est toujours à toi que je suis revenu... Tout ça, c'étaient les affaires !... J'ai rôdé autour de la bicoque, quand *N'a-qu'un-œil* n'était pas là... Un jour, on a engagé la conversation, par la fenêtre, car la donzelle était bouclée... Elle a tout de suite vu de quoi il retournait... Je lui ai lancé une boulette de cire pour prendre les empreintes de sa serrure... Le mois d'après, on se

retrouvait au fond du parc et on parlait boutique…
C'est pas sorcier… Elle en avait marre de son aristo…
Son cœur tirait après le *milieu*, quoi !…

— Et depuis lors, dit lentement Maigret, vous avez
pris l'habitude, Else, de verser chaque soir du véronal
dans la soupe de Carl Andersen ?

— Oui…

— Et vous alliez rejoindre Oscar ?

La femme du garagiste, les yeux rouges, retenait ses
sanglots.

— Ils m'ont trompée, commissaire !… Au début,
mon mari prétendait que ce n'était qu'une copine,
que c'était une bonne action de la sortir de son trou…
Alors, il nous emmenait toutes les deux, la nuit, à
Paris… On faisait la bombe avec les amis… Moi, je
n'y voyais que du feu, jusqu'au jour où je les ai
surpris…

— Et puis après ?… Un homme, ce n'est pas un
moine… Elle dépérissait, la pauvre…

Else se taisait. Le regard trouble, elle semblait mal à
l'aise.

Soudain Lucas descendit une fois de plus.

— Il n'y a pas d'alcool à brûler dans la maison ?…

— Pour quoi faire ?

— Désinfecter les instruments…

Ce fut elle qui se précipita vers la cuisine, bouscula
des bouteilles.

— Voilà ! dit-elle. Est-ce qu'ils vont le sauver ?…
Est-ce qu'il souffre ?…

— Saloperie !… gronda entre ses dents
Michonnet, qui était prostré depuis le début de cet
entretien.

Maigret le regarda dans les yeux, s'adressa au garagiste.

— Et celui-là ?

— Vous n'avez pas encore compris ?…

— À peu près… Le carrefour comporte trois maisons… Il y avait toutes les nuits de drôles d'allées et venues… C'étaient les camions de légumes qui, en revenant à vide de Paris, ramenaient les marchandises volées… De la maison des Trois Veuves, il n'y avait pas à s'inquiéter… Mais il restait la villa…

— Sans compter qu'on manquait d'un homme respectable pour revendre certains trucs en province…

— C'est Else qui a été chargée d'*avoir* Michonnet ?

— Ce ne serait pas la peine d'être jolie fille !… Il s'est emballé… Elle nous l'a amené une nuit et on l'a *fait* au champagne ! On l'a conduit une autre fois à Paris et ça a été une de nos plus belles bombes, tandis que sa femme le croyait en tournée d'inspection… Il était cuit !… On lui a mis le marché en main… Le plus rigolo, c'est qu'il a cru que c'était arrivé et qu'il est devenu jaloux comme un collégien. C'est pas marrant ?… Avec sa gueule d'encaisseur de chez Dufayel !…

On entendit un bruit indéfinissable, là-haut, et Maigret vit Else qui devenait toute blanche et qui se désintéressait désormais de l'interrogatoire pour tendre l'oreille.

La voix du chirurgien se fit entendre.

— Tenez-le…

Et il y avait deux moineaux sautillant sur le gravier blanc de l'allée.

Maigret, tout en bourrant une pipe, fit une fois de plus le tour des prisonniers.

— Il ne reste qu'à savoir qui a tué… Silence !

— Moi, pour recel, je ne risque que…

Le commissaire fit taire le garagiste d'une bourrade impatiente.

— Else apprend par les journaux que des bijoux volés à Londres et qui valent deux millions doivent être en la possession d'Isaac Goldberg, qu'elle a connu alors qu'elle faisait partie de la bande de Copenhague… Elle lui écrit pour lui donner rendez-vous au garage et lui promettre de racheter les diamants un bon prix… Goldberg, qui se souvient d'elle, ne se méfie pas, arrive dans sa voiture…

» On boit le champagne, dans la maison… On a fait appel à tous les renforts… Autrement dit, vous êtes tous là… La difficulté, c'est de se débarrasser du cadavre, une fois l'assassinat commis…

» Michonnet doit être nerveux, car c'est la première fois qu'il entre en contact avec un vrai drame… Mais sans doute lui verse-t-on à boire plus qu'aux autres…

» Oscar doit être d'avis d'aller jeter le cadavre dans un fossé, à bonne distance…

» C'est Else qui a une idée… Silence !… Elle en a assez de vivre enfermée le jour et de devoir se cacher la nuit… Elle en a assez des discours sur la vertu, sur la bonté et sur la beauté ! Elle en a assez aussi d'une vie médiocre, de compter les sous un à un…

» Elle en est arrivée à haïr Carl Andersen. Mais elle sait qu'il l'aime assez pour la tuer plutôt que de la perdre…

» Elle boit !… Elle crâne !… Elle a une idée étourdissante… C'est de mettre ce crime sur le compte de Carl lui-même !… Sur le compte de Carl qui ne la soupçonnera même pas, tant son amour l'aveugle…

» Est-ce vrai, Else ?…

Pour la première fois, elle détourna la tête.

— La Minerva, maquillée, sera emmenée loin de la région, revendue ou abandonnée… Il faut empêcher tous les vrais coupables d'être soupçonnés… Michonnet, surtout, a peur… Alors, on décide de prendre sa voiture, ce qui est bien le meilleur moyen de le blanchir… C'est lui qui portera plainte le premier, qui fera du bruit autour de sa six-cylindres disparue… Mais il faut aussi que la police aille chercher le cadavre chez Carl… Et voilà l'idée de la substitution d'autos qui naît…

» Le cadavre est installé au volant de la six-cylindres. Andersen, drogué, dort profondément, comme tous les soirs. On conduit l'auto dans son garage. On amène la petite 5 CV dans celui des Michonnet…

» La police ne s'y retrouvera pas !… Et il y a mieux !… Dans le pays, Carl Andersen, trop distant, passe pour un demi-fou… Les paysans se laissent effrayer par son monocle noir…

» On l'accusera !… Et tout est assez bizarre dans cette affaire pour s'harmoniser avec sa réputation, avec sa silhouette !… D'ailleurs, prisonnier, ne se tuera-t-il pas pour éviter le scandale qui pourrait rejaillir sur sa famille si on découvrait sa véritable identité ?…

Le petit docteur d'Arpajon passa la tête par l'entre-
bâillement de la porte.

— Encore un homme… Pour le tenir… On n'a
pas pu l'endormir…

Il était affairé, cramoisi. Il restait un inspecteur
dans le jardin.

— Allez !… lui cria Maigret.

À ce moment précis, il reçut un choc inattendu à la
poitrine.

11

Else

C'était Else qui s'était jetée sur lui, qui sanglotait convulsivement, qui bégayait d'une voix plaintive :

— Je ne veux pas qu'il meure !… Dites !… Je… C'est affreux…

Et c'était si saisissant, on la sentait si sincère que les autres, les hommes à face patibulaire rangés contre le mur, n'eurent pas un ricanement, pas un sourire.

— Laissez-moi aller là-haut !… Je vous en supplie… Vous ne pouvez pas comprendre…

Mais non ! Maigret l'écartait. Elle allait s'écrouler sur ce divan sombre où il l'avait vue pour la première fois, énigmatique dans sa robe de velours noir à col montant.

— Je termine !… Michonnet a joué son rôle à merveille… Il l'a joué d'autant plus aisément qu'il s'agissait de passer pour un petit-bourgeois ridicule qui, dans un drame sanglant, ne pense qu'à sa six-cylindres… L'enquête commence… Carl Andersen est arrêté… Le hasard fait qu'il ne se suicide pas et même qu'il est relâché…

» Pas un instant il n'a soupçonné sa femme… Il ne la soupçonnera jamais… Il la défendrait même contre l'évidence…

» Mais voilà Mme Goldberg qui est annoncée, qui arrive, qui sait peut-être qui a attiré son mari dans ce piège et qui va parler…

» Le même homme qui a tué le diamantaire la guette…

Il les regarda un à un, pressa désormais le débit, comme s'il eût eu hâte d'en finir.

— L'assassin a mis les souliers de Carl, qu'on retrouvera ici couverts de la boue du champ… C'est vouloir trop prouver !… Et pourtant, il faut que le Danois soit reconnu coupable, faute de quoi les vrais assassins ne tarderont pas à être démasqués… L'affolement règne…

» Andersen doit aller à Paris, car il manque d'argent. Le même homme toujours, qui a commis les deux premiers crimes, l'attend sur la route, joue le rôle de policier, monte dans la voiture à son côté…

» Ce n'est pas Else qui a imaginé ça… Je crois plutôt que c'est Oscar…

» Parle-t-on à Andersen de le reconduire à la frontière, ou de le confronter avec quelqu'un dans quelque ville du Nord ?…

» On lui fait traverser Paris… La route de Compiègne est bordée de bois touffus… L'assassin tire, à bout portant une fois encore… Sans doute entend-il une autre voiture derrière lui… Il se presse… Il lance le corps dans le fossé… Il s'occupera au retour de le cacher plus soigneusement…

» Ce qu'il faut au plus vite, c'est détourner les soupçons… C'est fait… L'auto d'Andersen est abandonnée à quelques centaines de mètres de la frontière belge…

» Conclusion fatale de la police :

» — Il a passé à l'étranger ! Donc il est coupable…

» L'assassin revient avec une autre voiture… La victime n'est plus dans le fossé… Les traces laissent supposer qu'elle n'est pas morte…

» C'est par téléphone que l'homme chargé de tuer en avise M. Oscar, de Paris… Il ne veut rien entendre pour revenir dans un pays pourri de flics…

» L'amour de Carl pour sa femme est passé à l'état de légende… S'il vit, il reviendra… S'il revient, il parlera peut-être…

» Il faut en finir… Le sang-froid manque… M. Oscar ne se soucie pas de travailler lui-même…

» N'est-ce pas le moment de se servir de Michonnet ?… De Michonnet qui a tout sacrifié à son amour pour Else et à qui on fera faire le dernier saut ?…

» Le plan est soigneusement étudié. M. Oscar et sa femme s'en vont à Paris, ostensiblement, en annonçant leurs moindres déplacements…

» M. Michonnet me fait venir chez lui et se montre immobilisé par la goutte dans son fauteuil…

» Sans doute a-t-il lu des romans policiers… Il apporte en cette affaire les mêmes ruses que dans ses affaires d'assurances…

» À peine suis-je sorti qu'il est remplacé dans le fauteuil par un manche à balai et par une boule de chiffons… La mise en scène est parfaite… Du dehors,

l'illusion est complète… Et Mme Michonnet, terro-
risée, accepte de jouer sa partie dans la comédie, feint,
derrière le rideau, de soigner le malade…

» Elle sait qu'il y a une femme dans l'affaire… Elle
est jalouse aussi… Mais elle veut sauver son mari
malgré tout, parce qu'elle garde l'espoir qu'il lui
reviendra…

» Elle ne se trompe pas… Michonnet a senti qu'on
s'était joué de lui… Il ne sait plus s'il aime Else ou s'il
la hait, mais ce qu'il sait, c'est qu'il la veut morte…

» Il connaît la maison, le parc, toutes les issues…
Peut-être n'ignore-t-il pas qu'Else a l'habitude, le soir,
de boire de la bière…

» Il empoisonne la bouteille, dans la cuisine… Il
guette dehors le retour de Carl…

» Il tire… Il est à bout… Il y a des agents partout…
Le voilà caché dans le puits qui est à sec depuis longtemps.

» Il n'y a que quelques heures de cela… Et pendant ce temps, Mme Michonnet a dû jouer son rôle…
Elle a reçu une consigne… S'il se passe quelque chose
d'anormal autour du garage il faut qu'elle téléphone à
Paris, à la *Chope Saint-Martin*…

» Or, je suis au garage… Elle m'a vu entrer… Je
tire des coups de revolver…

» La lampe éteinte avertit les autos complices de ne
pas s'arrêter.

» Le téléphone fonctionne… M. Oscar, sa femme,
et Guido, qui les accompagne, sautent dans une voiture, passent en trombe, essaient à coups de revolver
de me supprimer, moi qui suis vraisemblablement le
seul à savoir quelque chose…

» Ils ont pris la route d'Étampes et d'Orléans. Pourquoi, alors qu'ils auraient pu fuir par une autre route, dans une direction différente ?...

» Parce que, sur cette route, roule à ce moment un camion à qui le mécano a remis une roue de rechange... *Et cette roue contient les diamants !...*

» Il faut rejoindre le camion et alors seulement, les poches garnies, gagner la frontière...

» Est-ce tout ?... Je ne vous demande rien !... Silence !... Michonnet est dans son puits... Else, qui connaît les lieux, se doute que c'est là qu'il est caché... Elle sait que c'est lui qui a tenté de l'empoisonner... Elle ne se fait pas d'illusions sur le bonhomme... Arrêté, il parlera... Alors, elle se met en tête d'aller en finir avec lui...

» A-t-elle fait un faux mouvement ?... Toujours est-il que la voilà dans le puits avec lui... Elle tient un revolver à la main... Mais il lui a sauté à la gorge... Il lui étreint le poignet de l'autre main... Le combat se poursuit dans l'obscurité... Une balle part... Else crie, malgré elle, parce qu'elle a peur de mourir...

Il frotta un tison pour allumer sa pipe qui s'était éteinte.

— Qu'est-ce que vous en dites, monsieur Oscar ?

Et celui-ci, renfrogné :

— Je me défendrai... Je ne dis rien... Ou plutôt je prétends que je ne suis qu'un receleur...

— Ce n'est pas vrai ! glapit son voisin, Guido Ferrari.

— Très bien !... Je t'attendais, toi, mon petit... Car c'est toi qui as tiré !... Les trois fois ! D'abord sur Goldberg... Ensuite sur sa femme... Enfin, dans

l'auto, sur Carl… Mais si !… Tu as tout du tueur professionnel…

— C'est faux !…

— Doucement…

— C'est faux !… C'est faux !… Je ne veux pas…

— Tu défends ta tête, mais Carl Andersen, tout à
l'heure, te reconnaîtra… Et les autres te laisseront
tomber… Ils ne risquent que le bagne, eux !…

Alors Guido se redressa, fielleux, montra M. Oscar
du doigt.

— C'est lui qui a commandé !…

— Parbleu !

Maigret n'avait pas eu le temps d'intervenir, que le
garagiste assenait ses deux poings réunis par les
menottes sur le crâne de l'Italien en hurlant :

— Crapule !… Tu me le paieras…

Ils durent perdre l'équilibre, car ils roulèrent par
terre tous les deux et continuèrent à s'agiter, haineux,
embarrassés dans leurs mouvements.

C'est l'instant que le chirurgien choisit pour descendre.

Il était ganté, chapeauté de gris clair.

— Pardon… On me dit que le commissaire est
ici…

— C'est moi…

— C'est au sujet du blessé… Je crois qu'il est
sauvé… Mais il faudrait autour de lui le calme
absolu… J'avais proposé ma clinique… Il paraît que
ce n'est pas possible… Dans une demi-heure au plus,
il reviendra à lui et il serait désirable que…

Un hurlement. L'Italien mordait à pleines dents dans le nez du garagiste et la femme de celui-ci se précipitait vers le commissaire.

— Vite !… Regardez !…

On les sépara à coups de pied tandis que, distant, une moue de dégoût aux lèvres, le chirurgien regagnait sa voiture, mettait le moteur en marche.

Michonnet pleurait silencieusement dans son coin, évitait de regarder autour de lui.

L'inspecteur Grandjean vint annoncer :

— Le panier à salade est arrivé…

On les poussa dehors, l'un après l'autre. Ils ne ricanaient plus, ne songeaient plus à crâner. Au pied de la voiture cellulaire, il faillit y avoir une nouvelle bataille entre l'Italien et son voisin le plus proche, un des mécaniciens du garage.

— Voleurs !… Apaches !… criait l'Italien fou de peur. Je n'ai même pas touché le prix convenu !…

Else resta la dernière. Au moment où, à regret, elle allait franchir la porte vitrée s'ouvrant sur le perron ensoleillé, Maigret l'arrêta par deux mots :

— Eh bien ?…

Elle se retourna vers lui, regarda le plafond au-dessus duquel Carl était étendu.

On n'eût pu dire si elle allait s'attendrir à nouveau, ou gronder des injures.

— Qu'est-ce que vous voulez ?… C'est sa faute aussi !… articula-t-elle de sa voix la plus naturelle.

Un silence assez long. Maigret la fixait dans les yeux.

— Au fond… Non ! Je ne veux pas dire de mal de lui…

— Dites !…

— Vous le savez bien… C'est sa faute !… C'est presque un maniaque… Ça l'a troublé de savoir que mon père était un voleur, que je faisais partie d'une bande… Ce n'est que pour ça qu'il m'a aimée… Et, si j'étais devenue la jeune femme sage qu'il voulait faire de moi, il n'aurait pas tardé à trouver ça monotone et à me plaquer…

Elle détourna la tête, ajouta à voix plus basse, comme honteusement :

— Je voudrais quand même qu'il ne lui arrive rien de mal… C'est… comment dire ?… c'est un chic type !… Un peu tapé !…

Et elle acheva dans un sourire :

— Je suppose que je vous reverrai…

— C'est bien Guido qui a tué, n'est-ce pas ?…

La phrase était de trop. Elle reprit son allure de fille.

— Je ne mange pas de ce pain-là !…

Maigret la suivit des yeux jusqu'au moment où elle monta dans la voiture cellulaire. Il la vit regarder la maison des Trois Veuves, hausser les épaules, lancer une plaisanterie au gendarme qui la bousculait.

— Ce qu'on pourrait appeler l'affaire des trois fautes ! dit Maigret à Lucas planté à côté de lui.

— Lesquelles ?

— Faute d'Else d'abord, qui redresse le paysage de neige, fume au rez-de-chaussée, monte le phono-graphe dans sa chambre *où elle est soi-disant enfermée* et qui, se sentant en danger, accuse Carl en feignant de le défendre.

» Faute de l'assureur, qui me fait venir chez lui pour me montrer qu'il passera la nuit à sa fenêtre.

» Faute du mécanicien Jojo, qui, m'apercevant soudain et craignant que tout soit découvert, remet à un automobiliste une roue de rechange *trop petite* qui contient les diamants.

» Sans ça…

— Sans ça ?

— Eh bien ! quand une femme comme Else ment avec une perfection telle qu'elle finit par croire à ce qu'elle raconte…

— Je vous l'avais dit !

— Oui !… Elle aurait pu devenir quelque chose d'extraordinaire… S'il n'y avait pas eu ces retours de flamme… comme des rappels du bas-fond…

Carl Andersen resta près d'un mois entre la vie et la mort et sa famille, avisée, en profita pour le faire ramener dans son pays où on l'installa dans une maison de repos qui ressemblait fort à un asile d'aliénés. Si bien qu'il ne parut pas au banc des témoins lors du procès qui se déroula à Paris.

Contre toute attente, l'extradition d'Else fut refusée et elle eut d'abord une peine de trois ans à purger en France, à Saint-Lazare.

C'est là qu'au parloir Maigret rencontra, trois mois plus tard, Andersen qui discutait avec le directeur, exhibait son contrat de mariage et exigeait l'autorisation de voir la condamnée.

Il n'avait guère changé. Il portait toujours un monocle noir et il n'y avait que son épaule droite à être devenue un peu plus raide.

Il se troubla en reconnaissant le commissaire, détourna la tête.

— Vos parents vous ont laissé repartir ?

— Ma mère est morte… J'ai hérité.

C'était à lui la limousine, conduite par un chauffeur de grand style, qui stationnait à cinquante mètres de la prison.

— Et vous vous obstinez malgré tout ?…

— Je m'installe à Paris…

— Pour venir la voir ?

— C'est ma femme…

Et son œil unique guettait le visage de Maigret avec l'angoisse d'y lire de l'ironie, ou de la pitié.

Le commissaire se contenta de lui serrer la main.

À la maison centrale de Melun, deux femmes arrivaient ensemble à la visite, comme des amies inséparables.

— Ce n'est pas un mauvais bougre ! disait la femme d'Oscar. Il est même trop bon, trop généreux… Il donne des vingt francs de pourboire aux garçons de café… C'est ce qui l'a perdu… Ça et les femmes !…

— M. Michonnet, avant de connaître cette créature, n'aurait pas fait tort d'un centime à un client… Mais il m'a juré la semaine dernière qu'il ne pensait même plus à elle.

À la Grande Surveillance, Guido Ferrari passait son temps à attendre l'arrivée de l'avocat, porteur de sa grâce. Mais, un matin, ce furent cinq hommes qui l'emmenèrent, gigotant et hurlant.

Il refusa la cigarette et le verre de rhum, cracha dans la direction de l'aumônier.

Table

Composition réalisée par FACOMPO (Lisieux)

Achevé d'imprimer en janvier 2012 en France par
CPI BRODARD ET TAUPIN
La Flèche (Sarthe)
N° d'impression : 65750
Dépôt légal 1re publication : février 2012
LIBRAIRIE GÉNÉRALE FRANÇAISE
31, rue de Fleurus – 75278 Paris Cedex 06